TEA
BOOKS

Naslov originala
T. A. Williams
Murder in Portofino

Za izdavača
Tea Jovanović
Nenad Mladenović

Glavni i odgovorni urednik
Tea Jovanović

Lektura / Korektura
Agencija Tekstogradnja / Agencija TEA BOOKS

Prelom
Agencija TEA BOOKS

Dizajn korica / Crteži za korice
JD Design Ltd. / Shutterstock

Izdavač
TEA BOOKS d.o.o.
Por. Spasića i Mašere 94
11134 Beograd
Tel. 069 4001965
info@teabooks.rs
www.teabooks.rs

ISBN 978-86-6142-261-4

T. A. VILIJAMS

UBISTVO U PORTOFINU

ARMSTRONG I OSKAR 8

Sa engleskog preveo
Danko Ješić

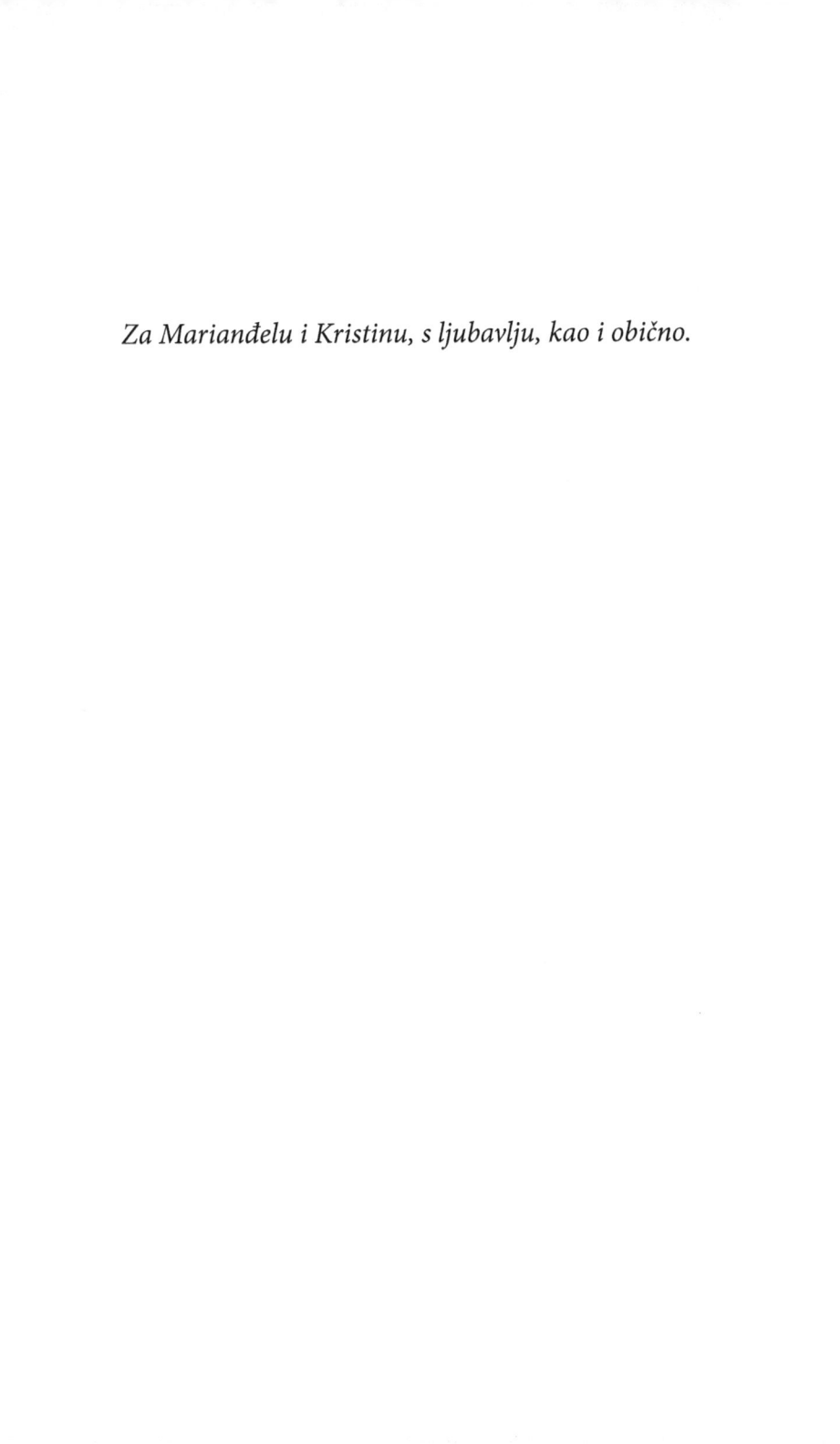

Za Marianđelu i Kristinu, s ljubavlju, kao i obično.

1.

Sreda popodne

– Da ti kažem nešto?

Oskar je prestao da gleda štap koji je marljivo kidao zubima, i video sam kako lenjo maše vrhom repa. Shvativši to kao znak interesovanja, odao sam mu tajnu.

– Bio sam ludo zabrinut zbog toga što ćemo Ana i ja početi da živimo zajedno. Ali ispostavilo se da je sve u redu.

Nisam dobio odgovor, ali iskreno, nisam ga ni očekivao. Labradori nisu poznati po pričljivosti, ali Oskar to nadoknađuje time što je vrlo dobar slušalac. Nastavio sam jednostrani razgovor s njim. – Prošlo je gotovo mesec dana i nismo imali ni naznaku svađe.

Moja devojka, Ana, uselila se u moju kućicu na brežuljcima nedaleko od Firence početkom juna i, uprkos mojim početnim strahovima, to što smo svakog dana bili zajedno nije pokvarilo naš odnos... upravo obrnuto, u stvari. Život s njom delovao je sve prirodnije, i što se tiče Oskara izgledao je oduševljeno što je ona u kući, ne samo zbog toga što ona nije naučila da ga odbije kad nabaci svoj „izgladneo sam" izraz lica.

Oslonio sam se na kamenu izbočinu, protegnuo noge i zadovoljno uzdahnuo. Vrelo julsko sunce u Toskani gotovo me je potpuno osušilo nakon plivanja – pa, više praćakanja u vodi obližnjeg potoka, dubokoj jedva do pojasa – i bio sam srećan.

To blaženo stanje opuštenosti prekinuo je telefon. Dok sam ga tražio na zemlji kraj sebe, palo mi je na pamet, ne prvi put, kako sam od preseljenja u Toskanu pre dve godine postao prilično opušten kad su u pitanju telefonski pozivi. U vreme kad sam bio glavni inspektor Armstrong iz Skotland jarda, stalni pozivi su imali negativan uticaj ne samo na mene i moju sreću nego i na moj već ugroženi brak. Taj brak se završio razvodom prošle godine i, otad, život mi je sigurno išao uzlaznom putanjom, iako sam upravo proslavio pedeset sedmi rođendan i znao sam da je šezdeseti blizu. Ipak, tokom ovako divnog dana u tako spektakularnoj prirodi, nisam se osećao previše oronulo i znao sam da ne moram da se bojim telefonskih poziva.

– Zdravo, Lina, šta imaš za mene?

– Da li si raspoložen da prihvatiš slučaj u Luki? – Pre gotovo godinu dana osnovao sam svoju detektivsku agenciju u Firenci, a Lina mi je sekretarica, recepcionerka, istraživačica, povremena šetačica psa i prijateljica. Ona je i supruga mog najboljeg prijatelja ovde, inspektor Virđilija Pizana iz firentinskog odeljenja za ubistva.

– Kakav slučaj?

– Nestala osoba. Devojka od dvadesetak godina nestala je pre nekoliko nedelja, i roditelji su zabrinuti.

Razmislio sam malo o tome. Luka je na svega sat vožnje od moje kuće i u stvari, nameravao sam da odem tamo za dva dana, zbog koncerta na otvorenom Boba Dilana, ni manje ni više, koji je bio jedna od glavnih zvezda godišnjeg muzičkog festivala u Luki. Nekoliko puta sam bio u tom lepom gradiću i, mada ga nisam poznavao tako dobro kao Firencu, poznavao sam ga prilično dobro i sviđao mi se. A što se tiče nestale osobe, ne bi bio prvi put da neka dvadesetogodišnjakinja pokupi svoje stvari i ode nekud, tako da se nisam previše uzbuđivao... zasad.

– Jesi li razgovarala s njenim roditeljima?

– S njenom sestrom. Upravo smo završile razgovor. Za nekoliko minuta će sesti u voz za Firencu i očajnički joj je potrebna pomoć. Rekla sam joj da ću pokušati da te pronađem i da ću joj se javiti. Znam da bi ove nedelje trebalo da budeš na odmoru, ali ona je stvarno zvučala očajno.

Razmislio sam malo o tome. Ana je otišla na fakultet da obavi nešto ovog popodneva, a ja nisam imao neke obaveze. – Kako se zove žena s kojom si razgovarala?

– Dajana Grinslivs.

– To ne zvuči kao italijansko ime.

– Ne, ona je Engleskinja... izvini, Britanka.

– I, pretpostavljam, pozvala nas je jer ne govori italijanski?

– Samo natuca. Nismo mnogo razgovarale... a znaš kakav mi je engleski. Da budem iskrena, Dene, zvučala je zabrinuto. Bilo bi lepo da joj pomognemo.

Čuo sam po Lininom tonu da je ta žena ostavila jak utisak na nju, tako da se nisam mnogo predomišljao. Pogledao sam na sat. – Dobro, sad je gotovo dva, pa daj mi priliku da se presvučem i dolazim do tri. Pozovi je i kaži joj da ću joj rado pomoći... pod uslovom da joj ne smeta miris mokrog labradora.

Odvezao sam se u Firencu u svom novom folksvagen kombiju, još uživajući u mirisu novog automobila – mada sam ga, u stvari, kupio polovnog i već je bio star dve godine – ali kad sam stigao do kancelarije, čak i uz otvorene prozore, mirisao je manje novo a više na mokrog psa. Provukao sam se kroz usku kapiju i parkirao na uobičajeno mesto u unutrašnjem dvorištu. Bilo mi je potrebno mnogo vremena i upornosti, ali nakon mnogo natezanja s vlasnicima te petsto godina stare zgrade, u kojoj je moja kancelarija, uspeo sam da obezbedim najdragoceniju stvar: parking mesto u firentinskom istorijskom jezgru. Kad sam parkirao kombi, Oskar i ja smo pohitali uz lepe stare stepenice do prvog sprata i ušli kroz vrata s natpisom *Den Armstrong, privatni istražitelj.*

Dok je Lina mazila mog četvoronožnog prijatelja – sad ponovo gotovo potpuno suvog – objasnila je kako Dajana Grinslivs treba da stigne na firentinsku stanicu *Santa Marija novela* upravo sad i kako se nada da će uskoro biti ovde. Pitao sam je da li je ta žena dala neke dodatne informacije o nestaloj osobi, ali Lina je mogla da doda kako ju je samo opisala kao „mlađu sestru". Prošao sam kroz svoju kancelariju, u kojoj je bilo veoma sparno, i otvorio prozore, zastajući na tren, kao uvek, da pogledam preko krovova istorijskog dela Firence. Uprkos tome što sam radio ovde gotovo godinu dana, još mi nije dosadio taj neodoljivi osećaj istorije koji ovaj grad budi u meni.

Dajana Grinslivs je stigla u tri i petnaest. Bila je odevena u ozbiljno tamnoplavo dvodelno odelo i odmah je bilo jasno da nije odevena za julske temperature u Toskani. Danas je u Firenci bilo oko trideset pet stepeni. Izgledala je kao da se kuva, a ja nisam bio jedini koji je to primetio. Nakon što ju je uvela u moju kancelariju, Lina se ubrzo vratila s bocom hladne mineralne vode i dve čaše. Napunio sam jednu i dodao je gošći.

– Ovde je malo toplije nego u Luki?

Drage volje je uzela čašu od mene i zahvalno se osmehnula. – Da, i *mnogo* toplije nego u Gilfordu. – Izgledala je kao vršnjakinja moje ćerke, stara negde oko trideset godina, i imala je naglasak obrazovane osobe.

– Došli ste danas iz Engleske?

– Doletela sam sinoć i provela jutro u Luki, pokušavajući da saznam nešto o Heder.

– To je vaša nestala sestra? – Klimnula je glavom i nastavio sam. – Koliko joj je godina?

– Dvadeset tri, skoro dvadeset četiri.

– A kad ste jutros stigli u Luku, da li ste išta saznali?

– Nažalost, bio je to potpun gubitak vremena. Nije bilo nikog u njenom stanu, a škola je bila zaključana. Ne govorim italijanski, tako da nisam mogla da se raspitam. Nadam se da ćete mi vi pomoći oko toga.

– Pomenuli ste neku školu?

– Škola engleskog jezika u kojoj je Heder radila. Pohađala je kurs engleskog kao drugog jezika nakon završetka studija, i onda je došla pravo ovamo. Ovo joj je prvi pravi posao.

– Predavala je engleski?

– Da, uglavnom odraslima. Živi u Luki već dve godine. Nikad se nije naročito često javljala, ali nije zvala roditelje duže od mesec dana, a ne javlja se na telefon. Mama i tata su veoma zabrinuti, tako da su me zamolili da dođem i potražim je.

Zanimao me je njen izbor reči. – Mama i tata su veoma zabrinuti, ali možda *vi* niste toliko zabrinuti?

Pogledala me je u oči. – Da budem iskrena, Heder je oduvek ćudljiva. Mada je četiri godine mlađa od mene, dok sam ja još bila u srednjoj školi ona je već izlazila s momcima. Nakon što sam otišla na fakultet, bila je kao puštena s lanca nekoliko godina, i zato nam je svima bilo drago kad se smirila, diplomirala i zaposlila.

– Mislite da je vaša sestra možda bila malo nepromišljena, da je dala sebi oduška?

Klimnula je glavom. – To ne bi bio prvi put. Ovde sam jer su me mama i tata zamolili da dođem. Zabrinuta sam, ali ne toliko kao oni.

– Shvatam. A sestra vam se poslednji put javila pre mesec dana?

– Mama ju je uglavnom zvala da proveri kako je, ali od kraja maja Heder se nije javljala na telefon. To je bilo pre gotovo šest nedelja. – Bespomoćno me je pogledala. – Prilično sam sigurna da će se ispostaviti da nema razloga za brigu, ali morala sam zbog mame i tate da dođem. Problem je što ne govorim italijanski, a ni mama i tata. Bilo je gotovo nemoguće razgovarati s nekim. Hederin telefon više ne zvoni, tako da je ili pokvaren ili je baterija prazna. Ništa nije objavljivala na društvenim mrežama, nema imejlova, ničega. – Izraz lica joj je postao zabrinutiji. – Sve je objavljivala pomoću telefona i nosila ga je svuda, tako da je čudno što se ne javlja... mada je uvek zaboravljala da napuni bateriju.

– Ali sigurno osoblje u toj školi govori engleski?

– Sad je leto. Koliko vidim, škola je zatvorena, a nisam mogla da pronađem nikog s kim bih razgovarala.

– Jeste li obavestili italijansku policiju?

Odmahnula je glavom. – To mi je sledeće na spisku... ako je stvarno nestala. Nadala sam se da ćete poći sa mnom. Pretpostavljam da govorite italijanski.

– Govorim. Kažite mi, zašto ste došli kod mene?

– Potražila sam privatne istražitelje na internetu i odabrala onog sa engleskim imenom.

– U redu. – Zastao sam da razmislim. Imao sam osećaj da je Dajana u pravu i da je ovo verovatno uzaludna potraga, ali zbog Line sam osećao kako moram da joj ponudim pomoć. – Kakvi su vaši planovi za večeras? Da li ste rezervisali sobu u nekom hotelu?

– Da, u Luki. U centru grada, nedaleko od škole. Nameravam da se vratim vozom tamo, nakon što završim razgovor s vama.

Malo sam računao. Ana je rekla da će doći kući kasno uveče, jer će biti na devojačkoj zabavi jedne od koleginica sa Odseka za srednjovekovnu i renesansnu istoriju u kojem radi. Ako krenem sad, trebalo bi da budem u Luki oko pola pet ili malo kasnije. Dva sata da proverim stvari i, ako je neophodno, da obavestim policiju i mogao bih da se vratim kući pre Ane. Davao sam sve od sebe, u poslednje vreme, da provodim što više vremena s njom, da bih dokazao njoj – i sebi – da mi je važnija od posla. Za početak, ova nedelja je bila moj prvi pravi „odmor" otkako sam otvorio agenciju prošle godine.

– Ako želite, mogu da se odvezem u Luku s vama i provedem dva sata istražujući. Nadajmo se da ćemo tako saznati nešto više i, ako je potrebno, otići u policiju.

Dajana je izgledala kao da joj je pao kamen sa srca. – Mnogo vam hvala, ali zar ne bi trebalo da prvo dogovorimo vašu nakna-du? – Pogledala me je i osmehnula se. – Ja sam advokatica, tako da želim da sve bude legalno.

Dao sam joj kopiju svojih uslova poslovanja i onda sam dodao praktičan predlog. – Zašto ne bih pošao s vama da vidim o čemu se radi, a onda ćemo nas dvoje sesti i razgovarati o novcu kasnije? Nemam pojma, u ovoj fazi, o čemu se radi ili koliko će mi vremena biti potrebno da pronađem vašu sestru... ako je uistinu nestala pod sumnjivim okolnostima.

Video sam kako gleda list papira koji sam joj dao, bez ikakve reakcije. Moja naknada nije niska, ali prilično je povoljna u odnosu na druge italijanske detektivske agencije. Na kraju me je pogledala i klimnula glavom. – Sve to zvuči dobro i razumno, gospodine Armstrong. Hvala.

– Kombi mi je napolju. Zašto ne bismo odmah krenuli?

2.

Sreda popodne

Bilo mi je potrebno malo više vremena da se iskobeljam iz firentinskog saobraćaja, jer je gužva bila povećana zbog brojnih kampera i turističkih vozila iz cele Evrope. Firenca je tokom letnjih meseci preplavljena posetiocima iz celog sveta i već sam otkrio da čak i šetnja od moje kancelarije do železničke stanice može biti izazovna. Međutim, dosad sam naučio nekoliko prečica da izbegnem najgore saobraćajne gužve i stigli smo u Luku kad su crkvena zvona zvonila za pet sati. Jedan mercedes španskih registracija izašao je s parkinga, u rikverc, baš kad smo naišli i mogao sam da se parkiram stotinak metara od Kapije San Pjetro, jedne od šest kapija na ogromnom odbrambenom zidu od crvene cigle i kamena, koji okružuje stari grad.

Mada danas ne toliko poznat kao Firenca na istoku ili Piza na zapadu, Luka je pravi dragulj. Stari grad vodi poreklo iz doba pre starih Rimljana, a tokom srednjeg veka i renesanse grad je bio jedan od najmoćnijih i najbogatijih u Italiji, ako ne i u čitavoj Evropi. Zbog raznovrsnih istorijskih zgrada iza zidina, taj grad je s pravom nazvan značajnim u italijanskom umetničkom i kulturnom nasleđu. Kad sâm poslednji put bio ovde, došao sam sa Anom, i bilo je sjajno što sam imao svog stručnjaka za renesansu da mi pokazuje zanimljiva mesta.

Ali danas nisam bio turista.

Zamolio sam Dajanu da me odvede do škole u kojoj je njena sestra radila, a zatim je trebalo da odemo do Hederine kuće. Prošli smo pored ulaza na Trg grande, gde je, za potrebe festivala, podignuta velika pozornica sa osvetljenjem i ozvučenjem. Sâm trg je bio ispunjen redovima stolica, a tehničari su radili na pozornici, spremajući sve za nastup Robija Vilijamsa, koji je trebalo da nastupa te večeri. Festival u Luki privlači velika imena.

Škola se nalazila u prizemlju jedne zgrade u starom gradskom jezgru, iza zidina, nedaleko od glavnih atrakcija. Kako je Dajana već saznala jutros, to mesto je izgledalo zatvoreno, a niko nije odgovorio kad sam pritisnuo dugme na interfonu s natpisom *Engleski centar Luka*. Nimalo uznemiren, počeo sam da pritiskam ostala zvona dok neko nije odgovorio. Čulo se pucketanje i neki glas.

– *Chi é?* – Bio je to neki muški glas i zvučao je kao da ne pripada mladiću.

Progovorio sam na italijanskom. – Izvinite što vas uznemiravam, ali pokušavam da razgovaram s nekim iz škole engleskog jezika, a oni se ne javljaju. Da ne znate, možda, kako mogu da stupim u kontakt s njima?

– Zatvoreni su preko leta. Ako je kao prošle godine, neće se vraćati do kraja avgusta.

– Da li postoji neki domar s kojim bih mogao da porazgovaram?

Čuo sam kako taj čovek prezrivo frkće. – Postoji, ali i on je na odmoru. On i porodica su se vratili u Rumuniju na mesec dana. Pokušajte stan na poslednjem spratu. Jedan od nastavnika je živeo tamo, ali nisam siguran da je i dalje tu.

Zahvalio sam se tom čoveku i pogledao gornje dugme na interfonu. Pisalo je *Smit*. To je obećavalo, pa sam pritisnuo i sačekao. Desetak sekundi kasnije, oduševio sam se kad sam čuo zujanje i ulazna vrata su se otvorila. Okrenuo sam se ka Dajani.

– Idemo da vidimo šta gospodin Smit ima da kaže.

Nije bilo lifta u toj staroj zgradi, pa smo morali da se penjemo stepenicama na četvrti sprat. Nema potrebe naglašavati, Oskar je stigao na vrh pre nas. Na tom odmorištu su bila dvoja vrata, a na zvonu ispred desnih pisalo je *Smit*. Pritisnuo sam ga i, trideset sekundi kasnije vrata su se otvorila, i pojavio se jedan krakat muškarac, star oko četrdeset godina, s konjskim repom. Bio je bos i na sebi je imao najširi šorts koji sam ikad video, i ofucanu crnu majicu kratkih rukava s natpisom *Letnji festival u Luki 2018*.

– Gospodin Smit?

– Da... *sí*. – Zvučao je zbunjeno.

Predstavio sam Dajanu i objasnio zašto smo ovde. Zbog njegovog prezimena, govorio sam engleski i bilo je jasno da me je razumeo. Klimnuo je glavom nekoliko puta i odgovorio, i dalje zvučeći prilično nesigurno.

– Koji je danas dan? – Govorio je s jedva čujnom naznakom severnoirskog naglaska... verovatno je živeo ovde neko duže vreme, i njegov prvobitni akcenat se ublažio.

– Sreda.

– Sreda... shvatam. – Usledila je pauza dovoljno duga da Dajana i ja razmenimo sumnjičave poglede, pre nego što je taj čovek nastavio. – A tražite Heder, kažete?

– Tako je. Nije se javljala duže od mesec dana i njena porodica je počela da se brine. Imate li neku ideju šta je moglo da joj se dogodi?

Taj čovek je prešao rukama preko lica, očigledno dajući sve od sebe da podstakne mozak. Dok je to radio, Oskar je počeo da kija i prepoznao sam poznati miris koji je dopirao kroz vrata iza tog čoveka. Imao sam dovoljno radnog iskustva u londonskoj policiji da bih prepoznao nepogrešiv miris kanabisa. To je objašnjavalo sluđenost tog tipa. Više nisam bio policajac, tako da me se nije ticalo kako provodi slobodno vreme, ali bile su mi potrebne informacije i dao sam sve od sebe da mu objasnim svoju dilemu.

– Jedan od vaših komšija s donjeg sprata rekao je da radite kao nastavnik u školi. Da li je to istina?

– Da, otprilike. Ne predajem mnogo u poslednje vreme. Ja sam direktor škole.

– I dobro poznajete Heder?

I dalje je delovao usporeno, ali makar je odmah klimnuo glavom. – Da, radi ovde već dve godine.

– Da li je nedavno bila na poslu?

Uspeo je da malo razbistri svoj zbunjeni mozak. – Ne radimo tokom jula i avgusta. Nisam je video dve nedelje.

– Ali tad je bila ovde? – Pogledao sam Dajanu. Makar izgleda da Heder nije nestala pre šest nedelja.

Polako je klimnuo glavom. – Do kraja juna. Nije propustila nijedno predavanje. Uvek je bila prilično pouzdana ali, kao što sam rekao, škola je sad zatvorena. Valjda je otišla na odmor.

– Imate li predstavu kuda je mogla da ode? Mislite li da je ostala ovde ili je otišla nekud?

Slegnuo je ramenima. – Nemam pojma, nažalost.

– Postoji li neko ko bi mogao da zna? Možda momak?

– Ne, koliko mi je poznato, ali imamo šest profesora, a ja ne znam mnogo o njihovom privatnom životu. – Po njegovom izgledu, u tom trenutku nije znao mnogo ni o čemu.

– Šta je sa ostalim profesorima? Da li bi neko od njih mogao da zna?

Usledila je kratka pauza. – Možda da pitate Rouz.

– Rouz?

– Rouz Aligijeri, ona je jedna od profesora.

– A kako da je pronađemo?

Imao sam osećaj kao da cedim suvu drenovinu, ali napokon sam uspeo da izvučem broj telefona te profesorke i potvrdu gospodina Smita da nema pojma šta se dogodilo s Heder. Iskreno, na osnovu njegovog stanja, verovatno nije mogao da se seti ni šta je doručkovao, i bilo je bolno jasno da neću izvući dodatne informacije od njega. Zahvalio sam mu se i, pre nego što sam otišao, dao sam mu savet.

– Možda ćemo morati da prijavimo Hederin nestanak policiji, tako da će vas policija možda uskoro posetiti. Bilo bi dobro da otvorite prozore i provetrite malo.

Na licu mu se pojavio zabrinut izraz i brzo se vratio u stan. Dajana i ja smo sišli niza stepenice i krenuli prema hladu na drugoj strani kamenom popločane ulice. Okrenuo sam se ka njoj.

– To je ohrabrujuće, zar ne? Makar je bila ovde i radila do pre dve nedelje.

– Da, jeste. – Dajana je zvučala manje zabrinuto... i da budem iskren, ni na početku nije bila previše zabrinuta. – Šta sad?

– Da li znate put odavde do Hederinog stana? Zašto ne bismo prvo otišli tamo, i pokušaću da razgovaram sa stanodavcem, cimerima ili komšijama, a onda, ako ništa ne saznamo, možemo da pozovemo tu drugu profesorku.

Nismo dugo hodali do Hederinog stana. Desetak minuta pešice od škole, odmah prekoputa istorijskog Trga del amfiteatro, na kojem se ranije nalazio dve hiljade godina star rimski amfiteatar. Iznenadio sam se kad sam video da je taj stan u predivnoj obnovljenoj renesansnoj vili, pretvorenoj u stambenu zgradu sa četiri stana i videofonom na vratima. Izgledalo je kao da je na obnovu te drevne građevine potrošeno mnogo novca, i zapitao sam se kako je skromna profesorka engleskog mogla da priušti život u tako luksuznom okruženju.

Pritisnuo sam zvono sa imenom *H. Grinslivs*, i bilo mi je zanimljivo što je to verovatno značilo da ne deli stan s drugim ljudima. Pogledao sam krajičkom oka njenu zgodnu sestru, u otmenom odelu, i počeo da mislim kako je porodica Grinslivs bogata i da se Heder nije oslanjala samo na svoju platu. A opet, možda je Heder imala još neki posao. Čekao sam deset sekundi pre nego što sam ponovo pritisnuo zvono, ovoga puta duže. Nakon trideset sekundi, postalo je sasvim jasno da nema nikog kod kuće.

Pogledao sam ostala tri zvona i video da kraj samo dva stoje imena: Šafhauzen i Kjeti. Pokušao sam da pritisnem sva tri zvona, uključujući i ono bez imena, ali nije bilo odgovora. Na kraju sam se okrenuo i pogledao oko sebe, tražeći bilo kakve znake života u ovoj mirnoj ulici. Osim nekoliko turista u šortsevima i majicama koji su hodali pored, držeći se hlada, tu su bila samo jedna otvorena vrata, dijagonalno, tako da sam prešao ulicu i pokucao na njih. Nekoliko trenutaka kasnije, pojavila se starija gospođa, noseći starinsku metlu nalik na veštičju. Sumnjičavo je pogledala Oskara.

– Molim vas, ne dozvolite da se pas popiški ispred mog praga. Tek sam očistila.

Oskar je izgledao pomalo uvređeno i odgovorio sam umesto njega. – Obećavam da će se ponašati najbolje što može. Samo sam se pitao možete li da mi kažete nešto o kući prekoputa.

– Šta? – Verovatno je imala preko osamdeset godina, ali oči su joj bile bistre i izgledala je živahno. Imao sam osećaj da joj gotovo ništa ne promiče.

– Tražim jednu Engleskinju koja živi u jednom od stanova. Ovo je njena sestra, ali nažalost, ne govori italijanski.

Vidljivo neodobravanje pojavilo se na staričinom licu. – To je sigurno plavuša u kratkim suknjama.

Dajana je imala smeđu kosu, ali to, naravno, ništa nije dokazivalo. Ipak, proverio sam s njom. – Da li je Heder plavuša?

Klimnula je glavom. – Gotovo sigurno. Povremeno menja boju kose, ali u poslednje dve godine je najčešće bila plavuša. – Osmehnula mi se. – Kaže da Italijani vole plavuše.

– A ona voli Italijane?

Dajana je slegnula ramenima. – Voli sve muškarce... a oni vole nju.

Video sam da starica pažljivo prati naš razgovor i pitao sam se koliko je razumela, i zato sam se okrenuo prema njoj, pokajnički je gledajući. – Izvinite, samo sam proveravao da vidim da li je žena koju tražimo plavuša.

Starica se osmehnula. – To zvuči kao ona i sigurno sam stekla utisak da voli muškarce.

– Govorite engleski?

– Ne govorim često u poslednje vreme, jer nemam priliku. Radila sam u hotelu *Grand* trideset sedam godina, i većina gostiju je govorila engleski, pa sam ga dobro naučila. U čemu je problem? Da li se nešto dogodilo toj devojci?

– To pokušavamo da saznamo. Da ne znate slučajno kuda je otišla? Jeste li je videli nedavno?

Zastala je da razmisli nakratko. – Nisam je videla nekoliko dana. Mislim da sam je poslednji put videla, da vidimo, u petak uveče. Da, prošlog petka uveče. Ona i jedan od njenih obožavalaca vratili su se u dva ujutro i probudili su me. Pogledala sam kroz prozor i videla ih kako se ljube na ulici pre nego što su ušli u kuću. Ponekad ume da bude prilično neuviđavna, mada je prilično prijatna kad je sretnete i razgovarate s njom na ulici.

Preneo sam Dajani informaciju da joj je sestra viđena pre svega pet dana, i ona je klimnula glavom nekoliko puta.

– Rekla sam mami i tati da se ne brinu. U svakom slučaju, to su dobre vesti.

Nastavio sam razgovor s pronicljivom komšinicom, ali nije mogla da kaže kuda je Heder otišla, osim da ponovi ono što je rekao direktor škole. – Verovatno je otišla na kraći odmor. Ovde je toliko haotično tokom festivala, da ne mogu da je krivim.

Dajana i ja smo joj se zahvalili na pomoći i krenuli ulicom dok nismo stigli do poslastičarnice, s letnjom baštom u hladu. Seli smo i naručili mineralnu vodu i sladoled i zatražili i malo vode za Oskara. Nakon što je konobar otišao, okrenuo sam se prema Dajani.

– Šta mislite? Sve je ovo zvučalo vrlo pozitivno. Da li mislite da će se vaši roditelji i dalje brinuti nakon što čuju to?

Odmahnula je glavom. – Što se mene tiče, to znači da je sve u redu i sigurna sam da će se mama i tata saglasiti. Zvuči kao da Heder ima momka – što nije iznenađenje, znajući je – tako da se kladim da su otišli nekud zajedno i da se nije setila da nam javi. Sigurno ne mislim da treba da sad uključujemo policiju, zar ne?

– Mislim da ću pozvati tu Rouz. Nikad se ne zna, Heder joj je možda rekla kuda ide.

Sačekao sam dok mi konobar nije doneo sladoled od breskve, kajsije i vanile, i ono što je u meniju nazvano „Čokoladna planina“ za Dajanu. To je bila piramida sladoleda od bele i crne čokolade, prekrivena ogromnim količinama umućene slatke pavlake. Pogledao sam je u oči i osmehnuo se. – To bi trebalo da vas zasiti na neko vreme.

Široko mi se osmehnula, a taj osmeh je oponašao Oskar kad je video konobara koji mu je doneo, vrlo ljubazno, ne samo zdelu hladne vode nego i šaku onih lepezastih keksića kakvi se stavljaju na sladoledne kupove. Nema potrebe naglašavati, pojeo ih je pre nego što smo stigli da uzmemo kašike. Oskar voli hranu, ali ne trudi se da je jede polako i da uživa.

Sladoled je bio očekivano sjajan i po brzini kojom je Dajana tamanila svoj – ne podjednako brzo kao Oskar, ali ipak prilično brzo – izgledalo je da deli moje mišljenje. Nakon nekoliko ukusnih zalogaja, uzeo sam telefon i pozvao Hederinu koleginicu profesorku. Javila se gotovo odmah.

– *Pronto.*

Obratio sam joj se na engleskom. – Da li je to Rouz Aligijeri?

– Da, ko je to? – Uprkos prezimenu, zvučala je izrazito škotski.

– Izvinite što vas uznemiravam, zovem se Den Armstrong. Ovde sam u Luki, s Dajanom Grinslivs, Hederinom sestrom i pokušavamo da je pronađemo. Gospodin Smit iz Škole engleskog nam je dao vaš broj. Pitali smo se da li znate gde je ona.

Nakon kraćeg razmišljanja, Rouz je odgovorila. – Ona je na godišnjem odmoru. Rekla mi je prošle nedelje da ide na krstarenje, ali nisam sigurna gde.

– Hvala vam na tome. I mi smo mislili da je otišla na godišnji odmor. Da li znate je li otišla sama?

Kratko se nasmejala. – Znajući Heder, mislim da je odgovor gotovo sigurno ne. Možete se kladiti da je otišla s jednim od svojih muškaraca, i kladim se da znam s kojim.

– A on je...

– Mario, ili možda Mauro, zaboravila sam. Onaj s ferarijem i jahtom. Kladim se da je s njim.

– Ferari i jahta? Šta je taj tip; profesionalni fudbaler?

– Nemam pojma. Nisam znala da u Luki ima takvih bogataša. A ja sam se udala za farmaceuta.

Pokušao sam da je podstaknem da otkrije prezime ili adresu Hederinog saputnika, ali postalo je jasno da se Hederin ljubavni život sastojao od brojnih muškaraca, i Rouz nije mogla da nam dâ više pojedinosti. A što se tiče krstarenja, nije znala ništa osim da je gotovo sigurno u lokalnim vodama. Čuo sam kako neko dete plače u pozadini i brzo sam se zahvalio Rouz na pomoći i prekinuo vezu. Preneo sam ono šta je rekla i Dajana mi je uputila napaćen pogled.

– Takva vam je Heder! Kladila bih se da je otišla nekud s nekim nepoznatim muškarcem... pobogu, ferari i jahta je pomalo preterano čak i za nju. – Pre nego što je nastavila da jede sladoled, potvrdila je da misli isto kao ja. – Mislim da na osnovu onog što smo čuli možemo da pretpostavimo da je Heder živa i zdrava, zar ne?

Klimnuo sam glavom. – Naravno, i sigurno ne mislim da ima potrebe da uključujemo policiju.

Ponovo je uzela kašiku. – Hvala vam na pomoći. Žao mi je što sam vas gnjavila. Rekla sam mami i tati da se nepotrebno brinu, ali insistirali su.

– Nema problema. Daću vam svoj broj telefona za slučaj da vam budem potreban, ali mislim da ćete sad moći da se opustite. – Palo mi je na pamet da je ovo verovatno jedan od najlakših slučajeva koje sam ikad imao. Verovatno je Heder Grinslivs otputovala da se sunča sa svojim imućnim momkom, i da više neću čuti za nju. A što se tiče sestre, imala je još nekoliko sati koje može da provede u ovom divnom gradu. – Šta nameravate? Da li ostajete da gledate Boba Dilana u petak?

Stresla se. – Ni da mi platite. Ja pod tušem pevam bolje nego on. Pored toga, sutra letim kući. – Upitno me je pogledala. – Da li vi idete na koncert? – Kad sam klimnuo glavom, postavila je očigledno pitanje. – Da li ste Dilanov obožavalac?

Namignuo sam joj. – Odgovoriću vam nakon što ga poslušam.

3.

Petak uveče

– Dobro, šta misliš o Bobu Dilanu?

Ana i ja smo upravo uzeli Oskara od vrlo uslužnog vlasnika pansiona, koji je ponudio da se brine o njemu dok smo mi na koncertu, i poveli smo ga u šetnju mračnim ulicama Luke kad smo krenuli na večeru posle koncerta. To što je pao mrak nije značilo da je sveže... i dalje je bilo dvadeset osam stepeni mada je sat na osvetljenom ekranu iznad apoteke pokazivao da će za nekoliko minuta biti jedanaest sati.

Morao sam da sačekam nekoliko trenutaka dok je Ana pažljivo birala reči. – Mislila sam da je zanimljivo, i Dilan je sigurno sjajan izvođač s obzirom na to da ima preko osamdeset godina, ali iskreno, ta muzika mi se ne sviđa previše.

To nije bilo iznenađenje, iz nekoliko razloga. Otkako sam sa Anom, nisam primetio da je posebno zanima moderna muzika... ako se nešto što je napisao i peva jedan osamdesetogodišnjak može nazvati „modernim“. Drugi razlog zbog kojeg me to nije iznenadilo jeste što sam imao isti utisak o koncertu na kojem smo upravo bili.

Bio sam vrlo zahvalan Virdžiniji, Aninoj ćerki, koja nam je poklonila ulaznice za Dilanov koncert na kraju vrlo prijatne nedelje koju je provela s nama u junu. Da ne bi omanula, vrlo ljubazno nam je poklonila i dve ulaznice za operu u areni u Veroni narednog meseca. Opera je više u Aninom stilu nego u mom. Iskreno, neke mogu da slušam, a neke sigurno ne mogu, ali oboje smo se radovali poseti Veroni u avgustu. Videćemo da li će izvođenje u istorijskom okruženju arene da mi uzburka krv.

Primetio sam restoran malo dalje i pogledao u Anu. – Tamo je. Jesi li sigurna da služe večeru u ovo doba noći?

– Da, rezervisala sam. Imaju posebnu postkoncertsku ponudu.

– Utešno mi je dodirnula mišicu. – Ne brini, *carissimo*, nećeš ostati gladan, kunem se.

Kao i obično, međusobno smo razgovarali na engleskom, koji ona govori mnogo bolje nego ja italijanski. Uzvratio sam joj osmeh.

– Znao sam da imaš sve pod kontrolom. Bilo kako bilo, razumeo sam ono što si rekla o Dilanu. Došao je da promoviše novi album, ali mislim da bi mi se više svidelo da je svirao neke stare klasike kao „Blowin' in the Wind" i „Like a Rolling Stone". Ipak, nemamo svaki dan priliku da slušamo živu legendu, zar ne?

Naš sto se nalazio u dvorištu iza restorana, gde je Oskar mogao da leži na hladnom kamenu kraj naših nogu. Jedini problem s kamenom bio je taj što sam morao nekoliko minuta da podešavam sto dok nije bio razumno stabilan na neravnoj površini. Pošto je bilo kasno, restoran je nudio određen meni koji se sastojao od mešanog predjela, hladne salate od račića i školjki ili mesa na roštilju i pomfrita. Oboje smo se opredelili za morske plodove, mada sam siguran da bi Oskar, da je imao pravo glasa, odabrao meso.

Bilo je to divno veče, tek pomalo kvareno vrlo bučnim gostima u restoranu. Veoma glasan smeh, povici i vrištanje koji su dolazili kroz otvorene prozore naveli su Oskara da nezadovoljno podigne glavu nekoliko puta, ali to nam sigurno nije pokvarilo obrok. Koliko sam čuo, ta grupa unutra bila je sastavljena od mojih sunarodnika i gotovo mi je došlo da se izvinim ostalim gostima u njihovo ime. Neki ljudi imaju običaj da preteruju s pićem kad su na godišnjem odmoru.

Hrana je bila izvrsna i bilo je lepo opustiti se u Aninom društvu. Razgovarali smo o njenom poslu i ispričao sam joj nešto o svojoj kratkoj poseti Luki, dva dana ranije. Tužno je odmahnula glavom.

– Deca mogu ponekad da te stvarno zabrinu: tako su neuviđavna.

– Žena koja je nestala ima dvadeset tri, skoro dvadeset četiri godine, i nije baš dete.

– Da, ali stalno mislim o svojoj Virdžiniji kao da ima jedanaest godina. – Široko se osmehnula. – Znam da sad ima gotovo trideset, i verovatno misliš da sam luda, ali takva sam i sigurna sam da mnoge majke razmišljaju isto. Mogu da se stavim na mesto roditelja nestale devojke. Bilo kako bilo, lepo je čuti da je dobro. Pitam se kuda je otišla na krstarenje.

– Kud god da je otišla, vreme je savršeno za to... makar zasad.

Nakon panakote s prelivom od karamela i espresa, ostavio sam Oskara da drema kraj Aninih nogu, i otišao unutra da platim. Dok sam prolazio kraj prostorije gde su bučni gosti dizali veliku graju, primetio sam natpis na vratima *Privatna zabava*. U tom trenutku su se vrata otvorila i izašla je jedna konobarica. Izgledala je pomalo zbunjeno, a za njom je došao talas raskalašnog smeha. Kad sam pogledao preko njenog ramena, video sam troje ili četvoro pijanih ljudi kako sede za velikim stolom i, na moje iznenađenje, odmah sam prepoznao dvoje kao čuvena britanska televizijska lica, mada su verovatno bili potpuno nepoznati evropskoj publici.

Na trenutak sam pokušavao da se setim njihovih imena i onda sam se setio: Martin Grej i Suzi Apton, poznati komičari koji se redovno pojavljuju u sitkomima i satiričnim emisijama. Ne gledam često televiziju, posebno otkad sam se preselio u Italiju, ali čak sam ih i ja prepoznao. Zapitao sam se da li su ovde zbog posla ili zadovoljstva. Na osnovu toga kako su izgledali, opredelio sam se za potonje. Oboje su bili rumeni i izgledali pomalo iscrpljeno, verovatno zbog preterivanja u hrani i vinu. Imao sam vremena da primetim kako Suzi Apton na sebi ima mnogo izazovniju haljinu nego na televiziji, pre nego što su se vrata ponovo zatvorila... ali verovatno je bila na godišnjem odmoru, na kraju krajeva.

Nakon što sam sačekao u redu da platim račun, krenuo sam ka vratima na kojima je pisalo *Servizi*. Unutra su se nalazile tri kabine s dva umivaonika ispred. Otišao sam do poslednje kabine u nizu i dok sam se olakšavao, čuo sam dva glasa ispred, pored umivaonika i odmah su mi privukli pažnju.

– Udaviću ga, dođavola! – Bio je to neki muškarac s prilično neutralnim engleskim naglaskom i zvučao je besno.

– Ne ako ga se ja prvi dokopam. – To je bio drugi muškarac. Njegov naglasak je bilo teže odrediti – možda je prvobitno bio velški, ali sad je bio pod jakim londonskim uticajem, i zvučao je besno, ali ne podjednako razjareno. Slušao sam, opčinjeno, dok je prvi nastavio da psuje, bez sumnje nesvestan da ih neko sluša.

– Kako je mogao da uradi to? To lažljivo, prevrtljivo kopile! Čekaj samo da ga se dokopam, srediću ga! – Čuo se zvuk tekuće vode dok je jedan od njih prao ruke. Nekoliko trenutaka kasnije, čuo sam otvaranje ulaznih vrata i drugi muškarac se ponovo oglasio dok je izlazio.

– Ako ga ja ne sredim prvi!

Kad sam izašao iz toaleta u restoran, dva zaverenika su bila nestala, ali primetio sam da se vrata prostorije u kojoj je privatna zabava zatvaraju za nekim, možda onom dvojicom, ali nisam mogao da budem siguran. Vratio sam se do stola gde je Oskar i dalje bio ispružen na zemlji kao da namerava da prespava tu, i seo sam kraj Ane da popijem ostatak vina iz čaše. Ispričao sam joj o dva poznata lica koje sam primetio u privatnoj sobi i prepričao sam joj razgovor koji sam čuo u toaletu. Kiselo mi se osmehnula.

– I naravno, detektiv Den je sad uveren da ta dvojica nameravaju da ubiju nekog. Jesam li u pravu?

– Ne obavezno. – U stvari, pročitala mi je misli, ne prvi put, ali ipak sam smatrao da treba da se pobunim. – Verovatno su samo davali sebi oduška, ali pitam se o kome li su pričali.

– I misliš da su možda deo te grupe britanskih komičara koji prave buku u privatnoj prostoriji?

– Mislim da možda jesu, ali ne mogu da se zakunem. Ali sigurno su bili Britanci.

Nežno me je potapšala po ramenu. – Dobro, ne brini, ne moraš da se kuneš. Ovo nije sud, a ja sam spremna da se kladim da je to samo pijana svadljivost. Do sutra će verovatno zaboraviti da su razgovarali.

– Pitam se...

Nekoliko minuta kasnije, probudili smo Oskara i vratili se kroz restoran, idući ka izlazu. Baš kad smo se približavali vratima privatne prostorije, ona su se naglo otvorila, i pomerili smo se u stranu da propustimo ljude koji izlaze. Među prvima je izašla uznemirena

Suzi Apton. Čim je ugledala Oskara, prišla je i čučnula da ga pomiluje, i dok je to radila duboki dekolte haljine se otvorio još više te sam se suočio s potpuno novim pogledom na čuvenu komičarku, kakav sam siguran da gledaoci britanske televizije nikad nisu imali. Nesvesna ili nimalo zabrinuta za to, zagrlila je Oskara, a on je jedva dočekao da pokuša da joj uzvrati ližući joj uvo. Trenutak kasnije, jedan krupan muškarac veoma crvenog lica pojavio se iza nje, uhvatio je podruku i podigao na noge bez oklevanja, uputivši Oskaru, a pritom i meni, podmukao pogled dok ju je odvlačio.

Oskar je pogledao u mene sa izrazom na licu koji je značio: *Koji je njegov problem?*

Nisam prepoznao tog muškarca i pitao sam se u kakvoj je vezi sa Suzi. Možda joj je čak muž? Ako je tako, pretpostavio sam da se udala za njega zbog novca, uticaja ili skrivenih talenata, jer je, kako je moja baka govorila, sigurno bio negde daleko kad je bog delio lepotu. A kao da to nije bilo dovoljno, nosio je piratski povez preko levog oka. Osim što mu je lice izgledalo kao tamna strana Meseca, a nozdrve kao dva tunela, činilo se da je petnaest-dvadeset godina stariji od Suzi Apton, gotovo potpuno ćelav osim jednog čuperka kose koji je ostavljen neobično usamljen iznad čela, i imao je trbušinu koja se prelivala preko kaiša.

Na moje iznenađenje, Suzi nije reagovala besno na to što je odvučena tako, nego je samo poslušno klimnula glavom i dozvolila da je ovaj povede prema izlazu. To mi je izgledalo čudno, ali nemam mnogo iskustva s televizijskim zvezdama. Možda su navikle da ih ljudi vuku. S njima je bilo još dvadesetak drugih ljudi koji su izašli iz privatne prostorije, a šestoro sam prepoznao s britanske televizije, iako nisam mogao da se setim njihovih imena. Uhvatio sam sebe kako ih gledam dok prolaze, pitajući se da li su među njima dvojica koju sam čuo u toaletu, ali bilo je nemoguće to odrediti. Gotovo svi su bili veseli i pravili su veliku galamu dok su napuštali zgradu, a nakon toga je u restoranu zavladao mir.

Ana i ja smo sačekali neko vreme pre nego što smo krenuli za njima, nadajući se da će se oni razići, ali kad smo izašli iz restorana, zatekli smo bučnu gomilu ispred, kako uznemirava čitavu ulicu glasnim smehom i zadovoljnim ili podrugljivim povicima. Moja urođena radoznalost zadržala bi me tu u pokušaju da identifikujem druga poznata lica – ili možda prepoznam glasove koje sam čuo – ali Ana je imala druge ideje. Uhvatila me je za ruku i odvukla od gomile.

– Ostavi ih na miru, Dene, pre nego što neko ne pozove policiju i uhapse nas s njima.

Bila je u pravu, naravno, i zato sam krotko poslušao i krenuli smo ulicom da bismo se udaljili od te grupe. Skrenuli smo na kraju ulice i izašli tačno prekoputa predivne Crkve San Fredijano, sa zadivljujućim zlatnim mozaikom na fasadi. Izgledao je veličanstveno čak i na narandžastoj svetlosti uličnih svetiljki. Okrenuo sam se prema Ani i srećno joj se osmehnuo.

– U pravu si. Ove nedelje sam na odmoru. Nema detektivskog posla.

Da sam samo znao...

4.

Subota

Doručak u pansionu bio je neuobičajeno obilan. Italijanski do-
ručak obično se sastoji samo od kafe i kroasana, ali jutros nam je
poslužena sveža voćna salata s jogurtom, dvopek, maslac i izbor do-
maćih džemova, uz pitu od breskve, tek izvađenu iz pećnice. Uz
to sam pio sjajan kapučino, a Ana ništa drugo do engleskog čaja, i
imali smo veliki televizor na zidu, pa smo mogli da gledamo jutar-
nje vesti. Čak je i Oskar dobio posudu psećih keksića, koje je ubrzo
usisao.

Dok smo Ana i ja razgovarali, uživajući u doručku, stalno sam
gledao televizijski ekran i deo mene – taj dosadni detektivski deo
– stalno je proveravao da nema pominjanja neke nasilne smrti Bri-
tanca na odmoru u Luki, koga su ubila dvojica čiji sam razgovor čuo
u toaletu. Srećom po moje varenje – i moju vezu – nije bilo izveštaja
o sumnjivim smrtima i mogli smo da uživamo u prijatnom obroku
dok smo razgovarali o planovima za ostatak dana. Počeo sam pita-
jući Anu za mišljenje.

– Da li bi volela da svratimo negde na putu do Rapala, ili da se
odvezemo pravo tamo?

Pošto me je Ana za rođendan počastila vikendom u Alasiju, na
Rivijeri, nekoliko nedelja ranije, odlučio sam da joj uzvratim uslugu
i odvedem je na mesto koje je odavno želela da poseti – Portofino.
Brz pregled nekoliko hotela u tom odmaralištu za bogate i slavne
potvrdio je moje najgore strahove, jer je najjeftinija soba dostupna u
julu koštala skoro hiljadu evra za noć... i to bez doručka! Zbog toga
sam se opredelio za tri noći u hotelu koji prihvata pse u susednom

Rapalu, po i dalje visokoj ceni, ali znatno nižoj od pomenute. Rapalo je primorski gradić i odmaralište, s malim trajektom koji ga povezuje s Portofinom nakon pola sata plovidbe, i po lepom danu poput današnjeg, ta kratka plovidba je zvučala primamljivo. Ana je odmahnula glavom. – Ne baš. Duž čitave će obale biti gužva, pa je bolje da odemo pravo u Rapalo, da ostavimo kombi i odemo trajektom do Portofina.

Putovanje auto-putem do Rapala trajalo je sat i po, uglavnom zbog saobraćaja i gomile tunela na koje smo naišli jer je auto-put išao paralelno s kamenitom obalom. Povremeno smo videli izazovne prizore blistavog plavetnila Sredozemnog mora – ili tačnije Ligurskog mora – prepunog jahti. Zapitao sam se da li neka od njih pripada momku Heder Grinslivs, koji poseduje i ferari... kao što je pomenula ona starija komšinica. Ako je tako, blago njoj. Taj prizor je izgledao idilično i znatno manje haotično nego ovde na kopnu.

Stigli smo do Rapala negde oko pola dvanaest i lako sam pronašao hotel. Namerno sam odabrao hotel s parkingom, mada je bilo malo problema da uparkiram kombi na jedno od uskih mesta. Na kraju sam uspeo u tome i otišao sam da ih obavestim da smo došli. Prijatno sam se iznenadio kad mi je rečeno da možemo odmah da se prijavimo, iako smo stigli ranije. Dali su nam udobnu sobu sa zadnje strane hotela, i mada nismo imali pogled na more, bila je zaštićena od direktnog sunca i prijatno sveža, čak i bez klima-uređaja. U stvari, s prozora smo imali pogled na šarmantnu strmu šumovitu padinu iza, i video sam žičaru koja povezuje grad s brdom visoko iznad. U Britaniji bismo nešto tako visoko nazvali planinom, mada je ovo bio samo jedan od brežuljaka u podnožju Apenina, koji se dižu do preko dve hiljade metara nadmorske visine svega nekoliko kilometara od obale.

Ostavili smo stvari, namazali se obilato kremom za sunčanje i krenuli u grad. Prvih deset minuta šetnje rizikovali smo život i zdravlje na opasno uskom trotoaru pored puta prepunog automobila, koji su se, srećom, sporo kretali. Za promenu sam držao Oskara na povocu jer nisam imao želju da gledam kako ga udaraju neka kola, i laknulo mi je kad smo stigli do pešačke zone. Taj gradić je bio prepun turista i izgledalo je da su posvuda kafići i restorani, kao i brojne prodavnice stvari neophodnih za letovanje, kao što su kofice, lopatice, šeširi i bikiniji. Obala je bila uobičajenog mediteranskog tipa, sa širokom promenadom zaklonjenom velikim palmama i lepom peščanom plažom ispod. Prometna ulica išla je duž obale i tu su se nalazili brojni restorani s letnjim baštama, u senci tendi i suncobrana. Sunce je sijalo neumoljivo s vedrog neba i maksimalno smo koristili hlad dok smo išli prema malom pristaništu odakle kreće trajekt za Portofino.

Rapalo se nalazi u malom zalivu s lukom i prometnom marinom, punom jahti. Njihova veličina kretala se od malo većih od gumenog čamca do velikih jahti s jarbolima dvostruko višim od bandera. Među njima je bilo različitih motornih jahti, od jeftinih do veoma skupih. Malo dalje u zalivu bilo je nekoliko znatno većih plovila, a neka od njih su imala dve ili tri palube i bez sumnje luksuzan smeštaj za brojne putnike, i primetio sam još jednu, veću, kako se približava s juga. Neke su bile usidrene izvan marine, verovatno zbog veličine. Pitao sam se koliko se proteže budžet momka Heder Grinslivs. Ako je posedovao jedno od tih čudovišta, onda mu je išlo stvarno dobro... čime god da se bavio.

Imali smo priliku da vidimo izbliza jednu od tih jahti s trajekta, dok smo izlazili na otvoreno more. Ana i ja smo odabrali da sedimo u potpalublju umesto napolju, na suncu, ne samo zbog sebe nego i zbog psa. Crni labradori i vrelo sunce ne idu dobro zajedno. Dole je bila i manja gužva jer je većina putnika – gotovo uglavnom turista – odabrala da bude na palubi, na otvorenom.

Motorna jahta kraj koje smo prošli bila je viša od našeg broda. Bilo je to lepo, otmeno plovilo sa čak tri palube, ne računajući komandni most i platformu za sunčanje iznad, kao i bazen pozadi, s nekoliko ljudi koji se kupaju u njemu. Palo mi je na pamet da je, uza svu tu vodu naokolo, bazen na brodu pomalo nepotreban, osim ako ovde voda ne vrvi od ajkula, ali možda sam samo previše ciničan. Pozadi je bio privezan lep sjajan drveni čamac za prevoz putnika do obale, ako to požele. Pitao sam se ko je vlasnik takvog broda. Zastava pozadi nije mi mnogo govorila, mada je, na prvi pogled, izgledala kao britanska pomorska zastava. Možda je vlasnik plovila Britanac. Ako je tako, sigurno mu ne nedostaje novca. Dok smo prolazili kraj krme jahte, povetarac je razvio zastavu i video sam nešto zeleno na crvenoj pozadini zastave, osim britanske državne zastave. Nisam imao vremena da se zagledam u to, ali možda je to značilo da jahta ipak ne pripada nekom Britancu.

Kao što sam se nadao, pogled usput je bio pravo uživanje. Obala je vrlo stenovita, a brda oko zaliva prekrivena su šumom i istačkana starinskim vilama, od kojih su neke izuzetno lepe. Bio sam pomalo iznenađen koliko je sve zeleno. Nema sumnje da su lokalne vlasti nametnule stroga ograničenja izgradnje i posledica toga bila je izuzetno nenarušena priroda. Pre dolaska u Portofino, svratili smo u gradić Santa Margarita Ligure, gde se iskrcala šačica ljudi, mada je većina putnika očigledno išla u Portofino, kao i mi. Nakon nepuna dva minuta, trajekt je ponovo isplovio i nastavio prema našem odredištu.

Drugo iznenađenje za mene bilo je koliko je Portofino mali. Ne znam šta sam očekivao – možda nešto nalik Monte Karlu, s višespratnicama i brojnim stambenim zgradama, ili makar urbanu oblast kao na padinama Rapala, ali to nije bio slučaj. Kad smo obišli još jedan stenovit rt, luka se otvorila pred nama i video sam da je Portofino stvarno malo mesto, u malom zalivu – i sigurno je prvo bio jednostavna ribarska luka – sa uglavnom ružičastim i svetlosmeđim zgradama na obali oko luke i visokim dvorcem na brdu iznad. Strme padine iza tih kuća bile su prekrivene šumom, a ponegde je između drveća virila velika vila. Sve u svemu, verovatno je bio manji od mog novog doma, gradića Montevolpone blizu Firence i, s obzirom na reputaciju Portofina kao raja za plejboje, nije bio to što sam očekivao. Nije bilo luksuznih hotela, starih kazina i sigurno ne agresivnih reklama. Pogledao sam u Anu.

– Prijatno mestašce, zar ne?

Uzvratila mi je osmeh. – Predivno je, iako sam očekivala nešto veće.

– I ja.

Trajekt je doplovio do malog pristaništa i svi putnici su izašli, osim nekoliko koji su išli na konačno odredište, jedno mesto severnije. Oskar, kome je ovo bilo prvo putovanje brodom, izgledao je prilično nezainteresovano i samo je digao nogu uz jedan kameni stub za vezivanje brodova, obaveštavajući ostale pse da Portofino sad pripada njemu.

Odmah smo otkrili nekoliko stvari. Prvo, čitava luka je bila pešačka zona, i bilo je veoma prijatno ne čuti buku saobraćaja. Drugo otkriće – ne potpuno neočekivano – bilo je da sigurno nismo bili prvi ljudi koji su danas posetili tu malu luku. Mesto je bilo prepuno ljudi. Ana i ja smo stajali i gledali nekoliko minuta dok je, kraj mojih nogu, Oskar radio isto, i raširenih nozdrva istraživao novo okruženje. Na osnovu lica i naglasaka, izgledalo je da je to mesto kosmopolitsko kao Firenca leti. Bilo je dosta italijanskih glasova, ali na svakog Italijana dolazilo je troje ili četvoro ljudi iz Francuske, Kine, Skandinavije ili Australije, uz veliki broj Amerikanaca.

Proveli smo vrlo prijatan, mada klaustrofobičan sat hodajući po tom gradiću, gledajući luksuzne prodavnice kao *Aleksander Makvin* ili *Guči* – ne treba napominjati da nismo ulazili – i brojne otmene restorane. Mnogi su imali menije izložene ispred, i kad sam pogledao cene uvideo sam da su verovatno dva ili tri puta skuplji od moje lokalne gostionice. Brojni meniji su bili prevedeni – u nekim slučajevima pogrešno – ne samo na engleski nego i na ruski. Ti restorani su očigledno ugošćavali razne nacionalnosti... posebno one s dubokim džepom.

Na povratku u luku zastali smo da kupimo sendviče sa sirom, koje smo pojeli sedeći na kamenoj klupi u hladu, a moj pas nas je prekorno gledao, očigledno se osećajući zanemareno. Dok smo jeli tu zakusku, gledao sam tri velike motorne jahte ukotvljene krmom napred i primetio sam da dve od tri imaju istu crvenu zastavu s nečim što je izgledalo kao zeleni štit. Nakon što smo pojeli sendviče, poveo sam Anu da pogledamo izbliza.

Kraj jedne od jahti nalazila se grupa uniformisanih policajaca. Kad smo se približili, video sam da je tu jedan stariji oficir, odeven u besprekorno belu uniformu sa zlatnim širitima. Bilo je tu i dvoje mlađih policajaca, muškarac i žena, u mnogo praktičnijim belim majicama s kragnom, s rečima *GUARDIA COSTIERA* ispisanim na leđima. Očigledno pripadnici Obalske straže.

Sećam se da mi je prijatelj Virđilio iz Firence objasnio da Obalska straža u Italiji ne samo što obavlja iste dužnosti kao slična služba u Velikoj Britaniji, obezbeđuje bezbednost na moru, nego je i deo italijanskih policijskih snaga i bavi se sprovođenjem zakona. U suštini, oni su za italijansku obalu i teritorijalne vode ono što su policija i karabinijeri na obali, i imaju ovlašćenje da izriču mere, hapse i istražuju zločine počinjene na vodi. Jednom je pokušao da mi objasni različite uloge svih italijanskih službi za sprovođenje zakona, ali kad je stigao do osme, prestao sam da slušam. To mi je uvek izgledalo kao vrlo komplikovan sistem, ali izgleda da deluje, mada se pitam kako te suprotstavljene službe uspevaju da sarađuju i sadejstvuju.

Ta grupica policajaca očigledno je razgovarala s jednim članom posade neke od velikih jahti, i kad se razgovor završio i on se okrenuo, pogledao sam ga u oči, jedva čekajući da zadovoljim radoznalost.

Imao je bedž na levoj strani grudi sa imenom Vinsent, i zato sam mu se obratio na engleskom i bilo je jasno da me je razumeo. – Pitam se da li biste mogli da mi zadovoljite radoznalost. Kakva je to zastava? – Pokazao sam na crvenu zastavu sa zelenim štitom.

– BDO, Britanska Devičanska Ostrva. – Zvučao mi je kao Australijanac.

– Da li to znači da ste doplovili s Kariba?

Odmahnuo je glavom. – Ovaj brod nije nikad plovio dalje od Gibraltara, ali videćete mnogo jahti koje su registrovane na BDO. – Namignuo mi je. – Zbog poreza.

Zahvalio sam mu se, i Ana i ja smo nastavili opušteno da se šetamo. Zamak iznad nas je izgledao primamljivo, ali uska staza koja vodi do njega bila je tako puna da su ljudi ponegde samo stajali, i odlučili smo da preskočimo to zasad. Kad smo stigli do kraja luke tačno ispod zamka, obradovao sam se kad sam video šest starinskih drvenih ribarskih brodića usidrenih tu i ribarske mreže koje se suše na suncu. Očigledno da Portofino nije u potpunosti zaboravio svoje korene. Pošto je bila velika gužva, odlučili smo da pronađemo neki kafić gde možemo da sednemo i popijemo hladno piće, a Oskar da posrče činiju vode pre nego što se trajektom vratimo u Rapalo. A sutra ćemo se vratiti prvim brodom, u nadi da neće biti tolika gužva.

Kad smo se vratili, superjahta koju smo videli da se približava već se bila usidrila nedaleko od mostobrana u Rapalu, i prošli smo dovoljno blizu krme te trospratne luksuzne jahte da pročitamo ime: *Kraljevska princeza*. Pitao sam se da li možda pripada nekom članu jedne od preostalih svetskih kraljevskih porodica, kad sam prepoznao jednu osobu na palubi, i ona nije bila kraljevskog porekla... možda je bila televizijska kraljica, ali ne i prava. Bila je to upravo Suzi Apton, a bujna plava kosa bila joj je delimično sakrivena pod slamnatim šeširom veličine sombrera, dok je sedela kraj bazena i čitala knjigu. Pogledao sam u Anu.

– Pogodi ko je to? Pretpostavljam da bučna grupa od sinoć iz restorana boravi na toj jahti. – Nezvana misao koja mi se javila u umu bila je da li su dva muškarca koja sam čuo u Luki bila na tom brodu i da li je osoba na koju su bili ljuti i dalje živa. Mudro, nisam to pomenuo Ani. Ipak smo bili na odmoru.

Ana je klimnula glavom. – Pretpostavljam da su se usidrili negde bliže Luki i da su danas doplovili do obale. Lep način da se provede odmor, zar ne?

– Ali potrebna ti je hrpa novca da iznajmiš jahtu.

– Ili da je poseduješ...

5.

Nedelja ujutro

Nakon izvrsnog obroka u Rapalu u subotu uveče, ustali smo rano da uhvatimo trajekt u devet sati, do Portofina. Bio je to još jedan divan dan, i već u ovo doba temperatura je bila viša od dvadeset stepeni. Ovako rano u nedelju ujutro trajekt je bio dopola pun, i nadao sam se da je to dobar znak da će Portofino biti manje klaustrofobičan nego juče. Kad smo napustili luku, video sam da luksuzna jahta na kojoj sam uočio Suzi Apton i njene prijatelje više nije usidrena ispred luke i zapitao sam se kuda su otišli.

Nisam dugo čekao da bih saznao. Kad smo se približili Portofinu prošli smo blizu te jahte, dovoljno blizu da pročitam ime na krmi. To plovilo je sad bilo usidreno dvestotinak metara od ulaza u zaliv i zapitao sam se da li su proveli noć u Rapalu, ili su doplovili ovamo juče uveče. Na palubi nije bilo nikog i pretpostavio sam da i dalje spavaju zbog sinoćnjeg preterivanja... pod pretpostavkom da su konzumirali hranu i piće u istoj meri kao u Luki.

Moje nade su imale pokriće i oduševili smo se kad smo videli da je gužva u Portofinu znatno manja u ovo doba dana. Tako smo uspeli da odemo stazom do zamka bez ometanja. Taj zamak je izbliza izgledao još impresivnije, s masivnim odbrambenim zidinama debelim nekoliko metara, izgrađenim od blokova tvrdog, sivog kamena. Gornji deo građevine pretvoren je u stambeni prostor, ali ipak je zadržao nepogrešiv odbrambeni osećaj i mogao sam da zamislim da je u svoje vreme bio neosvojiva tvrđava. Zamak je imao vrlo neitalijansko ime Braunov zamak. Platili smo ulaznicu od pet evra, dobili smo prospekt sa objašnjenjem da se taj zamak, koji dominira iznad male luke, prvobitno zvao zamak San Đorđo. Propao je tokom sedamnaestog veka, ali u devetnaestom veku ga je kupio jedan gospodin impresivnog imena Montagju Jejts Braun, lokalni britanski konzul. Obnovio ga je i pretvorio u stambeni prostor. Kasnije je ponovo prodat, ali sad je bio u vlasništvu gradske uprave.

Fotografije na zidovima prikazivale su brojna poznata lica koja su dolazila tu tokom godina, uključujući Vinstona Čerčila, Volta Diznija i čuvene glumce Hamfrija Bogarta i Lorin Bekol, i bilo je lako shvatiti zašto su odlučili da dođu ovamo. Pogled s prozora i terasa iznad zaliva, s flotom jahti i divnim svetlosmeđim i ružičastim zgradama bio je divan, mada mi strme litice sa svih strana nisu izgledale primamljivo zbog straha od visine. Šumovite padine na nedirnutim brdima oko Portofina dodavale su ljupku pozadinu tom prizoru i, s vrtoglavicom ili bez nje, bilo je to lepo i istorijski značajno mesto.

Gledana s gotovo vertikalne litice na kojoj je glavna terasa, morska voda daleko ispod bila je tako bistra da se moglo videti dno, i bio sam siguran da bih video ribe koje plivaju dole da sam samo poneo svoj dvogled. Kako se ispostavilo, video sam narandžast čvrst čamac na naduvavanje, koji pripada Obalskoj straži, i nekoliko ronilaca u vodi, koji verovatno izvode neku vežbu na malom kamenom rtu na samom kraju poluostrva. To je bilo ljupko mesto i sasvim je opravdalo našu odluku da poranimo kako bismo izbegli gužvu.

Već smo odlučili da se nećemo zadržavati predugo jer smo bili sigurni da će se grad vrlo brzo ispuniti u nedelju, i nakon što smo prošetali Oskara i pojeli dobar – ali skup – sladoled, ukrcali smo se na trajekt do Rapala, sredinom prepodneva. Dok smo prolazili pored *Kraljevske princeze*, video sam šestoro ljudi za stolom na gornjoj palubi ispod nadstrešnice. Prepoznao sam dva lica iz Luke, mada nije bilo ni traga od kolege Suzi Apton, komičara Martina Greja, niti krupnog tipa s povezom preko oka. Možda su još spavali.

Kad smo se vratili u Rapalo, nakon šetnje promenadom, Ana i ja smo otišli do početne stanice žičare, da bismo imali bolji pregled okoline. Začudo, bili smo jedino dvoje putnika u gondoli – verovatno su, kad je dan ovako topao, svi ostali išli na plažu – a kondukter je bio vrlo pričljiv. Pošto nisam ljubitelj visine, rado sam razgovarao da skrenem misli sa činjenice da visimo tridesetak metara iznad padine. Kad sam mu rekao da sam privatni istražitelj, lice mu se ozarilo.

– Da li istražujete grofičinu smrt?

– Koje grofice?

– Godine 2001, grofica Frančeska Vaka Agusta – iz helikopterske kompanije *Agusta* – pala je s litice na kojoj se nalazi njena vila, i tri nedelje kasnije njeno telo je pronađeno na francuskoj obali, gde su ga odnele struje.

Pogledao sam Anu i video da to nije novost za nju, ali sigurno je bila za mene. – Baš nezgodno. Ali zašto mislite da bi to zanimalo privatnog istražitelja?

– U to vreme su postojale razne teorije zavere. Njen muž je bio jedan od vodećih italijanskih industrijalaca. Umro je nekoliko godina pre nje, nakon čega je ona bila u vezi s nekim neprijatnim i neprikladnim muškarcima i bilo je raznih trvenja u porodici oko testamenta njenog muža.

– Shvatam. Ljudi su mislili da je možda ubijena?

Slegnuo je ramenima. – Ljudi su mislili svašta. Znate kako to izgleda kad neka poznata ličnost umre pod sumnjivim okolnostima.

– Pa, sa zadovoljstvom mogu da vas obavestim da nisam ovde da bih istražio tu ili bilo koju drugu smrt. Samo smo došli na kraći odmor.

Kad smo stigli do vrha i pogledali iza sebe, bilo je jasno da smo se prilično visoko popeli. Naš ljubazni kondukter nam je rekao da smo sad na šeststo metara nadmorske visine i pogled na Rapalo i preko zaliva do Portofina i dalje bio je spektakularan. Ana i ja smo ga ostavili tamo i popeli se kamenim stepenicama, a onda nastavili kroz šumu prema svetilištu. Ta crkvica je izgrađena krajem perioda renesanse i bila je vrlo zanimljiva stručnjaku za renesansu kraj mene. Dok je Ana bila unutra da razgleda enterijer, čekao sam u hladu ispred sa Oskarom, a onda sam izvadio telefon i potražio priču koju nam je kondukter ispričao.

Ta priča je sadržala mnoge elemente na koje sam nailazio tokom svoje karijere u londonskoj policiji; bogataš i prelepa mlada supruga, politička intriga, požuda, ljubomora, porodične kavge i pohlepa, ali u ovom slučaju, zanimljivo, sujeverje. Vila u kojoj je umrla ranije je pripadala lordu Karnarvonu, čoveku koji je finansirao ekspediciju koja je pronašla Tutankamonovu grobnicu. Pošto su brojni ljudi uključeni u to iskopavanje kasnije umirali pod nerazjašnjenim okolnostima, pronela se glasina da su oni koji su oskrnavili Tutankamonov grob prokleti, pa je, samim tim, i vila bila prokleta. Nimalo iznenađujuće, istraga koja je usledila nakon grofičine smrti nije se bavila tom hipotezom, ali zvučalo je kao da je policija istraživala sve druge elemente prilično temeljno, pre nego što je zaključila da je to najverovatnije samoubistvo ili nesreća. Vratio sam telefon u džep i pogledao dole u Oskara, koji je ležao, dahćući, kraj mojih nogu nakon bezuspešne jurnjave za jednom vevericom.

– Portofino, divno mesto za umiranje, zar ne?

Odmahnuo je glavom, ali to je možda bio samo njegov pokušaj da se otarasi jedne vrlo uporne muve koja mu je sletela na nos.

Kad je Ana izašla iz crkve odustali smo od hodanja napornom i vrlo strmom stazom do vrha Monte Roze i krenuli dole, kroz šumu, dok nismo stigli do kafića pored stanice žičare. Jedna tura je upravo otišla, i pošto je bilo gotovo podne, a ja sam bio na odmoru, nisam se libio da naručim hladno pivo, Ana se opredelila za mineralnu vodu, a ljubazna šankerica je donela posudu s vodom za Oskara. Sedeli smo u hladu i uživali u piću, a jedini zvuk je bilo brujanje električnog motora u pozadini. Razgovarali smo o smrti grofice Vaka Agusta, i Ana mi je rekla da je taj slučaj mesecima bio na naslovnim stranama, a policija nije imala nikakve tragove. Mogu da zamislim koliko su bili frustrirani policajci koji su vodili istragu. Niko ne voli nerešene slučajeve.

Pet minuta kasnije, vagon žičare se vratio, sa svega nekoliko putnika i istim kondukterom. Kad nas je uočio, prišao je do našeg stola, a na licu je imao živahan osmeh.

– Jeste li čuli vesti? Dogodilo se još jedno ubistvo u Portofinu.

Pogledao sam ga sa zanimanjem. – Stvarno? Kad se dogodilo?

– Moje kolege na donjoj stanici upravo su mi to saopštile. Vest je objavljena na lokalnom radiju i društvenim mrežama. Obalska straža je pronašla jutros telo u vodi. Prvo su mislili da je možda nesreća, ali izgleda da je nešto na telu ukazalo da se radi o ubistvu. Nisu rekli šta je to bilo, ali kladim se da je bodež virio iz leđa.

To je zvučalo pomalo teatralno, ali očigledno su postojale neke naznake prljave igre. Odmah sam se setio prizora koji sam video s terase Braunovog zamka ranije jutros. Verovatno je da brod Obalske straže i ronioci nisu bili na obuci, već su izvlačili telo ili tražili tragove. Nema potrebe naglašavati, pošto sam takav kakav sam, odmah sam se setio razgovora koji sam čuo u Luki u petak uveče, i pokušao sam da saznam dodatne pojedinosti od našeg prijatelja. – Telo? Muškarac ili žena?

– Muškarac, izgleda, i verujete li da je imao samo jedno oko?

Razni signali za upozorenje zazvonili su mi u glavi. – Jedno oko? Jeste li sigurni?

– To je pisalo na internetu. Upravo sam čitao dok smo se uspinjali. Policija traži informacije kako bi utvrdila identitet tog tipa. – Široko mi se osmehnuo. – Nema mnogo jednookih ljudi u okolini, a ako neki od njih nedostaje, neko će primetiti.

Neko je sigurno primetio, i to sam bio ja. Kondukter nam je rekao da će žičara ponovo krenuti za pet minuta, i dok je on pio kafu, okrenuo sam se prema Ani, ali ona je prva progovorila. – Gotovo čujem kako ti mozak radi, Dene. Misliš da je to čovek iz Luke, zar ne?

Polako sam klimnuo glavom. – Stvarno ne znam, ali moram priznati da je to velika slučajnost, s obzirom na to da je jahta koja pripada ljudima iz Luke usidrena dvestotinak metara od mesta na kojem je pronađeno telo.

Video sam kako klima glavom. – I šta ćeš da uradiš povodom toga?

– Ako je policija izdala zahtev za prikupljanje informacija, trebalo bi da odem u najbližu policijsku stanicu i prijavim šta sam čuo. Ako bude neophodno, mogu da identifikujem tipa iako mu ne znam ime.

Uputila mi je strpljiv pogled. – Dakle, za svega nekoliko minuta, Den, čovek na godišnjem odmoru, iznenada je ponovo postao detektiv Den. – Osmehnula se, ali video sam da joj to predstavlja napor. – E, zašto li me to ne iznenađuje?

6.

Sreda, rano popodne

Policijska stanica u Rapalu nalazila se na dvadeset minuta hoda od stanice žičare i mada smo se držali hlada, bili smo oznojeni kad smo stigli tamo. Ostavio sam Anu i Oskara u obližnjem kafeu i otišao da ispričam svoju priču. Na vratima me je sačekao mlad pozornik koji me je pitao zašto sam došao, a kad sam mu rekao da možda imam informacije o ubijenom čoveku u Portofinu, odveo me je do obližnje prostorije za ispitivanje i rekao mi da sednem i sačekam. Prošlo je deset minuta pre nego što je jedan mrzovoljan policajac s vodničkim činom na uniformi stigao.

– Čujem da imate informacije o lešu. – Imao je verovatno više od pedeset pet godina – moj vršnjak – i sigurno je izgledao mrzovoljno. Pogledao sam na sat i video da je gotovo jedan. Iznenada sam shvatio. Prekinuo sam mu nedeljni ručak. Potrudio sam se da zvučim što ljubaznije.

– Izvinite što vas zadržavam. Čuo sam da je u Portofinu pronađen leš. To je tačno, zar ne?

Klimnuo je glavom. – Rekao bih da jeste. Dobro, moram da zapišem vaše ime i adresu, molim.

Izvadio je beležnicu i s naporom zapisao moje podatke, pre nego što je spustio olovku i upitao me: – Kakve informacije imate o tom lešu?

– Čuo sam da je to leš jednookog muškarca. Da li je to tačno?

Oklevao je nekoliko trenutaka pre nego što je nesigurno odgovorio. – Mislim da je tako, da.

Pošto je slučaj već bio na internetu i lokalnim medijima, iznenadio sam se što je zvučao tako neodređeno. Ipak sam nastavio. – Mislim da možda znam ko je on.

Ponovo je uzeo olovku i pogledao me je sa iščekivanjem. – Dobro, da čujemo njegovo ime.

Odmahnuo sam glavom. – Nažalost, ne znam njegovo ime, ali mislim da znam kako možete da ga pronađete.

Ponovo je spustio olovku na beležnicu i prezrivo frknuo. – Ne znate njegovo ime... – Usledila je pauza dok se smirivao, pre nego što je nastavio. – Ako ne znate njegovo ime, zašto mislite da je to ista osoba?

Pošto sam video da je nepoverljiv, pokušao sam ponovo. – On je deo jedne grupe britanskih turista. Video sam ih u Luki u petak uveče i video sam tu istu grupu na jahti usidrenoj u Portofinu jutros... i znam ime jahte. Kao što sam rekao, ne znam ime tog muškarca, ali siguran sam da bih ga prepoznao. S druge strane, trebalo bi da bude jednostavno da pošaljete nekog na tu jahtu i vidite da li im nedostaje jedan jednooki ili ne.

Glasno je uzdahnuo... prilično slično Oskaru kad zna da mora da sačeka da ja završim s jelom kako bi dobio hranu. – Dobro, hvala vam. Molim vas, dajte mi ime plovila i poslaću nekog da se raspita.

Dao sam mu ime, *Kraljevska princeza*, i video sam ga kako ga zapisuje. Na moje iznenađenje, zatim je glasno zatvorio beležnicu i ustao. – Hvala vam, sinjor *Armestronga*, poslaću nekog da istraži to.

Bio sam zaprepašćen. – Ne želite da uzmete moju izjavu?

– Ne, imamo vaše podatke. Ako budemo morali da razgovaramo s vama, znamo kako da vas kontaktiramo. Pored toga, to je slučaj za Obalsku stražu ili karabinijere. Preneću im informaciju.

Dva minuta kasnije, stajao sam na trotoaru ispod plavo-belog natpisa *Polizia*, osećajući se izbezumljeno i pomalo iznervirano. Setio sam se poslednjih reči koje mi je vodnik rekao i polako počeo da shvatam u čemu je problem. Verovatno njegova služba nije imala jurisdikciju u ovom slučaju. Setio sam se onog što mi je rekao moj prijatelj Virđilio. Kad se telo pronađe u moru, istragu pokreće Obalska straža i, na osnovu onog što je vodnik rekao, zvučalo je kao da sarađuju s karabinijerima, a ne policijom. Karabinijeri imaju sličnu ulogu u istragama i sprovođenju zakona kao policija, mada su, u suštini, deo italijanske vojske. Eto koliko je to komplikovano...

Dok sam prelazio ulicu i išao prema mestu gde su me čekali Ana i Oskar, uhvatio sam sebe kako ozbiljno sumnjam da li će ta informacija biti preneta. Taj vodnik nije izgledao previše zainteresovano i ako, kao što sam uvek sumnjao, postoji takmičarski duh između različitih službi, sasvim je moguće da se neće previše truditi. Kad sam se vratio za sto gde je Ana sedela, mora da je na osnovu mog izraza lica shvatila da nije sve u redu.

– Problemi?

Ispričao sam joj o ne previše ljubaznom vodniku i Ana se osmehnula. – Šta si očekivao u nedelju u vreme ručka? Iznenađena sam što je policijska stanica bila otvorena. – Pokazala je na čašu piva na stolu ispred. – Sedi i popij piće. Ja sam ti ga naručila. To je bezalkoholno pivo, za slučaj da ti padne na pamet da voziš danas popodne.

Uzeo sam rado veliki gutljaj i razmišljao o narednom potezu. U stvari, nisam dugo razmišljao. Obrisao sam penu sa usne i pogledao u Anu. – Mislim da moram da se vratim u Portofino da razgovaram sa Obalskom stražom. – Pošto sam video loše prikriveno razočaranje na njenom licu, potrudio sam se da objasnim. – Neće dugo trajati, ali moram da prenesem tu informaciju ljudima koji su direktno uključeni u istragu. Shvataš to, zar ne?

Osmehnula se, pomirena sa sudbinom. – Shvatam, Dene. Detektiv u tebi neće se smiriti dok te neko ne shvati ozbiljno. Da li to znači da sad ideš na trajekt?

Primetio sam da je upotrebila jedninu „ti", umesto „mi", i shvatio sam poruku. – Neću dugo biti odsutan. Zašto se ne prošetaš po gradu sa Oskarom ili ne odeš na plažu, ili se možda vratiš u hotel i odremaš?

Pogledala je Oskara, koji se pružio ispod stola isplaženog jezika. – Mislim da ću pojesti sendvič ovde i onda ćemo oboje odremati. Sad bi trebalo da je prijatno sveže u sobi, a ako nije, uvek mogu da uključim klimu. Idi i uradi ono što misliš da moraš.

Ispraznio sam čašu i ustao. Oskar se nije potrudio da se pomeri, očigledno previše umoran... ili je možda čuo kad je Ana pomenula

„ručak". Cmoknuo sam Anu u obraz. – Neću ostati dugo, obeća-
vam, ali znaš kako je. Osećam da moram da razgovaram s nekim
o tome.

Ponovo joj se na licu pojavio izraz bezgraničnog strpljenja. –
Znam kako je, Dene, veruj mi, znam.

Jedva sam uspeo da pronađem mesto na trajektu, koji je bio
prepun ljudi, i nema sumnje da će u Portofinu bili velika gužva.
Kad smo stigli tamo, laknulo mi je kad sam video da je *Kraljevska
princeza* i dalje usidrena na ulazu u zaliv, ali gužva na keju bila je
velika, kao što sam se i bojao. Dobra vest je bila, međutim, što sam
prepoznao figuru u plavo-beloj uniformi na suprotnom kraju keja,
kraj ribarskih brodića, i zato sam se iskrcao s broda i probio se kroz
gomilu duž doka, prema mladom oficiru Obalske straže, koga sam
video ranije. Izgledao je napeto i nisam ga krivio.

– Dobar dan, policajče, imate li malo vremena?

– Samo nekoliko trenutaka, nažalost, jer smo usred istrage ubi-
stva. – Za razliku od policijskog vodnika u Rapalu, makar se trudio
da bude učtiv.

– Ima veze s tim. Jeste li uspeli da identifikujete telo? Ako niste,
mislim da možda znam ko je.

Bilo je jasno da sam mu odmah privukao pažnju. – To bi bilo
vrlo korisno, gospodine...

Dao sam mu svoju posetnicu i video sam da je gleda pre nego
što me je pogledao. – Vi ste privatni istražitelj? Smem li da vas pi-
tam kakve veze imate s ovim?

Odmahnuo sam glavom. – Nikakve. Ovde sam na godišnjem
odmoru s devojkom, ali slučajno sam čuo jedan razgovor dok sam
bio u Luki u petak uveče, koji bi mogao imati značaja za ovaj slučaj.
– Videvši njegovo očigledno interesovanje, ukratko sam mu prepri-
čao šta sam čuo u subotu uveče i kazao kako se bojim da bi taj leš
u vodi mogao biti krupni muškarac koga sam video u restoranu sa
Suzi Apton. Slušao je napeto, ne prekidajući me, dok nisam stigao
do kraja priče, a onda je dvaput klimnuo glavom.

– To je vrlo zanimljivo, sinjor Armstrong, ali ne znate ko su ta dva muškarca koje ste čuli?

– Nažalost, ne, ali prilično sam siguran da su bili pripadnici te bučne grupe u privatnoj sali.

– Da li mislite da biste prepoznali njihove glasove?

To sam se i ja pitao. – Nisam siguran. Nijedan od glasova nije bio posebno prepoznatljiv, ali nikad se ne zna, možda bih i mogao. Naravno, možda sam potpuno pogrešio i jednooki koga sam video sad doručkuje na jahti, ali mislim da bi vredelo proveriti. Šta nameravate da uradite? Verovatno morate da razgovarate sa svojim šefom.

– U idealnim okolnostima da, ali otišao je u Milano juče uveče i sad putuje avionom u Južnoafričku Republiku, na neku konferenciju. Nismo uspeli da ga kontaktiramo. Čak i da odluči da se vrati odmah, možemo da ga očekujemo tek sutra uveče ili prekosutra.

– Da li postoji opasnost da jahta dotad otplovi?

– To nije problem. Mogu da pošaljem poruku kapetanu da ne diže sidro dok ne dobije našu dozvolu.

Odlučio sam da se pravim nevešt. – Da li sarađujete s policijom na ovom slučaju?

Odmahnuo je glavom. – Ne postoji policijska stanica u Portofinu, ali imamo dobru saradnju s lokalnim karabinijerima. – Video sam da je odlučio. – U stvari, ako možete da mi posvetite još nekoliko minuta vremena, pitao sam se da li biste bili toliko ljubazni da pođete sa mnom u kasarnu karabinijera, da razgovarate s poručnikom.

– Poručnikom?

– Poručnik Bertoleti. On je glavni istražitelj ovde. – Pružio mi je ruku. – Hvala vam što ste nas obavestili o ovom, sinjor Armstrong. Zovem se Solaro, uzgred, Paolo Solaro.

Bilo nam je potrebno mnogo vremena da pređemo trista ili četiristo metara do štaba karabinijera. Gomile turista koji šetaju bile su, ako je moguće, čak i brojnije nego što sam se bojao, i sreća je što smo Ana i ja jutros došli ranim trajektom. Stanica karabinijera zauzimala je prizemlje stambene zgrade u jednoj uskoj ulici, a ispred je stajao jedan stariji uniformisani policajac. Ne poznajem činove karabinijera, ali na osnovu širita na njegovim epoletama imao sam osećaj da je *maresciallo* ili maršal, otprilike nešto u rangu vodnika. Pušio je cigaretu, bez sumnje nakon nedeljnog ručka, i razmišljanje o hrani navelo me je da shvatim kako počinjem da budem gladan. Oskar nikad ne bi zaboravio nešto tako važno, ali zasad sam imao posla. Maršal je klimnuo glavom Paolu Solaru kad smo mu prišli, a mladić je ponudio kratko objašnjenje.

– *Ciao*, Romeo, ovaj gospodin ima neke zanimljive informacije o identitetu našeg leša.

Maršal je odmah bacio cigaretu na zemlju i ugasio je stopalom.

– Bolje da odemo kod poručnika.

Odveo nas je unutra, pored recepcije, do vrata s natpisom *Privato*. Uneo je šifru i krenuli smo za njim u hodnik, na čijem kraju su se nalazila vrata od neprozirnog stakla. Maršal je pokucao i sačekao. Nekoliko trenutaka kasnije, neki glas je rekao:

– *Avanti*.

U toj kancelariji, zatekao sam oficira karabinijera u košulji, koji je sedeo za stolom prepunim papira. Tu je bilo zagušljivo, a jedina ventilacija bio je ventilator na vrhu ormarića za dokumente. Policajac Solaro mu je dao moju posetnicu i ukratko preneo ono što sam mu ispričao. Poručnik je ustao i pruži mi ruku.

– Hvala vam što ste nam skrenuli pažnju na to. Molim vas, sedite. – Video sam da gleda moju posetnicu nekoliko trenutaka, ali nije komentarisao moje zanimanje. – Gospodine Armstrong, da li biste mogli da mi to ispričate svojim rečima, molim vas? – Bio je čovek inteligentnog izgleda, star oko četrdeset pet godina, kratke tamne kose. Bio je glatko obrijan i izgledao je zdravo.

Seo sam naspram njega, a dva policajca su ostala da stoje iza mene i slušali su, dok sam ponavljao svoju priču. Kao što sam pretpostavio, policijski vodnik iz Rapala nije se potrudio da prenese moju poruku. Poručnik je napeto slušao, povremeno postavljajući pitanja, dok nisam ispričao sve. Zapisivao je nešto dok sam govorio i sad je pogledao preko mog ramena, prema maršalu i izdao je naređenja.

– Veroneze, kontaktirajte s *Kraljevskom princezom*. Vidite da li je na brodu muškarac s povezom preko oka. Ako ne postoji ili je još tamo, onda mislim da možemo da ih eliminišemo iz istrage. Ako je takva osoba bila na brodu, a više nije tamo, iz nepoznatih razloga, kažite svima da ostanu na jahti i ne mrdaju dok ne dođem da ih ispitam.

Maršal je kratko rekao: – Da, gospodine – i ponovo izašao, nakon čega je poručnik pogledao u mene.

– Kao što ste rekli, sinjor Armstrong, ovo je možda sasvim drugi jednooki. Da li biste mogli da sačekate nekoliko minuta dok Veroneze ne porazgovara s brodom? Mogu li da vas ponudim kafom? A ti, Paolo? Možda espreso? – Očigledno je njegov odnos sa službenikom Obalske straže bio manje zvaničan.

Poručnik je uzeo telefon dok je Paolo Solaro sedao na stolicu, i tri minuta kasnije pojavio se još jedan policajac s tri espresa na poslužavniku. Dok smo ih pijuckali, poručnik me je pitao šta radim i ukratko sam prepričao svoj život.

– Bio sam u odeljenju za ubistva Skotland jarda u Londonu trideset godina, i pre dve godine sam se penzionisao i preselio u Toskanu. Moj dobar prijatelj iz firentinskog odeljenja za ubistva predložio mi je da otvorim detektivsku agenciju, i radim to već godinu dana.

– Trideset godina u odeljenju za ubistva? Da li ste bili visoki oficir?

– Ne previše, gospodine, bio sam glavni inspektor.

Očigledno mu je bio poznat taj čin i osmehnuo se. – To je nešto kao major u karabinijerima ili komesar u italijanskoj policiji, zar ne? Mora da ste svašta videli tokom karijere.

– Da, ali nikad jednooki leš koji pluta u moru. Smem li da vas pitam da li ste sigurni da je to ubistvo, a ne samoubistvo ili nesreća?

– Sigurno je ubistvo. – Video sam ga kako okleva pre nego što je doneo odluku. – Ovo je poverljiva informacija, tako da, molim vas, zadržite je za sebe, ali taj čovek je uboden šest puta u leđa, bok i vrat. A što se tiče samoubistva, pokušajte samo da ubodete sebe u leđa. – Zvučao je jetko.

– Uboden je *šest* puta? – Nesvestan toga, kondukter na žičari je skoro pogodio. – To sigurno ne zvuči kao delo profesionalnog ubice.

– Ne, patolog je rekao da izgleda kao mahnit napad nekim prilično uskim sečivom, dugačkim oko deset centimetara.

– Kažite mi, imate li fotografije žrtve? Trebalo bi da mogu da ga prepoznam ako je to onaj koga sam video.

– Čekam da mi donesu fotografije iz laboratorije. – Tužno je slegnuo ramenima. – Mi smo samo mala stanica i za neke stvari treba dosta vremena.

Oficir Obalske straže kraj mene nakašljao se kao da se izvinjava. – To je moje prvo iskustvo sa ubistvom, nažalost, i nisam se setio da napravim svoje fotografije. Prepustio sam to policijskom fotografu.

Neko je oprezno pokucao na vrata i maršal se vratio. – Zvuči da bi to mogao biti naš čovek, gospodine. Razgovarao sam s kapetanicom, Monikom Devezi, i ona je potvrdila da je na *Kraljevskoj princezi* bio jedan čovek s povezom preko oka, po imenu Džerom van der Grut, britanski državljanin. Kaže da je čula kako je nakon večere, iz nepoznatog razloga, napustio salon u žurbi. Deset minuta kasnije, čuli su motor napolju i neko se ukrcao u jedan od malih gumenih čamaca, i jedan član posade ga je video kako plovi ka obali. Ni čamac niti taj čovek nisu se vratili, tako da kad je kapetanica to saznala rano jutros, poslala je ljude u drugom čamcu da ga potraže. Pronašli su gumeni čamac zaglavljen na stenama nedaleko odavde, ali nisu videli ni traga od čoveka, a on se nije nikom javljao od sinoć. Pronašli smo nasukan leš stotinak metara dalje.

– Kad kažete „zaglavljen", da li je čamac bio privezan?

Maršal je odmahnuo glavom. – Pitao sam ih i rekli su ne, nije bilo pokušaja privezivanja. Čudo je što se zaglavio među stene, ili bi morske struje odnele i njega i leš, i bog zna da li bismo ga pronašli. – Na tren je pogledao u mene. – Možda znate priču o nesrećnoj grofici Vaka Agusta, od pre dvadeset godina. Njeno telo nije pronađeno tri nedelje, dok se nije nasukalo na francusku obalu.

– Da, čuo sam za to jutros. Na osnovu toga, nema dokaza da je Van der Grut bio u čamcu kad je stigao do obale.

– Tako je.

Poručnik je klimnuo glavom i pogledao me u oči. – Izgleda da ste bili u pravu, sinjor Armstrong. – Ponovo je pogledao u maršala.

– Kad ste rekli da je taj Van der Grut napustio *Kraljevsku princezu*?

– Kapetanica je rekla negde oko jedanaest.

– Gde je brod bio usidren?

– Na kilometar od obale, prema Santa Margeriti. Kaže da su stigli iz Rapala juče uveče u osam, i prenoćili su tu pre nego što su prešli na svoj sadašnji položaj, bliže Portofinu, jutros u pola osam. Nisu se pomerali otad.

– Da li je neko išao na obalu ili su svi i dalje na brodu?

– Dva člana posade su išla da traže čamac u pola sedam jutros, ali nisu se iskrcali na kopno i vratili su se čim su ga pronašli. A što se tiče gostiju na brodu, kapetanica kaže da niko nije napuštao jahtu danas. – Osmehnuo se. – Kako mi izgleda, baš su se zapili, i zbog toga jutros nisu bili previše aktivni.

Video sam kako poručnik nekoliko trenutaka razmišlja o tim informacijama, pre nego što se okrenuo ka meni. – Gospodine Armstrong, znam da ste rekli kako ste na odmoru, ali pitam se da li biste mogli da nam posvetite jedan sat svog vremena. Rekli ste kako *mislite* da biste mogli da prepoznate glasove koje ste čuli u Luki, i zanima me da li je moguće da pođete sad sa mnom na jahtu? Neću obavljati zvanična ispitivanja u ovoj fazi, jer sam siguran da je vaše vreme dragoceno, ali voleo bih da nakratko porazgovaram sa svima na brodu, a vi da slušate, u nadi da ćete prepoznati ljude koje ste čuli. – Bio sam zadivljen kad je prešao na prilično dobar engleski sa izrazitim, ali razgovetnim, italijanskim naglaskom. – Kao što možete da zamislite, često govorim engleski, tako da ga govorim prilično dobro, i ne trebaju mi vaše prevodilačke usluge, ali ljudi na jahti ne moraju da znaju to. Neću vas predstaviti, i ako iko bude pitao, reći ćemo da nam pomažete oko prevoda. – Ponovo je prešao na italijanski. – Da li biste mogli da uradite to za nas? Bio bih vam zahvalan.

Pogledao sam na sat. Bilo je gotovo dva, i ako je Ana otišla da odrema nakon sendviča, verovatno se neće probuditi pre tri, i pomislio sam da imam dovoljno vremena. – Da, naravno. Voleo bih da mogu da vam posvetim više vremena, ali ovde sam s devojkom i ona očekuje da provedem ovaj vikend s njom. – Pogledao sam ga u oči na tren. – Nažalost, moj posao izaziva dosta trvenja među nama.

Poručnik mi se tužno osmehnuo. – To mi zvuči isuviše poznato. Hvala vam mnogo na pomoći. – Okrenuo se prema mladom oficiru

Obalske straže. – Paolo, pitam se da li je moguće, u znak zahvalnosti za pomoć gospodina Armstronga, da ga ti ili neko od kolega vratite u Rapalo kad završimo razgovore s ljudima na jahti?

– Naravno. – Policajac Solaro mi se osmehnuo. – Obećavam da ću vas vratiti znatno brže nego trajekt.

7.

Nedelja popodne

Kraljevska princeza je bila još impresivnija izbliza. Bio sam na luksuznim jahtama ranije, tokom jedne velike istrage protiv dilera droge u Velikoj Britaniji, ali ta je bila upola manja od ovog čudovišta. Kad se jarkonarandžasti čvrsti čamac na naduvavanje Obalske straže primakao otvorenoj platformi na krmi, brod je izgledao veoma visoko. Jedan član posade u šortsu i svetloplavoj majici s kragnom, sa imenom jahte, uzeo je naš konopac i privezao ga. Popeli smo se na brod i krenuli za njim stepenicama ka otvorenoj palubi, a tamo se nalazio vrlo primamljiv bazen. Nema sumnje da bi Oskar, da je bio sa mnom, otišao pravo tamo. Kao i većina labradora, voli vodu.

Bio sam malo iznenađen što nije bilo nikog kraj bazena, ali kad smo se popeli na palubu iznad, shvatio sam zašto. Tamo smo zatekli sve u velikoj, otvorenoj trpezariji koju je Kristofer – koji je govorio sa irskim naglaskom – nazvao salonom. Tu se nalazio veliki trpezarijski sto, na jednom kraju, i niz otmenih belih kožnih fotelja na drugom. Koliko sam video, jedino što je govorilo da je ovo jahta, a ne neka soba u luksuznom hotelu, bilo je to što su fotelje bile pričvršćene za pod.

Izbrojao sam jedanaestoro ljudi oko velikog trpezarijskog stola prepunog tanjira, pribora za jelo i ostataka hrane, kao i desetak vinskih boca, naizgled praznih. To je izgleda ukazivalo da se ta grupa ne prepušta opijanju samo uveče. Osećao se miris tek skuvane kafe i bilo je jasno da su gosti upravo završili ručak. Pogledao sam oko sebe sa zanimanjem i odmah sam uočio Suzi Apton koja je sedela kraj kolege komičara, Martina Greja. Oko njih se nalazilo još pet muškaraca i četiri žene. Prepoznao sam nekoliko lica iz raznih televizijskih emisija u Velikoj Britaniji i iz restorana u Luki, ali nisam mogao da se setim njihovih imena. Nema potrebe naglašavati, nije bilo ni traga od Džeroma van der Gruta, muškarca s povezom preko oka.

Video sam nekoliko radoznalih pogleda, ali niko nije ništa rekao, a poručnik je ćutao dok smo pratili Kristofera do sledećeg nivoa na mostu. To je bilo najmodernije okruženje prepuno elektronske opreme i kompjuterskih monitora. Svud naokolo su bili panoramski prozori, koji su omogućavali sjajan pogled na Portofino i zaliv ispred Rapala. Jedna vitka, mišićava žena, stara oko trideset godina, istupila je i pružila ruku poručniku.

– Dobro došli na brod. Ja sam kapetanica Devezi, Monika Devezi. Kako mogu da vam pomognem? – Govorila je italijanski, i bio sam prilično siguran da sam čuo severnoitalijanski naglasak, ali živeo sam ovde tek dve godine i nisam još u stanju da precizno odredim lokaciju.

– Dobar dan, kapetanice. – Poručnik je sad govorio s poštovanjem. – Zovem se poručnik Bertoleti, i pripadam istražnoj jedinici karabinijera lociranoj u Portofinu.

Poručnik se rukovao s njom i, kako smo se dogovorili, nije pokušao da predstavi mene ili dva policajca koja su pošla s nama. – Hvala vam što ste izdvojili vreme. Nažalost, moram da vas obavestim da je putnik koji je otišao sinoć možda ubijen. – Pogledao je u beležnicu: – Gospodin Van der Grut, Džerom van der Grut.

Kapetanica je izgledala iskreno zaprepašćena. – Ubijen? Ali kako...

Poručnik nije iznosio pojedinosti i brzo je objasnio svoju izjavu. – Telo je jutros pronađeno na kamenom rtu ispod Braunovog zamka. U ovom trenutku, nismo sigurni da li leš pronađen u moru pripada vašem bivšem gostu. Voleli bismo da razgovaramo s drugim putnicima i vidimo možemo li da potvrdimo njegov identitet. Pre toga, želeo bih da vam postavim nekoliko pitanja, ako vam ne smeta. Prvo, koliko putnika imate?

– Dvanaest, uključujući gospodina Van der Gruta. Svi rade za jednu britansku televizijsku kompaniju.

– A koliko imate članova posade?

– Šesnaest... i ja. – Zadivljeno sam je slušao dok ih je nabrajala. Na *Kraljevskoj princezi* bilo je više članova posade nego putnika. Jedno je bilo sigurno: krstarenje na ovakvom brodu je samo za najbogatije.

– I dobro poznajete sve članove posade?

Klimnula je glavom. – Većinu. Drugi oficir, brodski ekonom i mašinista rade sa mnom dve godine, otkako sam postala kapetanica. Luiđi i Karlo, kuvari, rade sa mnom od januara, uz ostalo ugostiteljsko osoblje, a jedini relativno novi članovi posade su Rik i Peni. Počeli su da rade u maju.

– Da li ste imali neke probleme s njima? Nasilje, droga, nešto slično?

Odlučno je odmahnula glavom. – Na prvi znak nečeg takvog, odleteli bi odavde. Svi znaju da ne trpim takve stvari. Ne, ako je gospodin Van der Grut stvarno ubijen, sigurna sam da to nije uradio niko od mojih ljudi.

– Sjajno, hvala vam. Sledeće pitanje: koliko su dugo ovi putnici na brodu, i odakle su?

– Nešto duže od nedelju dana. Pokupili smo ih u Napulju prošle subote i idemo do Sen Tropea u Francuskoj, do kraja nedelje. Na putu od Napulja, proveli smo nekoliko dana na Sardiniji, a onda na ostrvu Elba.

– Možete li mi reći gde ste bili u petak uveče?

– Bili smo u marini u Pizi. Grupa je autobusom otišla u Luku na koncert Boba Dilana. – Pažljivo sam slušao. To je objasnilo kako su završili u onom restoranu.

– Hvala vam, kapetanice. – Poručnik joj se obratio tišim glasom. – Molim vas, nezvanično, obećavam, možete li mi reći kako se slažete s gostima?

Slegnula je ramenima. – Što se mene tiče, nije bilo problema. Kad smo posećivali izvesna mesta, uvek su se vraćali na vreme i niko nije pravio gluposti na brodu. A što se tiče vlasnika broda, imam osećaj da će se zaprepastiti kad vide koliko su ti ljudi popili alkohola, ali, kao što rekoh, to nije moj problem.

– A da li biste rekli da se međusobno dobro slažu? Jeste li primetili neko neslaganje ili trvenje?

Oklevala je na tren pre nego što je odgovorila. – Ne družim se previše s njima, ali ništa drastično se nije dogodilo, mada je bilo nekoliko prilika kad su se sporečkali, tokom sinoćne rasprave s gospodinom Van der Grutom. Nisam to videla, ali osoblje je to pomenulo jutros. Inače niko se nije tukao i, koliko znam, niko nije razbijao čaše i tanjire. – Osmehnula se poručniku. – Iznenadili biste se koliko se to često događa na brodu. – Utišala je glas. – Rekla bih da je ovo prilično uobičajena grupa razmaženih bogataša... ali mnogo civilizovanija nego grupa fudbalera i njihovih pratilja, koju smo imali prošlog meseca.

Činjenica da je jednooki bio uključen u svađu povećala je izglede da je on bio osoba kojoj su bile upućene pretnje one dvojice u muškom toaletu u Luki. Da li sam to čuo kako se planira ubistvo?

Poručnik joj se zahvalio i sišli smo ponovo u salon. Gosti su i dalje sedeli kraj ostataka ručka, a poručnik Bertoleti je otišao do čela stola i obratio se grupi na engleskom.

– Dobar dan, dame i gospodo. Izvinjavam se što vam prekidam ručak. Zovem se Gvido Bertoleti, i poručnik sam u Karabinijerima. Došao sam ovde zbog istrage ubistva.

Stajao sam iza njega i gledao lica za stolom. Jasno sam video iznenađenje i nevericu kad su čuli reč „ubistvo", ali makar zasad, nisam video jasne znakove krivice dok je poručnik nastavljao da govori.

– Pokušavamo da utvrdimo identitet ubijenog i, nažalost, postoji mogućnost da je to vaš bivši saputnik, gospodin Džerom van der Grut.

Ovog puta, izraz zaprepašćenja se pojačao, ali, zanimljivo, nisam video nikakve tragove tuge. Nakon što ju je taj krupajlija grubo povukao u Luki, posebno sam gledao lice Suzi Apton, i video sam samo užas i nevericu, ali gotovo nimalo tuge. Izgledalo je da Džerom van der Grut nije bio previše omiljen.

Poručnik je prišao stolu i pogledao prisutne.

– Kako bismo omogućili identifikaciju tela, pitam se da li neko od vas ima fotografiju gospodina Van der Gruta. – Svi su se pokrenuli, i nekoliko trenutaka kasnije, nekoliko ljudi je okrenulo telefon prema poručniku. Uzeo je dva, pogledao fotografije i onda ih dodao meni i policajcima. Čim sam video prvu fotografiju, prepoznao sam čoveka s povezom preko oka koga sam video sa Suzi Apton u Luki, i odmah je postalo jasno da su ga i dva policajca – koji su videli leš – takođe prepoznala. Sva trojica smo pogledali i klimnuli glavom. Da bi se isključila svaka sumnja, maršal je dodao: – To je on, gospodine. To je žrtva.

Govorio je italijanski, ali video sam da je nekoliko gostiju prebledelo. Očigledno su razumeli. Poručnik se zahvalio vlasnicima telefona i vratio im ih je. – Veoma mi je žao, dame i gospodo, ali izgleda da nema sumnje. Žrtva ubistva je vaš bivši saputnik, gospodin Van der Grut.

– Slušajte, poručniče, da li ste sasvim sigurni da je ubijen? – Taj glas je bez sumnje pripadao Martinu Greju. Odmah sam prepoznao njegov izrazit liverpulski akcenat koji sam čuo na televiziji. Izgledao je kao da ima četrdesetak godina, ali u poslednje vreme javne ličnosti gotovo bez izuzetka uspevaju da izgledaju mlađe nego što jesu. Delovao je izuzetno zdravo, bio je moderno odeven, a gusta smeđa kosa bila mu je besprekorno ošišana. Imao sam osećaj da je jedan od onih ljudi koji bi mogli da se provuku kroz grmlje i izađu na drugu stranu izgledajući savršeno.

Poručnik je klimnuo glavom. – Nažalost, jesam. Nema nikakve sumnje. – Nije iznosio nikakve pojedinosti, i to mi se svidelo. Nije bilo svrhe prenositi jezive pojedinosti koje bi samo podstakle medijske priče kad se novinari toga dokopaju. Poručnik je ponovo pogledao sve prisutne. – Voleo bih da vas redom pitam kako se zovete, kad ste poslednji put videli žrtvu i da li mislite da znate nešto što bi moglo biti važno za istragu... bilo šta, koliko god beznačajno, što ste čuli ili videli sinoć, između deset i ponoći.

Krenuo je oko stola i razgovarao sa svima, a ja sam išao za njim, pažljivo slušajući odgovore gostiju, želeći da mogu da izvadim svoju beležnicu i zapišem njihova imena, ali odlučio sam da je najbolje da ne izgledam kao da imam previše veze s tim. Kad smo se vratili na čelo stola, saznali smo malo toga što bi pomoglo istrazi, ali bio sam prilično uveren da sam možda identifikovao jedan od glasova koje sam čuo u tom restoranu u Luki.

Vlasnik tog glasa bio je muškarac otprilike mojih godina, i rekao je poručniku da se zove Edgar Bomont. Bio je zdepast, kratke tamne kose i nosio je naočare s rožnatim okvirom. Glas mu je imao isti prizvuk mogućeg velškog porekla, koji sam ranije čuo i bio prilično siguran da pripada jednom od dvojice koje sam načuo u restoranu. A ako je on jedan od dvojice, to je značilo da i drugi verovatno sedi za ovim stolom.

Bomont je bio odeven u drečavu crveno-narandžastu havajsku košulju, koja mu uopšte nije pristajala. Nekako je odavao utisak da se mnogo ugodnije oseća u košulji i s kravatom. Nisam video da li nosi šorts, ali ne bi me iznenadilo ako se ispostavi da na sebi ima prugaste pantalone i uglancane kožne cipele. Bio je od onih tipova koji vole ozbiljnu odeću.

Riđokosa žena kraj njega – koja je imala i burmu i blistav verenički prsten – bila je zaprepašćujuće lepa i bio sam pomalo iznenađen što je nisam primetio u gomili u restoranu u Luki, ali, naravno, moju pažnju su uglavnom privukli Suzi Apton i muškarac s povezom preko oka. Ta žena je sigurno bila dvadeset godina mlađa od Bomonta, i bilo je teško reći da li je s njim ili s muškarcem s druge strane, koji joj je izgledao bliži po godinama... ili nije bila ni s jednim od njih. Taj muškarac je verovatno imao četrdesetak godina i ozbiljno lice, zbog koga sam ga zamislio kao advokata ili čak sudiju.

A što se tiče identiteta drugog muškarca koga sam čuo u Luki, uspeo sam da smanjim broj kandidata na četvoricu. Uradio sam to jednostavnim procesom eliminacije, odmah odbacujući Martina Greja i tri druga muškarca... Greja zbog glasa i izraženog liverpulskog naglaska, jednog od ostalih zbog primetnog američkog naglaska, drugog zbog glazgovskog akcenta koji je parao uši, a trećeg zbog neobičnog, piskavog glasa koga sam se nejasno sećao iz neke humorističke serije koju je gledala moja žena. Tako mi je ostao advokatski tip, Nil Von, koji je sedeo kraj one lepotice, koja se zvala Tamzin Tejlor, dva muškarca koja su sedela jedan kraj drugog na suprotnom kraju stola, odeveni u crne majice s kratkim rukavima, i muškarac naspram Suzi Apton.

Dvojac u majicama više je odgovarao mojoj predstavi o tome kako komičari treba da izgledaju. Jedan od njih, za koga sam se setio da se zove Bili Vebster, imao je pivski stomak koji se održava redovnim konzumiranjem hektolitara piva. Mogao sam da ga zamislim kako se probijao do svoje trenutne televizijske pozicije radeći kao komičar u pivnicama, s mikrofonom u jednoj ruci i kriglom u drugoj. Mada mu je uobičajeni naglasak bio južnoengleski, sećam se da je koristio vrlo uverljiv severnjački naglasak u jednoj humorističkoj seriji koja je snimana u divljinama najmračnijeg Jorkšira, gde je igrao ulogu gostioničara koji pokušava da propije sve što zaradi. Imao je verovatno šezdesetak godina, ali izgledao je deset godina starije. Natpis na njegovoj majici je glasio: *Rekao sam sebi kako treba da prestanem da pijem, ali neću slušati pijanca koji razgovara sâm sa sobom.* Pitao sam se u kojoj je meri to ironično ili tačno.

Muškarac kraj njega nosio je majicu s natpisom ZNENJE JE MAĆ, bio je upola mlađi od njega. Imao je grubijansko lice i bujnu crnu kosu vezanu u labav konjski rep, a zbog blistavih zlatnih alki na ušima izgledao je kao pirat. Zvao se Dag Kingsli; nisam mu prepoznao ime, ali nejasno sam se sećao njegovog lika iz neke televizijske emisije koju sam gledao dok sam živeo u Velikoj Britaniji. I on je govorio južnoengleskim naglaskom, ali bilo je izvesne drčnosti u njegovom tonu koja nije podsećala na čoveka koga sam čuo u Luki – ali naravno, taj čovek je bio besan zbog nečeg ili nekog.

Muškarac kraj Suzi Apton bio je prilično pristojno odeven u poređenju s njima, ali nadoknađivao je manje drečavu odeću onim što je imao ispod. Plava majica mu je bila toliko pripijena uz telo, da je otkrivala svaki mišić torza... a bilo ih je mnogo. Imao je verovatno nešto više od trideset pet godina, i po izvajanom telu bi se reklo da provodi mnogo vremena u teretani. Takođe je imao sličan londonski naglasak, što je značilo da je najverovatnije bio iz jugoistočne Engleske, ili možda čak i iz prestonice.

Saznali smo još nešto dok smo obilazili sto, a to je bilo da je žrtva ubistva bila bez pratnje. Nije bilo ucveljene udovice koja bi žalila zbog njegove smrti i, u stvari, nisam čuo da je iko izrazio žaljenje zbog okončanja njegovog života. To me je odmah podsetilo na prizor koji sam video u Luki i gotovo vlasnički način na koji se taj krupajlija ponašao prema Suzi. Da li su bili bliski, i ako je tako, zašto je ona sad pokazivala tako malo osećanja? Šta je, pitao sam se, Džerom van der Grut uradio da bude tako neomiljen i, ako je tako, zašto je uopšte bio pozvan na ovo krstarenje? Zasad su ta pitanja morala da ostanu bez odgovora, jer je poručnik, kako je i obećao, pogledao na sat i odveo nas trojicu do drugog kraja salona, daleko od ljudi za stolom. Prvo se okrenuo ka maršalu.

– Veroneze, želim da počneš da razgovaraš sa svim članovima posade. Vidi da li su videli ili čuli nešto sumnjivo sinoć i pozovi forenzičare da dođu i pregledaju čamac. Posebno me zanima ima li nekih tragova krvi na njemu. Ja ću uzeti izjave od svih gostiju, a Paolo će se pobrinuti da se gospodin Armstrong vrati u Rapalo na svoj važan sastanak. – Usmerio je pažnju ka policajcu Solaru. – Paolo, nakon toga želim da se vratiš pravo ovamo i pomogneš Veronezeu i meni sa uzimanjem izjava. – Nakon tih uputstava, pogledao je u mene. – Šta je s glasovima koje ste čuli, sinjor Armstrong? Jeste li prepoznali neki od njih?

Rekao sam mu da sam sad prilično siguran za jedan od glasova, i da sam sveo kandidate za drugi na četvoricu, ali da bih stvarno morao da ih slušam duže da bih bio siguran. Nisam mogao da zabeležim njihova imena dok je poručnik išao oko stola, i opisao sam one čijih imena nisam mogao da se setim, kako bi mogao da ih skine sa spiska u svojoj beležnici. Klimnuo je glavom nekoliko puta i onda pružio ruku. – Mnogo vam hvala na pomoći, sinjor Armstrong. Proveriću svu petoricu i saznati da li su išli u toalet u tom restoranu u Luki, da li su iznosili pretnje i, ako je tako, protiv koga. Nadam se da će mi vaša devojka oprostiti što sam je lišio vašeg društva ovog popodneva.

Stisnuo sam mu ruku. – Imate moje kontakt podatke. Ako mogu ikako da vam pomognem, slobodno me pozovite.

8.

Nedelja, kasno popodne

Plovidba do Rapala, u moćnom čvrstom čamcu na naduvavanje bila je uzbudljiva – i, kao što je obećano, znatno kraća nego vožnja trajektom – a policajac Solaro me je ostavio na keju uz veselo mahanje negde pred tri. Nakon kratkog zadržavanja da bih kupio sendvič, vratio sam se u hotel u tri i dvadeset, i oba stanara sobe srdačno su me dočekala. Ana je sedela na krevetu, oslonjena na jastuke, i čitala neku knjigu o vizantijskoj arhitekturi, a Oskar je ležao na hladnim podnim pločicama, i očigledno bio suviše umoran da bi uradio išta osim da lenjo mahne repom. Ana nije mahnula repom, ali mi je uputila širok osmeh.

– Pa, kako je prošlo? Da li je bivši inspektor Skotland jarda rešio ubistvo, a počinilac je iza rešetaka?

Seo sam na ivicu kreveta i osmehnuo joj se. – Ne baš, ali makar sad karabinijeri znaju da je žrtva onaj tip iz Luke.

Izraz lica joj je postao ozbiljniji. – Opa, ko bi rekao! Šta je s ljudima koje si čuo u restoranu? Jesi li uspeo da ih identifikuješ?

Ispričao sam joj o odlasku na jahtu s poručnikom, i napeto me je slušala pre nego što me je pogledala sa ozbiljnim izrazom lica. – Dobro, svakako si uradio sve što si mogao, Dene. Taj poručnik izgleda kao sposoban momak, i molim te, možemo li sad da uživamo nekoliko sati zajedno, a da ne odjuriš ponovo kao Šerlok Holms?

– U pratnji Baskervilskog psa? – Pokazao sam na svog četvoronožnog pratioca, koji je i dalje ležao na podu kraj kreveta.

Ana se osmehnula, ali jasno se čula oštrina u glasu kad je progovorila. – Ozbiljno, Dene, kako bi bilo da se opustiš na nekoliko sati? Napokon, trebalo bi da smo na odmoru.

Nagnuo sam se i poljubio je. – Žao mi je, dušo, ali smatrao sam da moram da prenesem tu informaciju. U svakom slučaju, sad sam tvoj. Šta želiš da radimo? Znam šta bih ja želeo da radim...

Izuo sam cipele i legao kraj nje, ali ona je odmahnula glavom i pokazala na Oskara, koji je iznenada odlučio da ustane i sad je stajao kraj kreveta, zureći u nas. – Znaš pravila, Dene. Nema hopa-cupa dok nas Oskar gleda i hvata beleške. Ne, rado bih otišla na plivanje i možda u kratku šetnju promenadom, a onda kampari-špricer i romantična večera pod palmama. Kako ti to zvuči?

To nije bilo ono što sam imao na umu, ali zvučalo je prilično lepo i ponovo sam, poslušno, obuo cipele i izvadili smo kupaće kostime i dva peškira. Ljubazni recepcioner nam je pokazao na mapi gde se nalazi najbliža plaža gde je psima dozvoljen ulazak, i krenuli smo pravo tamo.

Italijanska odmarališta su, uopšteno gledano, mnogo strože organizovana od francuskih, ili čak britanskih plaža. To mi je uvek bilo čudno pošto su Italijani na tako mnogo načina individualisti, ali *bagni*, kako se nazivaju ti dobro uređeni redovi ležaljki i suncobrana, ovde su svuda zastupljeni i ljudi plaćaju trideset ili četrdeset evra na dan za povlasticu iznajmljivanja dve ležaljke. Iskreno, u to je obično uključeno korišćenje svlačionice i tuševa, kao i bar koji služi kafu, a neki čak i obroke. Međutim, retke su plaže koje dozvoljavaju ulaz psima i, ovog popodneva krenuli smo ka slobodnom delu plaže. On je, očekivano, bio pun, ali uspeli smo da pronađemo prostor između jednog starijeg para koji je doneo svoje ležaljke i jednog mladog para, koji je proveo popodne grleći se, i radeći ono što sam se nadao da ću ja raditi kasnije u hotelskoj sobi.

Proveli smo vrlo prijatno popodne brčkajući se sa srećnim labradorom i izvesnim brojem psećih drugara. S vremena na vreme prolazio je trajekt za Portofino, i dalje prepun ljudi i, neizbežno, uhvatio sam sebe kako mislim o žrtvi ubistva. Bilo je toliko toga što nisam znao o tom slučaju i – mada se nisam usudio to da pomenem Ani – toliko toga što bih želeo da saznam. Dok sam plutao naokolo u predivno osvežavajućoj vodi, povremeno sprečavajući svog psa da se popne na mene i pritom me utopi, morao sam da se zapitam šta je motivisalo nekog da ubije tog čoveka.

Sve što sam znao o njemu bilo je ime i taj kratki trenutak kad sam ga video u Luki, tokom koga, moram da priznam, nije ostavio pozitivan utisak na mene. Čudno je bilo to, međutim, što je glamurozna televizijska komičarka i voditeljka krotko prihvatila njegov prilično grub pristup. Gotovo kao da je imao nekakvu kontrolu nad njom. Prezivao se Van der Grut, a ona Apton, tako da verovatno nisu bili u braku. Ili jesu? Kad sam se vratio na plažu, a Ana sela da se osuši na suncu, oslonio sam se na laktove i izvadio telefon. Počeo sam da istražujem Suzi Apton.

Brzo sam saznao da joj je to pravo ime i da ima četrdeset četiri godine... mada je izgledala mlađe. Bila je sedam godina udata za kolegu glumca, Rodžera Šora, ali razveli su se deset godina ranije. Nisu bila pomenuta deca, a sve ostalo u njenoj radnoj biografiji izgledalo je uobičajeno. Studirala je na prestižnoj glumačkoj akademiji u Londonu, RADA, i počela je od manjih uloga u nekim televizijskim serijama, dok nije pronašla svoje mesto u humorističkoj seriji o tri siromašne devojke koje dele stan. Nakon toga je snimila druge humorističke serije i redovno se pojavljivala u kvizovima, zabavnim emisijama i tako dalje, postajući pritom vrlo popularna. Trenutno je živela u Čelsiju s mačorom Vinstonom, a hobiji su joj bili skvoš, plivanje, kuvanje i putovanja.

Vikipedija nije pominjala druge muškarce u njenom životu nakon razvoda, tako da sam je potražio na društvenim mrežama. Stranica na *Fejsbuku* sadržala je svega nekoliko njenih fotografija u različitim ulogama i promotivne objave, i nije pominjala Džeroma van der Gruta. Pronašao sam brojne druge članke o njoj na raznim medijima. Posebno jedan članak na četiri strane iz časopisa *Helou!*, koji je bio prilično zanimljiv.

Tu se nalazilo nekoliko njenih fotografija iz raznih televizijskih uloga i sa luksuznih zabava, a bilo je i nekoliko fotografija sa plaže, u oskudnim bikinijima, kako se zavodljivo osmehuje foto-aparatu. Mimo talenta za komediju, s tim dugim nogama i bujnom plavom kosom bila je veoma privlačna žena, i znala je to. Taj članak je govorio o njenoj karijeri i, predvidivo, pominjao je njeno partnerstvo s Martinom Grejom u drugoj humorističkoj seriji od pre nekoliko godina, ali za njen odnos s njim pisalo je da su samo „bliski prijatelji". Pomenuto je još nekoliko poznatih imena koja su bila u romantičnim vezama s njom u prošlosti, ali pisalo je da je sad „zadovoljna i bez partnera".

U tom članku nije pomenut niko po imenu Džerom van der Grut, tako da sam ga potražio na internetu. Nije mi trebalo mnogo vremena. Ispostavilo se da je on bio direktor programa televizijske kompanije za koju su radili Suzi Apton i Martin Grej i, kao takav, verovatno je bio veoma moćan čovek. Setio sam se ozloglašenih holivudskih producenata kao što je Harvi Vajnstin, i njihovih kauča za kastinge, i zapitao sam se da li su ona i Van der Grut imali takav odnos. Ako je tako, bio sam siguran da ona nije previše uživala u tome, a nezadovoljstvo se lako može pretvoriti u nešto smrtonosnije. Sigurno bih, da ja vodim istragu, detaljnije istražio gospođu Apton.

Ali, naravno, morao sam da podsetim sebe, nisam vodio istragu i, uistinu, više nisam bio uključen u tu istragu, tako da je bilo najbolje da zaboravim na tog jednookog i prepustim poručniku Bertoletiju i njegovom timu da se time bave. Kao što je Ana rekla, izgledao mi je kao sposoban detektiv i nisam sumnjao u njegovu sposobnost da sprovede temeljnu istragu tog zločina.

Pogledao sam iskosa u svoju devojku. Moja posvećenost poslu bila je glavni razlog propadanja odnosa između mene i supruge, i posledica toga bio je razvod. Sad kad sam imao dovoljno sreće da pronađem Anu, u mom najboljem interesu je bilo da izbegnem da se nešto slično ponovi. Ona i ja smo odnedavno počeli da živimo zajedno i bili smo vrlo srećni. Imao sam nameru da tako ostane.

Na kraju popodneva, kad smo sve troje bili ponovo suvi i uspeo sam da sprečim Oskara da se otrese i skvasi ostale posetioce plaže, otišli smo do promenade i šetali se pored starog zamka. Moj stručnjak za istoriju mi je rekla da je izgrađen u šesnaestom veku, nakon napada turskih pirata koji su odveli dvadeset lokalnih devojaka u ropstvo... ili nešto gore. Taj zamak je bio zastrašujuća siva kamena građevina, i bio sam siguran da je uspešno odbijala sve naredne napade pirata... mada je to bila slaba uteha za tih nesrećnih dvadeset devojaka.

Skrenuli smo dublje ka kopnu nakon kraće šetnje i došli smo do kafića u pešačkoj zoni. Seli smo za sto u hladu zgrada i naručio sam špricer za Anu i hladno pivo za sebe. Kafić se hvalio time da prihvata pse i Oskar je dobio veliku posudu sveže vode. Kad nam je doneo piće, konobar je doneo i šaku keksića, koje je moj uvek gladni labrador rado prihvatio. To me je podsetilo da sam gladan i pitao sam konobara može li nam preporučiti neki restoran u okolini, i klimnuo je glavom.

– Da sam na vašem mestu, klonio bih se restorana na obali. Neki od njih su vrlo dobri, ali drugi su prevaranti. Postoji jedno mesto, dvestotinak metara odavde, *Jastog*. Imaju izvrsne plodove mora, ako to volite.

I te kako volimo. Pošto sam za ručak pojeo samo sendvič, rado sam otišao do tog restorana čim se otvorio, u sedam sati, i dali su nam sto ispred objekta, u jednoj uskoj, pešačkoj ulici prekoputa parka, s dečjim igralištem ispod krošnji borova. U hladu, dok je lagan povetarac pirkao ulicom, temperatura je bila vrlo prijatna i Ana i ja smo se opustili, kao i Oskar, koji je legao na zemlju kraj naših nogu i uskoro srećno zahrkao.

Ana i ja smo naručili grilovane sardele kao predjelo, a onda se ona opredelila za iverka na roštilju, a ja za omiljeno italijansko jelo – *fritto misto*. Otkako sam se preselio u Toskanu, zavoleo sam tu jednostavnu a često izvrsnu mešavinu prženih račića, lignji, hobotnica i razne sitne ribe. Za razliku od britanskog *fish&chips*, ovde nije bilo debelog sloja testa. Sastojci su obično bili samo pobrašnjeni i isprženi. Večeras je moj *fritto misto* donet na poslužavniku sa upijajućim papirom ispod ribe, da bi se skupio višak ulja. Moja ocena za večerašnji *fritto misto* bila je devet od deset, a teško da može bolje od toga. Uz mešanu salatu i hladno belo vino, bio je to ukusan obrok i veoma prijatno veče u savršenom društvu.

Na kraju večere, dok sam pokušavao da se odlučim želim li panakotu ili sladoled, telefon mi je zazvonio. Ispostavilo se da je to Dajan Grinslivs, koja se verovatno dosad vratila u Englesku. To je bilo iznenađenje. Nisam očekivao da će se ponovo javiti. Da se nešto nije dogodilo?

– Zdravo, gospodine Armstrong. Nadam se da vas ne uznemiravam.

Naravno da me je uznemiravala, ali šta sam mogao da kažem? – Halo, sve je u redu. Kako mogu da vam pomognem?

– Heder me je upravo pozvala.

– To su sjajne vesti. Siguran sam da su vaši roditelji oduševljeni.

– Nisam im još saopštila. – Čuo sam zabrinutost u njenom glasu. – Vidite, uvalila se u nevolju; dobro, da budem iskrena, prilično veliku nevolju, kako izgleda.

– Gde je ona sad?

Načuljio sam uši kad sam čuo odgovor. – Rekla je da je u nekom Portofinu. Čula sam za to mesto, ali ne znam gde je. Zar to nije negde u Amalfiju, južno od Rima?

– Ne, to je mnogo dalje na sever, i dalje na zapadnoj obali, ali mnogo bliže Đenovi. Kažite mi u kakvoj je nevolji.

– Nije mi rekla mnogo pojedinosti jer nije imala vremena. Ispraznila joj se baterija na telefonu – nikad se ne seti da spakuje punjač – i pozvala me je iz telefonske govornice, ali prihvata samo kovanice, a ona ih nije imala mnogo. Zvuči kao da su ona i njen momak u veoma zategnutim odnosima, ali ne radi se samo o raskidu. Zvučala je veoma uplašeno. Nije bila takva godinama, ne otkad je bila devojčica. Čim sam čula da je u nevolji, rekla sam da ću pokušati da vas pozovem i da ću joj se javiti. Sad čeka kraj telefona.

– Sasvim slučajno, nisam daleko od Portofina, tako da bi bilo bolje da ja pozovem nju, jer će tako moći da mi objasni sve, a ja mogu da joj postavljam pitanja. Pozvaću vas nakon što budem razgovarao s njom i obavestiću vas šta se događa.

– To bi bilo divno, mnogo vam hvala. Tako mi je žao što vas ometam dok se odmarate, ali zvučala je stvarno uplašeno.

– Nema problema. – Pogledao sam u Anu, koja se usredsredila na ribu. – Dajte mi njen broj, i odmah ću je pozvati.

Nikad nisam voleo slučajnosti. Da li nevolja u kojoj se Heder Grinslivs sad našla ima neke veze s mrtvim Englezom koji je pronađen kako pluta u moru?

9.

Nedelja uveče

Nakon što sam Ani ukratko ispričao šta mi je Dajana rekla, pozvao sam broj telefonske govornice u Portofinu. Slušalica je podignuta nakon jednog zvona.

– Zdravo, Daj, jesi li uspela da nađeš tog baju, privatnog istražitelja? – Te reči je izgovorila brzo i svakako je zvučala uznemireno.

– Halo, ovde *jeste* taj baja, privatni istražitelj. Zovem se Den Armstrong. Vaša sestra mi je rekla da ste zabrinuti.

– O, hvala bogu. – Čuo sam olakšanje u njenom glasu. – Umirem od straha, i ne znam šta da radim.

Pokušao sam da zvučim ohrabrujuće, jer je stvarno zvučala prestrašeno. – Zašto mi ne biste ispričali sve o tome?

– To je Mario, tip sa kojim sam.

– Šta je s njim?

– U tome je problem. Ne poznajem ga toliko dobro. Sve je to bilo nekako ishitreno. Nemojte me pogrešno shvatiti, tokom prethodnih nekoliko dana ponašao se pristojno, ali sve se promenilo sinoć kad smo se sastali s drugim brodom.

– Drugim brodom? Šta se dogodilo? – Nije valjda *Kraljevska princeza...*

– Usidrili smo se nedaleko od ovdašnje obale – ja sam u Portofinu, ne znam da li znate gde je to – kad je naišao taj drugi brod. Mario je bio napet čitavo veče, i kad je stigao taj drugi brod postao je smrtno ozbiljan i rekao mi da se zaključam u kabinu i ostanem tamo. Prvo sam bila tamo, ali onda sam se iskrala i provirila neopaženo, i videla sam ih kako utovaruju neke stvari s drugog broda na naš.

– Da li je to bio veliki brod? – Njen odgovor me je umirio... u izvesnoj meri.

– Ne baš, slične veličine kao naš.

– A kakve su stvari utovarivali?

– Desetak teških kutija. Bila su potrebna dvojica da podignu svaku. Spustili su ih kroz otvor blizu prednjeg dela jahte. Sve je trajalo kraće od dvadeset minuta i onda je drugi brod nestao u noći.

– A Mario?

– Otad je kao mačka na usijanom limenom krovu: razdražljiv, nervozan. Pokušala sam da ga pitam ko su ljudi s drugog broda, ali rekao mi je da zaboravim na to. Nisam rekla da sam išta videla, ali sigurna sam da se događa nešto sumnjivo.

Dva broda koja se sastaju usred noći i ljudi koji prenose teške kutije... to je zvučalo sumnjivo i meni. Imao sam osećaj da je mlada gospođica Grinslivs upala u nezgodno društvo, ali, kako mi izgleda, to nije bilo povezano s Van den Grutovim ubistvom. – Gde ste sad? Jeste li sigurni da vas Mario ne sluša?

– Ne, iskrcali smo se u Portofinu malo ranije večeras, i večerali u luci. Sad je on otišao da se sastane s ta dva tipa, rekao je da mora da razgovara s njima nasamo, a ja sam kazala da ću otići u šetnju. Sad sam u telefonskoj govornici, a nema nikog u blizini, tako da sam sigurna da je sve u redu.

– Ko su ti tipovi s kojima se sastaje?

– Ne znam. Mislim da se jedan zove Abdel ili tako nekako, i prilično sam sigurna da su razgovarali na arapskom, ali to su zastrašujući tipovi i nije mi se svidelo kako me je krupniji gledao. Taj sastanak je očigledno bio dogovoren i Mario je rekao da će ploviti s nama nekoliko dana, ali sad sam stvarno uplašena i ne znam šta da radim. Zato sam pozvala Dajanu. – Mada sam znao da je odrasla, dvadesettrogodišnja devojka, zvučala je više kao uplašeno dete, i odmah sam se sažalio na nju.

– Ne brinite se, pomoći ću vam. Kuda Mario namerava da plovi?

– To je problem, nije hteo da kaže. Samo je rekao da idemo na jug i da se ne brinem, ali užasavam se kad pomislim da idem bog zna kud s tim strašnim tipovima, i još ne znam šta je u tim kutijama.

Bio sam siguran da je najvažnije da je što pre udaljim od tih sumnjivih tipova. – Dobro, Heder, mislim da moramo da vas izvučemo odatle. Sasvim slučajno, ja sam na drugoj strani zaliva, u Rapalu, i odavde do Portofina ima pola sata plovidbe. Mislim da je najbolje da dođem tu po vas. Kad budem znao da ste bezbedni, možete mi ispričati čitavu priču i videćemo šta ćemo uraditi.

– To bi bilo sjajno, mnogo vam hvala. – Čuo sam olakšanje u njenom glasu. – Ali šta je s mojim stvarima...

– Imate li pasoš i novčanik?

– Da, u torbi su mi.

– To je sve što vam je potrebno zasad. Ostavite sve ostalo.

Brzo sam razmislio. Mada je luka u Portofinu pešačka zona, video sam parkirana kola malo dalje, prema kasarni karabinijera, tako da ću verovatno moći da dođem dotle.

– Slušajte, biće mi potrebno pola sata, ali prvo mi treba deset ili petnaest minuta da odem po kombi. – Pogledao sam na sat. – Tek je prošlo devet tako da, realno, mogu da budem s vama u devet i četrdeset pet. Želim da se držite podalje od Marija i njegovih prijatelja narednih četrdeset pet minuta i pokupiću vas na glavnom trgu. Nalazi se malo pre stanice Karabinijera i videćete tamo mnogo parkiranih vozila. – Pokušao sam da se setim prikladnog orijentira kako bih joj pomogao. – Nalazi se na stotinak metara uzbrdo od butika *Aleksander Makvin*. Jeste li ga videli?

– Sad sam mu vrlo blizu. U stvari, gledala sam izlog.

– Dobro, u redu, nastavite uzbrdo do trga s parkiranim kolima i sastaćemo se tamo u petnaest do deset. Vozim tamnoplav folksvagen kombi. U redu?

– Mnogo vam hvala. Uzgred, imam dugačku, plavu kosu, belu majicu i sivu suknju.

Vratio sam telefon u džep i krenuo da izvadim novčanik, ali pre nego što sam išta rekao, Ana se nagnula preko stola i potapšala me po ruci. – Ne brini, idi i dovedi tu devojku. Ja ću platiti račun i pobrinuti se za Oskara.

– Jesi li sigurna? Nisi čula šta je rekla, ali nije zvučalo dobro.

– To je utisak koji sam stekla slušajući tebe. Samo idi. Shvatam, stvarno. Oskar i ja ćemo vas sačekati u hotelu, a ja ću videti s njima imaju li neko mesto gde bi ona mogla da prenoći. Ako ne, može da spava sa mnom, a ti ćeš spavati na podu sa Oskarom ili na kauču u prizemlju.

Ustao sam i nagnuo se da je poljubim. – Ludo te volim, Ana. Znaš to, zar ne?

– Idi, budalo. Kasnije ćeš mi pričati o tome. – Ljubazno mi se osmehnula. – I volim i ja tebe. Sad idi.

Pozvao sam Hederinu sestru u Velikoj Britaniji dok sam jurio prema hotelu, i rekao sam joj šta sam saznao i šta ćemo uraditi. Zvučala je zahvalno i kao da joj je laknulo. Uzeo sam kombi i krenuo, ali stigao sam u Portofino tek u deset do deset. Taj gradić se nalazi na krajnjem delu jednog rta koji se pruža zapadno od ligurske obale i, mada je uski put koji vodi kraj obale dugačak svega dvanaestak kilometara, morao sam da se nosim s gotovo neprestanim saobraćajem iz suprotnog smera, i čak je jedan veliki kamion blokirao put na pet minuta. Kad sam se konačno probio do trga između svih tih parkiranih vozila, maksimalno sam usporio i pažljivo gledao oko sebe, pokušavajući da uočim Heder. U stvari, ona je mene videla prva, jer je jedna prilika u kratkoj suknji izašla iz senke i krenula prema kombiju, dok sam se polako spuštao nizbrdo. Otvorio sam prozor i provirio. – Heder? Ja sam Den. Uđite.

Širok, veseo osmeh pojavio joj se na licu i pohitala je ka suvozačkom mestu. Ušla je u kombi, zalupila vrata, a onda me iznenadila kad se nagnula, zagrlila me i poljubila u obraz. – Tako mi je drago što vas vidim! Krila sam se u senci, potpuno užasnuta.

– Pa, sad ste na sigurnom. Predlažem da pronađemo neko parking mesto gde možemo da sednemo, i onda ćete mi ispričati šta se tačno dogodilo. Što više razmišljam o tome, to više mislim da ćemo morati da pozovemo lokalne karabinijere. Oni su nedaleko odavde.

– Videvši zabrinut izraz na njenom licu, dao sam sve od sebe da je umirim. – Sve je u redu, oni su dobri momci. Upoznao sam neke od njih danas.

– Razgovarali ste s karabinijerima? O meni?

– Ne, o nečem potpuno drugom. Ispričaću vam sve o tome kasnije. Ali krenimo od najvažnijeg, nađimo neko mesto za parkiranje, kako biste mogli da mi ispričate celu priču. Važi?

Morao sam da obiđem dva kruga po parkingu dok nisam, baš kad sam počeo da gubim nadu, video vrlo otmen mercedes kako izlazi s parking mesta i pobrinuo sam se da se odmah parkiram kako ga niko drugi ne bi zauzeo. Ugasio sam motor i okrenuo se prema Heder. Iznenada je izgledala vrlo ranjivo i dao sam sve od sebe da je umirim.

– Moja devojka proverava s hotelom u kojem boravimo imaju li krevet za vas noćas, tako da ne brinite, nećete biti ostavljeni na ulici. Dobro, ponovite mi sve, počevši od toga kako ste upoznali Marija, pa do trenutka kad ste pozvali svoju sestru.

Ponovila je svoju priču, i saznao sam da je upoznala Marija u jednoj diskoteci u Pizi pre dve nedelje. Imao sam osećaj da njena majka ne bi gledala blagonaklono na činjenicu da je bila spremna da ode sama na jahtu s njim, svega pet-šest dana nakon što ga je upoznala, ali to je njena stvar. Možda joj ovo poslednje iskustvo utera strah u kosti i natera je da počne da se ponaša malo odgovornije, ali, opet, to je njena stvar, ne moja.

Mariov brod je zvučao kao prilično velika motorna jahta, ali ništa nalik onoj na kojoj su televizijske zvezde. Ona i Mario su jedrili duž obale i proveli nekoliko dana na Izola del Điljo, pre nego što su došli ovamo. Prepoznao sam ime tog ostrva zbog katastrofalnog brodoloma velikog kruzera nedaleko odatle, pre deset godina. Mario je sinoć odabrao da se usidri gotovo kilometar od zaliva Portofino, govoreći joj da su sva bliža mesta zauzeta, ali verovatno je to bilo unapred dogovoreno mesto sastanka s tajanstvenim drugim brodom.

Ostali su tamo danas tokom dana, i tek krajem ovog popodneva on je konačno uveo jahtu u luku i usidrio se na kraju keja. Njih dvoje su se iskrcali za ranu večeru u jednom od restorana u luci. Mada je bilo jasno da su se stvari među njima odvijale prilično dobro do sinoć, stekao sam utisak da je Heder u poslednja dvadeset četiri sata razvila ozbiljne sumnje oko dugovečnosti njihove veze, čak i pre pojave dva zastrašujuća Arapina.

Što sam više slušao njenu priču o sastanku s nepoznatim brodom u jedanaest uveče i tajnom pretovaru sumnjivih kutija, to sam više bio uveren da je to možda problem za karabinijere. Problem je bio u tome što ona očigledno nije želela da se obratim vlastima. Pokušao sam da shvatim da li je razlog za to zabrinutost za Marija ili se brine za sebe, ali tvrdoglavo je odbila sve moje pokušaje da je odmah otpratim do poručnika Bertoletija.

Drugi razlog zbog koga sam želeo da policija bude uključena jeste usklađenost događaja. Uprkos mom prvobitnom osećaju da njeni problemi nisu povezani s Van der Grutovom smrću, možda sam prebrzo odbacio moguću povezanost.

Tajanstveni brod je stigao do njih sinoć u jedanaest i, slučajno, u isto vreme je Džerom van der Grut plovio od *Kraljevske princeze* prema Portofinu u malom gumenom čamcu... u naletu besa. Koliko sam razumeo, i Mariova jahta i luksuzna jahta televizijskih zvezda bile su u istoj oblasti, na kilometar od obale. Šta ako je Van der Grut u svom gumenom čamcu naleteo na nešto što zvuči kao sumnjiva aktivnost, i onda su ga zbog toga izboli? To bi objasnilo zašto se čamac u kojem je plovio nije vratio i pronađen je, u stvari, nedaleko od tela, stotinak metara niz obalu, od ulaza u luku. Da li su te dve priče ipak povezane?

Na kraju sam, uprkos prvobitnom protivljenju, dozvolio da me Heder ubedi da je otpratim do Mariove jahte, koja je bila usidrena na suprotnom kraju keja, kako bi mogla da skupi i odnese svoje stvari, bez problema s njim ili njegovom dvojicom saradnika. Nakon toga, obećala je da će poći sa mnom do karabinijera.

Ostavio sam kombi na parkingu, zaključivši da u ovo doba noći niko neće proveravati naplatu parkinga, a nisam imao nameru da platim nečuven iznos od pet evra na sat za parkiranje na tom mestu. Dok smo hodali uskom ulicom prema moru, još se dosta ljudi šetalo naokolo, ali nije bila gužva kao ranije.

Kad smo stigli do keja, čekala su nas dva iznenađenja. Prvo je bilo to što je sto ispred vrlo skupog restorana gde je Heder ostavila Marija s drugom dvojicom sad bio prazan. Drugo iznenađenje bilo je znatno veće. Heder se ukopala u mestu i uhvatila me za ruku jednom rukom, a drugom je pokazivala preko keja. Pratio sam njen pogled prema delu ribarske luke na suprotnom kraju i video jaka svetla koja osvetljavaju usidrenu jahtu okrenutu krmom ka keju, s figurama koje se kreću po njoj i oko nje. Te figure su nosile uniforme Obalske straže i Karabinijera i među njima sam brzo prepoznao policajca Solara, koji je stajao na keju i telefonirao.

Pohitali smo preko keja prema njemu i čim je završio razgovor, prišao sam mu. Široko mi se osmehnuo kad me je prepoznao i sa zadovoljstvom je pogledao Heder u kratkoj suknji.

– Zdravo, još jednom. Ne možete da se držite podalje, sinjor Armstrong?

– Nešto slično. – Pokazao sam na Heder. – Ova mlada dama ima vrlo zanimljivu priču za vas. Da li je poručnik tu?

Klimnuo je glavom. – Upravo se vratio na jahtu. – Pogledao sam na drugu stranu i pročitao ime na krmi – *Srećnica*, registrovana u Livornu, ne na Britanskim Devičanskim Ostrvima. Možda Mario nije hteo da se oslobodi poreza.

– Šta je s vlasnikom ove jahte i njegovim prijateljima? – pitala je Heder na savršenom italijanskom.

– Uhapšeni su i odvedeni u pritvor. Poručnik će ih kasnije ispitati. – To je potvrdilo moj utisak da se događa nešto vrlo sumnjivo, ali počeo sam da se pitam kako su karabinijeri uspeli da reaguju tako brzo. Da li su imali neku dojavu?

Heder je izgledala zaprepašćeno kad je čula za hapšenja, ali ja sam klimnuo glavom. – Sjajno, jer prema onom što sam čuo od Heder, mogle bi da ih čekaju ozbiljne optužnice. – Uhvatio sam mu pogled. – Uključujući i moguću optužnicu za ubistvo.

Video sam kako je širom otvorio oči. Bez oklevanja, izvadio je ponovo telefon i pozvao poručnika, koji nam je rekao da će odmah doći.

Kad se pojavio poručnik Bertoleti, rukovali smo se i predstavio sam mu Heder. Objasnio sam da je ona donedavno bila putnica na jahti koju on i njegovi ljudi vredno pretražuju. Oči su mu zasijale kad sam objasnio šta mi je Heder rekla o sinoćnjim događajima, negde oko jedanaest, i pomenuo vrlo realnu mogućnost da je ubijeni čovek s *Kraljevske princeze* možda nenamerno prisustvovao nečem nezakonitom. Do kraja moje priče poručnik je izgledao vrlo zainteresovano.

– Hvala vam, sinjor Armstrong. To je zadivljujuće. – Pogledao je u Heder. – Moraću da razgovaram s vama, gospođo, ali to ne mora da bude sad. Izgledate kao da bi vam prijao san. Bio bih vam zahvalan ako biste mi ostavili svoj pasoš, kao podsetnik da se vratite i razgovarate sa mnom. – Nakon što mu je predala pasoš, usmerio je pažnju na mene. – Ako vam je ostavim na čuvanje tokom noći, sinjor Armstrong, da li biste se pobrinuli da se vrati sutra ujutro na razgovor? Dotad ću imati priliku da ispitam tri pritvorenika i možda ću imati više informacija o tome šta se tačno sinoć dogodilo. Imam osećaj da će vas zanimati kako se slučaj odvija.

To je zvučalo kao odličan plan i odmah sam pristao. – Sigurno, hvala vam. U koje vreme želite da dođemo?

– Siguran sam da će policajac Solaro rado doći po vas u Rapalo recimo u devet?

– To bi bilo sjajno, hvala. Samo još nešto... Da li je u redu da moja devojka i moj pas sutra dođu u Portofino? Bojim se da bih inače postao vrlo neomiljen kod oboje.

– Nema nikakvih problema. Dobro, moram da se vratim na jahtu. Već smo pronašli sumnjive kutije u tovarnom prostoru napred. Moramo da ih otvorimo, ali prilično smo sigurni da znamo šta je u njima.

– Smem li da vas pitam kako to da ste tako brzo uhapsili te ljude i identifikovali jahtu? – Čim sam postavio to pitanje, shvatio sam da postoji samo jedan logičan odgovor. – Naravno, bili su pod prismotrom, zar ne?

Osmehnuo se i namignuo mi. – Ne mogu da komentarišem...

Uzvratio sam mu osmeh. – Jasno. Samo još nešto: kakva je situacija u vezi s drugom jahtom, *Kraljevska princeza*? Kapetanica je kazala da idu u Francusku. Da li će uskoro isploviti?

– Ne, rečeno im je da ostanu ovde dok im ne odobrim odlazak. Na osnovu onog što ste mi upravo rekli, sigurno moram ponovo da razgovaram s kapetanicom i nekima od njih. Kao što ste rekli, bili su usidreni prilično blizu ove jahte i možda su videli drugo plovilo sinoć.

– Jeste li saznali nešto novo o onom što sam čuo u toaletu?

Frustrirano je frknuo. – Pitao sam svakog od njih da li je bio u toaletu u restoranu, i saznao sam da je dvanaestak ljudi koristilo te prostorije. Koliko su ti ljudi pili? Bilo kako bilo, loša vest je što niko nije priznao da je izgovorio reči koje ste čuli, mada je tip za čiji vam se glas učinilo da ste ga prepoznali izgledao veoma neiskreno kad sam razgovarao s njim.

– O da, Edgar Bomont. Uzgred, proverio sam ga na *Guglu* i opisan je kao direktor u nekoj televizijskoj kući. Izgleda da je većina ljudi na toj jahti, možda i svi, iz televizijskog sveta.

– Ne samo to nego su svi iz iste televizijske kompanije. – Prelistao je beležnicu. – *GrejretTV* – to je ludo ime – a pretpostavljam da generalni direktor jeste... ili je bio? Tako je, veliki šef je niko drugi do ubijeni, Džerom van der Grut.

Pored toga što je bio direktor programa, Van der Grut je bio i generalni direktor. – To možda objašnjava zašto niko nije bio posebno tužan zbog njegove smrti i zašto se Suzi Apton ponašala kao da mu je potčinjena. Voleo bih da budem prisutan kad budete ponovo razgovarali s njom.

Pogledao me je u oči. – Možete slobodno da dođete, ako imate vremena. Tako možete da još jednom poslušate glasove tih muškaraca, za slučaj da prepoznate drugog. Možemo da uradimo to sutra, nakon razgovora sa ovom mladom damom. Slobodno možete da sedite i postavljate pitanje, ali samo ako imate vremena i ako vam devojka i pas dozvole.

– To zvuči kao vrlo dobra ideja. Razgovaraću sa Anom o tome večeras i radujem se što ću videti policajca Solara i njegov gliser sutra u devet. Siguran sam da će Ana razumeti da je to nešto što moram da uradim.

Još dok sam to izgovarao, zapitao sam se hoće li.

10.

Ponedeljak ujutro

Kako se ispostavilo, ipak nisam morao da spavam na podu, mada sam imao osećaj da, kad sam joj izneo novost kako mislim da ujutro moram da se vratim i pomognem oko istrage, Ana razmišlja da me izbaci, ne samo iz kreveta i sobe nego možda i iz života. Srećom, bilo joj je drago što pomažem dami u nevolji, tako da je zanemarila svoje nezadovoljstvo i pristala da se sutra vrati u Portofino sa mnom. Znao sam da kršim obećanje da ću se usredsrediti na nju i naš odmor, ali nešto duboko u meni nije mi dalo da zanemarim slučaj ubistva... iako nisam, što mi je jasno naglasila, plaćen za svoj trud.

Ana je uspela da ubedi recepcionera da pronađe malu jednokrevetnu sobu za Heder, a on je čak ljubazno uspeo da joj obezbezbedi češalj, tubicu paste za zube i četkicu, mada su sve njene stvari i dalje bile na jahti *Srećnica* u Portofinu. Heder nam se srdačno zahvalila, ali glas joj je bio umoran i rekao sam joj da će se osećati bolje nakon što odspava.

Ana je još spavala kad sam se probudio ujutro, tako da sam se išunjao iz kreveta i odveo Oskara u šetnju pre doručka. Kad sam se vratio u sobu, atmosfera je bila pomalo napeta, ali Ana je izgleda prihvatila svršen čin i više nije pokušavala da mi zamera što se „igram detektiva“. Naravno, uprkos njenom izboru reči, znala je, kao i ja, da ubistvo nije igra.

Kad smo se sastali sa Heder u sali za doručak u osam, izgledala je mnogo veselije nego sinoć. Za doručkom sam joj ispričao za smrt jednog od putnika *Kraljevske princeze*, i ona se zainteresovala kad je čula ko je bio na toj jahti.

– Suzi Apton i Martin Grej; zar nisu oni bili u humorističkoj seriji o mađioničaru i njegovoj pomoćnici? Moja mama je volela to da gleda. A što se tiče njihove velike jahte, videla sam je juče ujutro. Bila je usidrena dvestotinak metara od nas preko noći, i prošla je pored nas negde oko pola osam ujutro, idući ka Portofinu. Pitala sam Marija zašto ne bismo išli na obalu, jer mi je bilo već muka od tog plutanja gore-dole na pola milje od kopna, ali on je rekao da želi da sačeka. Kao što sam vam rekla sinoć, potpuno se promenio prethodne noći kad se pojavio taj drugi brod, i bio je neraspoložen juče čitav dan. Baš je bio planuo na mene. Telefon mi nije radio i nisam imala ništa za čitanje, tako da sam provela stvarno dosadan dan. Bilo je kasno popodne kad je konačno odlučio da je vreme da odemo u luku, i tad mi je stvarno laknulo.

To je potvrdilo ono što sam mislio. Sastanak s nepoznatim brodom bio je unapred dogovoren i verovatno je Mario želeo da sadržaj tih kutija zadrži daleko od radoznalih očiju do poslednjeg trenutka. Znajući da treba da se sastane s dva Arapina te večeri, i primi ih na brod, samo se zadržavao na moru i trošio vreme. Nije ni čudo što se Heder dosađivala i počela sve više da mu zamera.

Zatekao sam policajca Solara kako nas čeka kad smo sišli do pristaništa, i priredio nam je još jedno uzbudljivo putovanje preko zaliva. Oskaru se to očigledno svidelo i stajao je na pramcu, čvrsto ukopan na razmaknutim nogama, njuške okrenute ka vetru, mašući repom, dok sam ga ja držao za povodac za slučaj da odluči da skoči u vodu. Srećom, Ana je takođe smatrala to putovanje uzbudljivim i izgledala je i zvučala veselije kad smo stigli u Portofino. Nakon što nas je ostavio u pristaništu, policajac Solaro je ostao u čamcu, govoreći mi kako ide u „obilazak". Pretpostavio sam da to znači da će pregledati brojne druge brodove usidrene u zalivu i van njega. Ana i ja smo se već dogovorili da će ona i Oskar otići do stanice karabinijera. Dobra vest je bila da je u ponedeljak ujutro bilo znatno manje turista i nije nam trebalo mnogo vremena da stignemo do tamo.

Kad smo stigli do kasarne, zatekao sam maršala Veronezea kako ponovo stoji ispred zgrade, ovog puta bez cigarete, i zvanično mi je salutirao.

– *Bungiorno*, komesare. – Mora da se proširio glas o mom prethodnom činu.

Osmehnuo sam mu se. – Dobro jutro, maršale, ali sad sam bivši komesar. Kako je prošlo s trojicom koje držite u pritvoru?

– Dva Arapina tvrde da znaju svega nekoliko reči italijanskog, ne znaju engleski, čak ni francuski. Nismo mogli da izvučemo ni reč od njih, mada su sedeli s Mariom Fortunatom kad smo ih uhapsili, pa kako su onda razgovarali s njim... mlatarajući rukama? – Prezrivo je frknuo. – Poručnik pokušava da pronađe prevodioca, ali pitanje je da li će oni išta reći. A što se tiče Fortunata, jedva da je rekao i reč osim zahteva da želi advokata. Tako je s tim profesionalcima: ništa ne govore, nađu skupog advokata i pokušavaju da se izmigolje iz optužbi.

– Kažete da je profesionalac... kakav profesionalac? Profesionalni krijumčar?

– On je trgovac oružjem, posrednik između fabrika u Slovačkoj, Češkoj Republici i Austriji i raznih klijenata širom sveta, među kojima ima nekih vrlo sumnjivih. Poručnik će vam reći više, ali motrili smo tu grupu nekoliko meseci.

– Shvatam. – To je potvrdilo moj osećaj da je brzina s kojom su karabinijeri zaplenili tu jahtu i uhapsili umešane značila da su vlasti već motrile na njih. – Dobro, nadam se da ćete uspeti da srušite njihov zid ćutnje.

Slegnuo je ramenima. – Ne nadam se mnogo. – Pogledao je na sat. – Očekujem da je poručnik sad u svojoj kancelariji. Prenoćio je u kasarni, i kad sam se poslednji put čuo s njim pio je kafu. Dođite da vas odvedem do njegove kancelarije. Ako se još nije vratio, možete da ga sačekate.

U stvari, poručnik Bertoleti je već bio za svojim stolom kad smo uvedeni u njegovu kancelariju. Ustao je i rukovao se sa mnom, a onda pogledao maršala. – Veroneze, odvedi ovu mladu damu u prostoriju za ispitivanje, molim te. Doći ću uskoro.

Mahnuo sam Heder i bezglasno joj rekao da se ne brine. Nakon što je poručnik mahnuo rukom, seo sam naspram njega i uputio mu saosećajan osmeh. – Umorni?

– Iscrpljen. Nisam legao do četiri ujutro, i probudio sam se u pola sedam. Popio sam toliko kafa jutros da mi se vrti u glavi, ali makar sam budan.

– Maršal mi je rekao da vaši drugi pritvorenici ne govore.

Bespomoćno je odmahnuo glavom. – Nadam se da će arapski prevodilac doći za sat vremena, mada sam sasvim siguran da ta dvojica govore italijanski, ako ne i engleski, što znači da ne očekujem nikakvo brzo priznanje. A što se tiče Marija Fortunata, odbija da kaže išta dok njegov advokat ne dođe iz Pize, a to se neće dogoditi narednih nekoliko sati.

– Maršal mi je rekao da su bili uključeni u krijumčarenje oružja. Jeste li uspeli da saznate nešto o tim kutijama koje su donete s drugog broda? Ne brinite, ne zanima me njihov sadržaj.

– Forenzičari ih još proučavaju. Mogu da vam kažem kako su naši balističari rekli da je u kutijama najmodernije oružje i, nikad se ne zna, mogli bismo da dobijemo neke otiske prstiju i uporedimo ih sa otiscima drugih sumnjivaca u ovom slučaju. Te kutije su sigurno bile namenjene nekim vrlo neprijatnim ljudima... Veroneze vam je možda rekao da je ovo evropska, možda i svetska operacija.

– Shvatio sam to. Želim vam sreću.

Osmehnuo se. – Hvala, potrebna nam je.

– Jeste li primetili ikakvu reakciju te trojice kad ste pomenuli Džeroma van der Gruta? Pretpostavljam da, ako nisu ništa rekli, niste mnogo saznali.

– Dva Arapina su izgledala potpuno nezainteresovano, ali, koliko znamo, nisu bili ni na jednom brodu preksinoć. A što se tiče Fortunata, makar je rekao nešto kad sam mu pomenuo to. Nije mnogo, ali rekao je, prilično odlučno: – Nisam ubica.

Na trenutak sam ga pogledao u oči. – Rekao je to, zar ne?

Mrko se osmehnuo. – Uistinu, mada moram priznati da sam mu gotovo poverovao. Kažite mi, koliko dugo ostajete u Rapalu?

– Idemo sutra kući. Ana ima sastanak na fakultetu popodne.

– Ali bićete ovde čitavog dana? Da li bi bilo previše naporno za vas ako bismo odložili posetu *Kraljevskoj princezi* za popodne? To bi mi dalo vremena da razgovaram s Heder Grinslivs, naša dva arapska prijatelja i nadam se da će advokat Marija Fortunata stići pre ručka, i da će konačno progovoriti. – Pogledao me je i umorno se osmehnuo. – Kao malu nadoknadu, mogu da ponudim vama i vašoj devojci večeru. Jedan moj dobar prijatelj ima restoran na dobrom glasu, i to je najmanje što mogu da uradim nakon što ste mi tako velikodušno posvetili svoje vreme. Volite ribu, zar ne?

– To je vrlo ljubazno od vas, da, oboje volimo ribu, ali zar ne biste radije otišli kući i odspavali?

Nasmejao se. – Dobar obrok i nekoliko čaša vina i biću kao nov. A uzgred, nisam zaboravio vašeg psa. Pobrinuću se da dobijemo sto na terasi. Restoran je manje od sto metara odavde i zove se *Školjka*. Samo skrenite levo kad izađete i idite pravo.

– Divno, hvala vam. Šta nameravate da uradite s Heder Grinslivs? Na osnovu onog što mi je rekla, uveren sam da nema nikakve veze sa onim što se događalo preksinoć.

– Siguran sam da ste u pravu. Samo želim da saznam što više o Fortunatu, i sve pojedinosti kojih može da se seti o drugom brodu i ljudima na njemu. Obalska straža je pratila nekoliko brodova koji su mogli da se sastanu s njima, ali ako dobijemo pouzdanu identifikaciju, to bi bilo sjajno. Mislim da će, kad završimo s njom, želeti da se vrati kući u Luku, a ne da ostane s gospodinom Fortunatom.

– Prešao je šakom umorno preko neobrijanih obraza. – Mislim da je bolje da se obrijem. Zašto ne odete i ne kažete joj šta se događa, i proverite hoće li moći sama da se vrati kući. A mogu da vam prenesem i dobre vesti: rekao sam svojim ljudima da spakuju njene stvari, tako da ne mora da se brine kako će ih uzeti s jahte. Hvala vam na pomoći i videćemo se popodne.

Ustao sam i nas dvojica smo krenuli u hodnik. Otvorio je usput jedna vrata, i video sam Heder kako sedi za stolom; izgledala je nervozno. Poručnik me je ostavio s njom i otišao da se obrije. Objasnio sam joj šta se dogodilo i preneo joj dobre vesti o njenim stvarima, naglašavajući kako ona nije osumnjičena, već se poručnik nada da će moći da mu dâ neke dodatne informacije koje bi mu pomogle u istrazi, i to ju je izgleda ohrabrilo. Rekao sam joj da će verovatno biti slobodna za nekoliko sati i pitao sam je može li sama da se vrati u Luku. Uverila me je da joj neće predstavljati problem da se ukrca na trajekt i zatim ide vozom, a onda je ustala i ponovo me zagrlila.

– Hvala vam, Dene, i molim vas zahvalite se Ani. Oboje ste bili vrlo ljubazni prema meni. Kad god da dođete u Luku, molim vas, pozovite me i svratite kod mene na ručak. Prilično sam dobra kuvarica, iskreno.

Zahvalio sam joj se i rekao da ću je sigurno pozvati. Nakon toga, izašao sam da potražim Anu i Oskara, odlučivši da idem pešice do obale i, ako je ne vidim, da joj pošaljem poruku. U stvari, gotovo sam naleteo na nju usput, dok je gledala neku tašnu u izlogu jedne prodavnice. Prišao sam nameravajući da predložim da joj je kupim, kako bih se iskupio što sam je ostavio samu, kad sam ugledao cenu i odlučio da je prepustim oligarsima. Nesvesna prolaznog trenutka u kojem sam zamalo bio darežljiv, okrenula se kad me je Oskar uočio i povukao je ka meni.

– To je bilo brzo, Dene. – Osmehnula se, ali taj osmeh je nestao kad sam joj rekao da ću ići na jahtu punu televizijskih zvezda po podne, umesto jutros. Promrmljala je tipičnu italijansku frazu za iznerviranost, koja bi se mogla prevesti kao „svinjska beda!", ne pitajte zašto. Požurio sam da joj se izvinim i vrlo ozbiljno porazmislio ponovo o kupovini tašne, iako bi to podrazumevalo dizanje hipoteke, kad je stigao spas u poslednji čas. Anin telefon je počeo da zvoni. Javila se, i odmah je bilo jasno da je očekivala taj poziv.

– *Ciao*, Tamzin, to bi bilo sjajno. I jesi li sigurna da ti ne bi smetalo da povedem psa? – Pogledala je u mene. – Mada bih rado ostavila svog momka... treba samo da me zamoliš. Dobro, ako ti ne smeta, rado. Sačekaj da vidim šta kaže Den. – Pogledala me je dok sam češkao Oskara po ušima. – Maločas sam naletela na staru prijateljicu i pozvala nas je na ručak. Samo je zvala da vidi da li pristajemo. Hoćeš li biti zauzet sa svojim prijateljima karabinijerima ili možeš da mi posvetiš sat ili dva svog dragocenog vremena?

Brzo sam je uverio da jedva čekam, i čuo sam je kako je prenela tu informaciju prijateljici. Njene poslednje reči bile su zanimljive.

– Doći ćeš po nas? U pola jedan. Savršeno. Čekaćemo te u pristaništu.

Vratila je telefon u torbu i okrenula se ka meni.

– To je bila Tamzin Tejlor. Nekad je radila za kompaniju koja je snimala istorijske dokumentarce i radile smo zajedno pre četiri godine, kad je snimala emisiju o konjskim trkama u Sijeni. Ja sam bila istorijski konsultant i prevodilac. Bilo je prilično zabavno, sigurno mnogo zabavnije nego tokom snimanja filma prošle godine, kad sam tebe upoznala. Nije bilo ubistava u njenim emisijama, zadovoljstvo mi je da kažem. Sad radi za novu televizijsku kompaniju i ovde je s gomilom kolega, odmaraju se na nekoj jahti i tamo smo pozvani na ručak.

– Tamzin Tejlor... – Prepoznao sam to ime i mora da sam izgledao potpuno zbunjeno, jer je prasnula u smeh.

– Tako je, Šerloče, upravo smo pozvani na ručak na *Kraljevsku princezu.*

Zavrtelo mi se u glavi. S jedne strane, to je sjajan način da se nezvanično upoznam s ljudima na tom brodu, ali problem je bio to što su me već videli u društvu karabinijera. U najmanju ruku, ljudi će biti sumnjičavi prema meni, možda i neprijatni. Dao sam sve od sebe da objasnim Ani taj problem, ali ona je, vazda praktična, samo slegnula ramenima.

– I šta s tim? Da li si obavljao istraživanje ili ispitivanje ili kako god to da zoveš kad si juče bio na brodu? U stvari, da li si ikome išta rekao? – Kad sam odmahnuo glavom, nastavila je. – Ti si Englez i govoriš italijanski. Samo ćemo im reći da si im pomagao oko prevođenja. To ne znači da imaš veze s policijom. Sve će biti u redu, videćeš.

Nadao sam se da je u pravu. Pomisao da se vratim na *Kraljevsku princezu* bila je primamljiva mojim istražiteljskim instinktima, ali tek je trebalo da se vidi hoće li to pomoći u istrazi ubistva.

11.

Ponedeljak, u vreme ručka

U pola jedan, čekali smo u pristaništu, kako nam je rečeno, kad se jedan otmen, veoma uglancan drveni čamac pojavio da nas pokupi. Njime je upravljao Kristofer, mornar s *Kraljevske princeze*, a kraj njega je bila Anina prijateljica, Tamzin, koju sam odmah prepoznao od juče. Bila je to ona vrlo privlačna žena koja je sedela između Edgara Bomonta, mog glavnog sumnjivca s blagim velškim akcentom, i ozbiljnog tipa koji je ličio na advokata, Nila Vona.

Nije me odmah prepoznala, ali kad jeste, Ana joj je prodala priču o prevodiocu i ona ju je izgleda kupila. Ušli smo u čamac i udobno se smestili na crvene, baršunaste jastuke. Oskar je čežnjivo gledao jastuke, ali je morao da se zadovolji podom, odakle je uskoro veselo njuškao povetarac kad smo isplovili. Dok su Ana i Tamzin razgovarale, razmišljao sam šta bih sad mogao da otkrijem. Telefonirao sam poručniku da bih mu rekao za poziv na ručak, i saglasio se da je to vrlo dobra prilika da razgovaram sa četvoricom sumnjivaca čije sam glasove možda čuo u Luki. Istovremeno, imaću priliku da dobijem poverljive informacije o ljudima na brodu.

Mada su posada tajanstvenog broda i možda Hederin momak – ili preciznije, *bivši* momak – i dalje bili glavni kandidati za ubistvo Džeroma van der Gruta, ostaje pitanje da li ga je možda ubio neko s *Kraljevske princeze*. Posebno sam želeo da identifikujem glasove koje sam čuo u Luki, ali zanimalo me je da saznam dinamiku te grupe. Zašto su svi oni došli ovamo? Da li je to trebalo da bude kratak poslovni sastanak ili je Van der Grut jednostavno pokušavao da se zahvali nekim odanim kolegama, vodeći ih na luksuzno krstarenje? Da li je došlo do svađe? Da li je možda bilo nekih ljubavnih veza koje su mogle da podstaknu ljubomoru?

Činilo se da me očekuje nekoliko zanimljivih sati.

Popeli smo se na jahtu pored zadnje platforme, kao i ranije, i bilo je jasno da se glavni ulaz na brod nalazi kraj bazena. Siv gumeni čamac s malim vanbrodskim motorom bio je privezan s jedne strane, i zapitao sam se da li je sličan onom u kojem je žrtva ubistva isplovila na svoje poslednje zlokobno putovanje. Koliko sam znao, taj čamac i dalje istražuju forenzičari. Jedan kajak i dva vodena skutera nalazili su se na donjoj palubi, koja je štrčala iz kobilice broda, tek metar iznad vode. Pored skutera sam uočio muškarca sa američkim naglaskom koga sam čuo dok sam slušao poručnika koji je juče ispitivao ljude za stolom. Na sebi je imao ronilačko odelo i izgledalo je kao da je upravo izronio iz vode. S njim je bila jedna od gošći, čije sam lice prepoznao, ali nisam mogao da se setim imena. Ona je takođe nosila ronilačko odelo, a jedna članica posade pomagala joj je da ga svuče. Očigledno je *Kraljevska princeza* nudila više od neograničene konzumacije alkohola.

Ana i ja smo krenuli za Tamzin do palube iznad, a ja sam čvrsto držao Oskarov povodac kad je ugledao bazen. Kad bi samo mogao, bacio bi se u vodu i isprskao bi troje ljudi koji sede na ivici bazena, nogu uronjenih u vodu. Tu grupicu su činila dva muškarca i jedna žena. Ta žena koja je sedela između muškaraca, odevena u svetloplav kupaći kostim, bila je Suzi Apton, a njeni pratioci bili su isti oni koji su juče sedeli kraj nje za ručkom: Martin Grej, liverpulski komičar, i mišićavko za koga sam znao da se zove Adam Filips, ali koga sam u mislima nazvao Gospodin Mišićavi. Začudo, šaka Martina Greja nalazila se na butini Suzi Apton. Kad je ugledala Oskara, skočila je na noge vrlo spretno i prišla da ga srdačno pozdravi. Odmah je počeo da maše repom; voli kad ga žene maze... a ko bi to mogao da mu zameri?

Tamzin je predstavila Anu i mene i ponovila moju lažnu priču o prevodiocu, koja je, ponovo, izgleda bila prihvaćena bez ikakve sumnje. Dokono smo ćaskali o vremenu, labradorima i lepotama Portofina, ali Suzi nije pomenula istragu ubistva. Međutim, nekoliko trenutaka kasnije, pridružio nam se mišićavko i prvo što je pitao, nakon što smo se upoznali, bilo je: – Da li je policija pronašla Džeromovog ubicu?

Slegnuo sam ramenima. – Nemam pojma. Poručnik mi je rekao kako je uspeo da pronađe policijskog prevodioca da im pomaže. Juče sam samo priskočio u pomoć.

Izgleda da je prihvatio činjenicu da više nisam uključen u istragu, ali bilo je jasno na osnovu onog što je zatim rekao, da je ubistvo bilo glavna tema razgovora na jahti, još od juče. – Samo mi nije jasno zašto policija misli da je to ubistvo. Zar nije verovatnije da je Džerom samo pao iz tog čamčića i utopio se? Popio je poprilično do tog doba noći, i ne bi me ni najmanje iznenadilo da je pao. Trebalo je da vidite u kakvom je stanju bio... ne samo pijan nego i besan. Nije se ponašao razumno. Svi su to videli.

Slušao sam ga pažljivo, ali morao sam da priznam da je njegov južnoengleski naglasak možda stvarno bio glas koji sam čuo kako kuje zaveru – ili makar daje sebi oduška – u restoranu u Luki. Nisam mogao da budem siguran, ali u mislima sam obeležio njegovo ime. Na osnovu onog što je upravo rekao, bilo je jasno da se vest kako je Van der Grut izboden pre utapanja nije proširila, a ja sigurno nisam nameravao da im to kažem, tako da sam nastavio da se pravim nevešt. – Ne znam pojedinosti, ali na osnovu onoga što je poručnik rekao, nema sumnje da je to bilo ubistvo. Zbog čega je Džerom van der Grut bio toliko besan?

Pre nego što je Gospodin Mišićavi uspeo da odgovori, začuo se poznati glas, ovoga puta vrlo naduren.

– To su interne kompanijske stvari. To vam ništa ne bi značilo. – Martin Grej je prišao da nam se pridruži. Zaustavio se pre nego što mi je rekao da gledam svoja posla, ali to je bilo jasno iz izrečenog. Morao sam da priznam da izgleda dobro u kupaćim gaćama... i bio je svestan toga. Mišići su mu bili savršeni – mada je bio znatno manje mišićav od muškarca kraj sebe – i bio je besprekorno preplanuo. Nije pokušao da se približi Oskaru, koji ga je pogledao i ignorisao. Imao je pseće šesto čulo koje mu je govorilo koji ljudi vole pse, a koji ne.

Razumeo sam ga, i samo sam slegnuo ramenima. – Ko zna? Svakako, previše alkohola i vožnja malim gumenim čamcem usred noći ne deluju mi kao dobra kombinacija.

Nakon što smo ih napustili, Ana i ja smo krenuli za Tamzin stepenicama prema salonu, gde smo zatekli šestoro ljudi kako stoje, sa čašama u ruci. Nakon što nas je predstavila i prenela moju izmišljenu priču, Tamzin nas je povela do dobro opremljenog bara, gde je stajala jedna članica posade. Na sebi je imala službenu majicu s kragnom *Kraljevske princeze*, a na bedžu je pisalo da se zove Vanesa. Prijateljski nam se osmehnula i pitala šta želimo da popijemo. Kao i obično, Ana je naručila kampari-špricer, i prvi put sam i ja zatražio isto. Obično pijem pivo u ovakvim prilikama, ali nekako mi je, na višemilionskoj jahti u zalivu kod Portofina, izgledalo ispravno da pijem nešto prefinjenije. Osmehnuo sam se sebi. Makar nisam preterao i naručio votka-martini, promućkan ali ne promešan.

Dok su Ana i Tamzin ćaskale o istorijskim temama, lutao sam naokolo i razgledao, a Oskar je njuškao sve na šta je naišao. Srećom, uskoro je probio led sa ostalim ljudima, i ušao sam u razgovor s njima. Kao i pre, pitali su za istragu i ispričao sam im istu priču... rekao sam kako to nema veze sa mnom. Kad su shvatili da ne znam mnogo o radu policije, vrlo brzo su počeli da razgovaraju o kompanijskim poslovima, a ja sam pažljivo slušao, istovremeno pokušavajući da ne izgledam previše zainteresovano.

Brzo je postalo jasno da su polovina prisutnih izvođači, uglavnom komičari, a druga polovina producenti ili menadžeri u kompaniji. Ne znam šta sam očekivao od gomile komičara – možda neprestane šale i blebetanje – ali raspoloženje je bilo sumorno. Ne zaboravite, nije bilo iznenađujuće što, u datim okolnostima, nikom nije bilo do smeha.

Dobra vest je bila da su muškarci koji su juče sedeli na suprotnom kraju stola sad bili ovde, i usredsredio sam se više na to kako govore nego šta govore. Vrlo brzo je postalo jasno da je Bili Vebster, koji je danas nosio drugu – ali podjednako široku – majicu, ovog puta s najavom sopstvene turneje iz 2019, bio ili pijan od besplatnog pića jutros ili se nije otreznio od sinoć. Nije mnogo govorio, ali ono što je rekao bilo je puno sočnih psovki kojih bi se i kočijaš postideo. U suštini, tražio je od svih prisutnih, pa i od Boga, da mu objasne kako se našao na brodu sa ubicom. Mogao sam da razumem njegovu zabrinutost, mada bih verovatno to izrazio znatno manje živopisno.

Kraj njega je bio Dag Kingsli, a neobrijana brada je ukazivala da je tek ustao iz kreveta. Današnja majica imala je natpis: *OBRAZO-VANJE JE VAŽNO ALI JE KOMEDIJA VAŽNATIJA.* Pažljivo sam slušao njegov glas i Vebsterov, ali nažalost nisam uspeo sa sigurno-šću da identifikujem nijednog od njih. Na kraju sam samo mogao da ih ostavim na spisku mogućih sumnjivaca, uz Adama Filipsa, poznatog kao Gospodin Mišićavi.

Prethodnog dana, u glavi sam Gospodina Mišićavog svrstao u one s trideset i nešto, ali izbliza, mogao je biti i stariji. Kad sam pitao čime se bavi u kompaniji, pomalo sam se iznenadio kad je rekao da je u računovodstvu. Nekako sam ga zamišljao kao neustrašivog izveštača koji se spušta niz litice i splavari brzacima Stenovitih pla-nina. Zanimljivo, mada je imao impresivne mišiće, nije bio previše visok i, u poređenju s Kingslijem, pitao sam se koliko bi bio koristan u tuči. Ipak, rekao sam sebi, nisam imao želju da se tučem i pretpo-stavio sam da bi se isto moglo primeniti na većinu ljudi ovde. Osim, naravno, osobe koja je ubila Džeroma van der Gruta.

Deset minuta kasnije, pridružila nam se Suzi Apton, koja je sad, umesto kupaćeg kostima, obukla tesnu majicu i suknju još kraću od one koju je Heder imala na sebi. Bez šminke je izgledala približnije svojim godinama, ali nije bilo sumnje da je bila vrlo lepa žena, koja se nije libila da se izloži pogledima. Mislio sam da bi bilo zanimlji-vo posmatrati njen odnos s podjednako lepom i znatno mlađom Tamzin Tejlor, i primetio sam da su gotovo ignorisale jedna drugu. Tamzin je i dalje veselo ćaskala sa Anom o Medičijevima, tako da je, nakon nekoliko trenutaka u njihovoj blizini, Suzi otišla do bara i naručila džin i tonik. Ili je Vanesa za šankom bila urođeno dare-žljiva s pićem koje nabavlja njen poslodavac, ili je poznavala Suzi odranije, jer sam se zaprepastio kad sam video da joj je sipala pola velike čaše džina pre nego što je dodala led i krišku limuna i gurnu-la to preko šanka, uz bočicu tonika. Suzi je sipala jedva pola tonika u čašu i okrenula se ka meni, upućujući mi – ili verovatnije Oskaru – širok osmeh.

– Dakle, živite u Italiji, zar ne, Dene? Baš divno. Da ne moram da živim u Londonu zbog posla, rado bih se nastanila ovde, verovatno u Toskani.

Uzvratio sam joj osmeh, a Oskar je otišao i spustio joj glavu na koleno. – Tamo ja živim, nedaleko od Firence, i sviđa mi se.

– Čime se bavite, Dene?

Uz kafu jutros u lučkom kafeu, Ana i ja smo raspravljali o tome šta da kažem ako me neko to pita, i došli smo do zaključka kako je najbolje da ne kažem kako sam privatni istražitelj... makar na početku. Umesto toga, ispričao sam Suzi o svojim književnim ambicijama. – Ja sam pisac. Pišem detektivske priče koje se događaju u Italiji. – To je bila istina, jer je moja prva knjiga, *Smrt u vinogradu*, izašla proletos i prodavala se dobro. Moja druga knjiga je već bila predata izdavaču i biće objavljena krajem jeseni.

Osmeh joj je postao još širi. – Baš uzbudljivo! Ispričajte mi nešto o tome, hoćete li?

Ukratko sam joj prepričao prvu knjigu i izgledala je potpuno zadivljeno, uz čitav niz glasnih „ah!“ i „oh!“. Naravno, rekao sam sebi, ljudima iz šou-biznisa preterivanje je nasušna stvar, tako da verovatno ne treba da računam da će otići da kupi sebi primerak čim se vrati u Veliku Britaniju. Ipak, morao sam priznati da je bilo lako razgovarati s njom.

Nekoliko minuta kasnije, atmosfera se naglo promenila. Neko me je potapšao po ramenu i suočio sam se s Martinom Grejom, koji je sad umesto kupaćih gaća na sebi imao otmenu majicu s kragnom i šorts. Izgledao je znatno manje prijatno od Suzi Apton, i Oskar mora da je osetio to, jer se naglo okrenuo i stao s moje druge strane, sklanjajući se od komičara.

– Glavni inspektore Armstrong, molim vas, recite mi zašto se iznenada među nama nalazi privatni istražitelj? – Liverpulski akcenat lako je prerastao u preteći ton, i na osnovu njegovog ratobornog izraza lica bilo je jasno da glumata za prisutne. Žamor oko nas je zamro kad sam se iznenada našao u središtu pažnje. Grej mora da je primetio iznenađenje na mom licu, jer je podigao telefon i mahnuo njim ispred mene. – Gospodin *Gugl* ima mnogo da kaže o vama, glavni inspektore, ali nije rekao zašto ste ovde, pa nam vi recite. Rado bismo znali šta istražujete.

Srećom, naletao sam na dosta gadnih likova u svoje vreme, i znao sam da je najbolje takvima se otvoreno suprotstaviti. Nedužno sam mu se osmehnuo. – To je lako, gospodine Grej, odgovor je ništa. Više nisam u policiji, i ovde nisam službeno. Samo sam na odmoru sa svojom devojkom.

– To meni zvuči kao gomila laži. – Pogledao je lica ostatka grupe. – A šta vi kažete?

Ako je očekivao otvorenu podršku, čekalo ga je razočaranje. Niko nije ništa rekao, mada sam video da neke od njih zanima zašto sam ovde. Ohrabren tim, suprotstavio sam se Greju. – Kao što sam rekao, samo sam na odmoru, a ovde sam samo zato što Ana poznaje Tamzin. Poslednje što želim je da ometam vaš odmor, tako da ako želite da odem, meni to ne smeta, ali pre nego što odem, molim vas recite mi *postoji* li nešto što bi trebalo istražiti?

Bio je dobar. Gotovo da nije pokazao nikakvu reakciju, ali u deliću sekunde bio sam siguran da sam video nešto na njegovom licu – možda krivicu ili uznemirenost – pre nego što se pribrao i odmahnuo glavom.

– Osim Bilijeve jetre i Suzinih gaćica, nema ničeg u šta bi trebalo zalaziti.

Pre nego što sam stigao da odgovorim, osetio sam da me neko hvata za ruku, kad je Suzi Apton prišla da mi iskaže podršku. – Martine, zaboga, zar ne možeš bar jednom da se ponašaš pristojno? Den je ovde sa Anom, a ona je došla na Tamzinin poziv. Nije važno da li je privatni istražitelj ili krotitelj lavova. Njegov posao nema nikakve veze s tobom. Samo zato što je Džerom mrtav to ne znači da si ti glavni. Ponašaj se lepo i dozvoli ljudima da se zabavljaju, iako si ti staro gunđalo.

– Suzi, Suzi, Suzi, samo polako, samo polako. – Ton i ponašanje bili su mu prezrivi, i osetio sam, preko ruke kojom me je držala, kako Suzi postaje napetija. On je neometano nastavio. – Nema potrebe da se toliko pravdaš, jebote. Samo sam pitao gospodina da li je trenutno uključen u neku istragu. Kome to može da smeta?

– Martine, ti su budala. – Bio sam blago iznenađen njenim bla-gim izborom reči, ali ta uvreda je ipak imala efekta. Na trenutak je njegov prijateljski stav nestao i glas mu je bio stvarno oštar kad je odgovorio.

– A ti si drolja.

Ovog puta sam čuo kako su neki od prisutnih glasno uzdahnuli, ali Suzi je stisnula moju ruku i pogledala me. – Mislim da je vreme za ručak, zar ne, Dene? Idemo kako bismo pronašli mesto daleko od njega. Ako mu budem blizu, izgubiću apetit.

Nije bilo potrebe da naglasi na koga je mislila. Bilo je jasno da to dvoje glumaca ne mirišu jedno drugo, ali iznenadio sam se otrov-nošću njegove optužbe. Da li su njena uvreda i njegov znatno žučniji odgovor imali uporište u činjenicama bilo je nešto što bih stvarno voleo da saznam.

12.

Ponedeljak, vreme ručka

Ručak je bio izvrstan, ali nisam očekivao ništa manje – napokon, *Kraljevska princeza* je imala šefa kuhinje *i* njegovog pomoćnika. Za predjelo je ponuđena salata od jastoga ili sufle od sira – ili oboje – a zatim je poslužena riba kuvana na pari u sosu od buđavog sira ili, za mesojede, predivan, mek odrezak. Uz hranu su posluženi ledeni beli burgundac i jaka ali aromatična rioha – mada sam primetio da se Bili Vebster držao piva. Za glavno jelo sam izabrao odrezak i morao sam da primetim kako su noževi za meso s drvenim drškama izgledali izuzetno slično opisu oružja ubistva. Da možda jedan ne nedostaje, zapitao sam se.

Obrok su besprekorno poslužila dva Filipinca i raspoloženje oko stola – makar na našem kraju – uskoro se popravilo. Suzi je sela desno od mene, a Ana levo, s Tamzin pored sebe. Suzi je bila dobra sagovornica i pričljiva... bez sumnje da joj je u tome pomogao veliki džin-tonik. Ako ju je povredila Grejova uvreda, to se nije videlo. Nisam mogao da se ne setim načina na koji joj je spustio šaku na butinu dole kraj bazena, i zapitao sam se u kakvim su tačno odnosima. Sigurno je da, ako su bili intimni, to što ju je pred svima nazvao droljom znači da nije sve bajno među njima.

Dok smo jeli, postepeno sam saznavao sve više o ostalim ljudima i njihovom skupom krstarenju. Kao što sam pretpostavio, putovanje je platila *GrejretTV*, na ideju generalnog direktora Džeroma van der Gruta, koji je imao nameru da spoji posao i zadovoljstvo. Saznao sam da se nekoliko sati svakog dana posvećivalo plenumu na kome se razgovaralo o programu za naredne dve godine. Tamzin nam je rekla da je kompanija, specijalizovana za zabavne programe, bila podeljena na više odseka, kao što su kvizovi, zabavne igre, nastupi komičara i tako dalje. Predstavnici svake od tih oblasti morali su da predlože ideje svim okupljenima tokom krstarenja, a onda bi se odlučivalo šta će se raditi, a šta ne. U svim slučajevima je krajnji sudija bio Van der Grut lično, i lako sam mogao da vidim kako je moglo da dođe do velikog nadmetanja i kako je mogao biti omiljen kod jednih, a veoma neomiljen kod drugih.

Ali je li to bilo dovoljno da ga neko ubije?

Što se tiče ličnih odnosa, saznao sam da partneri nisu pozvani, i tu je bilo dvanaest pojedinaca bez pratnje, jedanaest od smrti Džeroma van der Gruta. Tamzin nam je rekla da je u braku tek šest meseci i da joj je teško što je odvojena od muža čitave dve nedelje, ali je, kao i ostali, prihvatila da je to samo deo posla. Njen posao, saznao sam, bio je da producira i režira neke od najpoznatijih kvizova. To mora da je bila velika promena u odnosu na istorijske dokumentarce, ali verovatno je to značilo da joj karijera ide uzlaznom putanjom. Ana je bila sjajna u iskopavanju delića skandala od ljudi oko nas... kao to da je Martina Greja ošamarila Luiz iz obračunskog odeljenja, nakon što je pokušao da je vaćari kraj bazena.

Suzi mi je potajno pokazala Luiz na drugoj strani stola, kraj Edgara Bomonta, gde je vodila žustar razgovor s čovekom s glazgovskim naglaskom, koji je izgleda bio šef PR odeljenja. Luiz Čelendžer je bila žena ozbiljnog izgleda koju sam uočio ranije kraj bazena. S kosom začešljanom u punđu i naočarima, sigurno nije izgledala kao da spada u „droljastu" kategoriju. Mogao sam da zamislim kako se razbesnela kad ju je napao taj liverpulski prostak.

Sve je to zvučalo očekivano za takvo okruženje u kojem se mešaju posao i zadovoljstvo, ali nisam mogao da saznam za neke veće i dugotrajnije svađe, kakve mogu da dovedu do ubistva. Tužna činjenica bila je da kad je došlo vreme za sjajan krem brule, nisam bio ništa bliži saznanju ko je želeo da ubije Džeroma van der Gruta nego pre nego što sam seo da jedem.

Stvari su postale zanimljivije kad su doneli kafu. Poslužena je uz vrlo dobar konjak, ali zahvalio sam se konobaru i prihvatio kafu, a

odbio žestoko piće. U stvari, tokom čitavog obroka sam se uzdrža-
vao od alkohola, jer sam pokušavao da zadržim pristojne mentalne
sposobnosti. Pogledao sam na sat i video da je gotovo pola tri, a re-
kao sam poručniku da ću ga pozvati pre tri, tako da sam razmišljao
da se zahvalim Tamzin i zamolim za prevoz do luke, kad je izbila
žestoka svađa na drugom kraju stola. Očekivano, u njoj je učestvo-
vao Martin Grej. Čuo se zvuk udaranja pesnicom u drveni sto, do-
voljno glasan da probudi Oskara iz, bez sumnje, prijatnih snova o
vevericama i hrani, i pogledao ga je sa ogorčenim izrazom na licu.
Taj udarac je pratio komičarev izliv besa. To je otprilike, prevedeno
na prihvatljiv jezik, zvučalo ovako: – Šta misliš s kim razgovaraš,
bedni crve? Sad kad je Džerom mrtav, ja sam najstariji ovde i ako
kažem da nešto mora da se uradi, onda ćemo to uraditi. – Bio sam
zadivljen što je uspeo da uključi čak pet psovki u te dve kratke reče-
nice. Nije to mala stvar.

Taj „bedni crv" bio je Dag Kingsli, mladi komičar, i izgledao
je podjednako besno kad je skočio na noge i podigao svoju dopola
punu čašu crnog vina. Zlobno je pogledao Greja i, kad je progovo-
rio, glas mu je bio ispunjen jedom.

– Jebote, Martine, šta ti misliš ko si? To što svoju sirotu ženu tre-
tiraš kao smeće ne znači da možeš to da radiš i meni. Izvinićeš mi se
odmah sad, ozbiljno ti kažem, ili ne odgovaram za svoje postupke.

Nesiguran izraz prešao je preko lica Martina Greja dok je gledao
u svoje crno vino podigavši zaštitnički ruku prema malom kroko-
dilu na svojoj besprekornoj svetloplavoj majici s kragnom. Napeto
su se gledali petnaest ili dvadeset sekundi, pre nego što je odgovorio
daleko razložnijim glasom.

– Nema potrebe za nasiljem, Dagi. Samo sam rekao da ne možeš
da mi govoriš šta da radim.

Čaša crnog vina primakla se nekoliko centimetara do Grejovog
lica. – To mi ne zvuči kao izvinjenje, Martine. Brojim do tri, a onda
te polivam vinom, pa gađam čašom, a onda udaram pesnicama.
Jedan... dva...

– Dobro, dobro, izvini. Nije trebalo da ti se obraćam tako. Mno-
go se izvinjavam i tako to...

Neiskrenost i sarkazam u njegovom glasu bili su primetni svima, i na trenutak sam imao osećaj da će ipak dobiti čašu crnog vina u lice, ali na kraju je Dag Kingsli spustio čašu, okrenuo se odlučno i krenuo niza stepenice prema terasi za sunčanje. Pogledao sam krajičkom oka prema Suzi, koja je izgledala prilično nezainteresovano i tiho sam je pitao: – Da li se ovakve stvari događaju često?

Uputila mi je osmejak i klimnula glavom. – S Martinom, da. Morala sam da mu sipam pun tanjir indijske piletine u krilo pre nekoliko meseci. Može da bude nepodnošljiva sirovina i, naravno, sad kad je Džerom umro misli da je Bog lično.

I zašto je ta „nepodnošljiva sirovina" držala ruku na njenoj butini? Odlučio sam da zasad ne potežem to pitanje, i usredsredio sam se na poslovne probleme. – Da li je istina da je on sad osoba s najvišim položajem? Hoće li zauzeti Van der Grutovo mesto?

Odlučno je odmahnula glavom. – Naravno da neće. On je samo zaposlen, kao mi ostali, iako je u kompaniji nešto duže od ostalih. Ovde postoji dvoje-troje ljudi koji su duže u kompaniji od njega, i to na višim pozicijama, kao Edgar, na primer. On je šef računovodstva, ali i generalni sekretar kompanije, i svi ga smatraju Džeromovim zamenikom. Budimo iskreni, Martin je samo komičar. On je kao ja, a šta mi radimo? – Glas joj je zazvučao ciničnije. – Govorimo gluposti i pokušavamo da nasmejemo ljude. To nije teorijska fizika. Martin nije reditelj niti producent, a sigurno nije direktor. *On* možda misli da je bogom dan, ali niko drugi to ne misli. Nema šanse da bi mogao da dođe na neku visoku direktorsku poziciju čak i da mu je neko ponudi; kao prvo, ne bi mogao da organizuje ni opijanje u kafani, a drugo, omraženiji je od Džeroma.

I ja sam došao do takvog zaključka, ali ipak sam nastavio da je ispitujem. – Van der Grut nije bio omiljen, dakle?

Ovog puta izgledala je znatno ozbiljnije. – Omiljen? Mora da se šalite! Džerom je bio ljigavac. Niste mogli da mu verujete ni reč. Ponašao se prema svima – od čistačica do producenata – odvratno i, da sve bude još gore, samostalno je donosio sve važne odluke i pravio je grešku za greškom, pa je kompanija zbog toga u velikim finansijskim problemima.

Sedeo sam nekoliko trenutaka i razmišljao o tome. Zašto je, zaboga, ako je kompanija na granici održivosti, Van der Grut doneo odluku da potroši sto hiljada funti na dvonedeljno luksuzno krstarenje? To nije imalo smisla. Nema sumnje da su ljudi oko mene bili dobro plaćeni i mogu da izgube mnogo ako kompanija propadne, pa ako je Van der Grut uništavao kompaniju, da li je neko možda odlučio da ga se otarasi, kako bi spasao *GrejretTV* i svoje prihode? Ubistvo je sigurno radikalnije rešenje od izglasavanja nepoverenja na sastanku odbora, ali nakon ovog što sam video bilo je jasno da je osoblje kompanije pod stresom.

Ova rasprava je izgleda bila znak da svi ustanu od stola i počnu da napuštaju prostoriju. Rukovao sam se s nekoliko ljudi i zahvalio se Suzi na društvu... kleknula je i ljubazno se pozdravila sa Oskarom pre nego što smo on i ja krenuli za Tamzin i Anom do čamca. Kad smo stigli do bazena, nismo videli nikog, a Tamzin je zastala da se izvini zbog scene kojoj smo prisustvovali i da prenese malo korisniju informaciju.

– Izvinite zbog Martina. U poslednje vreme je sve gori. Samo zato što je najpoznatije lice kompanije – uz Suzi, naravno – misli da ima pravo da se razmeće. U subotu uveče postao je prilično nemoguć, i Džerom ga je prozvao pred svima i očitao mu bukvicu. Nikad nisam videla Džeroma tako besnog i nikad nisam videla Martina tako ljutog. Stvarno sam mislila da će napasti jedan drugog, u nekom trenutku.

To je sigurno bilo značajno. Da li je moguće da je Martin Grej odlučio da se osveti svom šefu na tako radikalan način? Ali, prema onom što sam čuo i video, Martin Grej nije jedina osoba s kratkim fitiljem. Dag Kingsli je zvučao prilično opako tokom rasprave s Grejom i imao sam osećaj da bi, da su on i Džerom van der Grut ukrstili mačeve, komičar s minđušama možda pribegao nasilju. Pošto je Tamzin bila pričljiva, pogledao sam da vidim jesmo li sami i onda sam joj postavio pitanje koje mi se muvalo po glavi.

– Smem li da pitam zašto je Martin Grej nazvao Suzi droljom? Da li je to bila samo nasumična uvreda, ili to ima neke veze s njenim prethodnim ponašanjem?

Primetio sam da je Tamzin potajno pogledala oko sebe pre nego što je odgovorila. – Ne, naravno da nema, mada ona nije svetica. A što se tiče Martina, on širi glasine – potpuno neosnovane, sigurna sam – kako je jedini razlog Suzinog uspeha u kompaniji to što spava sa šefom. – Video sam kako su ona i Ana razmenile poglede. – Nikad niste upoznali Džeroma, zar ne? Pa, verujte mi, nije bio tip koga bi ijedna žena s trunkom samopoštovanja smatrala prikladnim ljubavnikom. – Video sam kako se stresla. – Kao što rekoh, Martin uvek mora da bude glavni, i prilično mi je jasno, i sigurna sam da je bilo jasno svima, uključujući i Džeroma, da Suzi može da drži lekcije Martinu u smislu profesionalizma, popularnosti i inteligencije. I sigurna sam da duboko u sebi Martin to zna, ali zbog toga je samo još više ljut na nju. Otud uvrede.

Ana je izgledala iznenađeno. – A opet, kad njih dvoje glume zajedno, čovek bi pomislio da su najbolji prijatelji.

Tamzin se kiselo osmehnula. – To što se događa pred kamerama i kad se one isključe, dve su različite stvari.

To me je podsetilo da je među putnicima na brodu dosta glumaca. Upoznao sam nekoliko talentovanih glumaca u svoje vreme – ne komičara, nego kriminalaca – i znao sam da nedužan osmeh često može da prikriva krivicu. Da, Martin Grej i Dag Kingsli možda izgledaju nevaspitano i svadljivo, ali da li je moguće da manje agresivni zaposleni u *GrejretTV-u* vešto maskiraju skrivene dubine? Ako je ubica na *Kraljevskoj princezi*, nisam bio nimalo bliži otkrivanju njegovog identiteta.

13.

Ponedeljak popodne

Čim smo stigli do pristaništa i mahnuo sam Kristoferu na čamcu, izvadio sam telefon i pozvao poručnika Bertoletija. Javio se odmah i rekao mi da je u kancelariji, ako želim da svratim. Objasnio sam Ani da ću biti odsutan svega nekoliko minuta i onda obećao da se više neću baviti ovim slučajem. Ostala je sedeći na klupi u hladu, sa Oskarom kraj sebe, izgledajući mnogo srećnije nego jutros. Probio sam se kroz gužvu do stanice karabinijera i zatekao sam maršala Veronezea kako stoji ispred, kao i obično. Kao i pre, salutirao je kad me je video i obratio mi se sa komesare. Odlučio sam da nema svrhe da pokušavam da ga ispravljam, a verovatno ga više neću ni videti.

– Dobar dan, maršale. Idem kod poručnika. Kakvo vam je bilo jutro?

– Razočaravajuće. Poručnik će vam ispričati o tome. Dva Libijca tvrde da su stari prijatelji Marija Fortunata i da su slučajno naleteli na njega, ovde u Portofinu. – Sumnjičavo me je pogledao. – A ja sam Deda Mraz, zar ne?

– A šta je s Fortunatom? Da li mu je stigao advokat?

– Da, ali mislim da poručnik nije izvukao mnogo ni iz njega. Dođite, reći će vam lično.

Odveo me je do poručnikove kancelarije i ostavio me tamo. Poručnik je izgledao manje umorno, ali video sam da je frustriran, baš kao i maršal. Razumeo sam ga i saosećajno sam se osmehnuo.

– Čujem da niste mnogo saznali od svoja tri sumnjivca.

– Moja tri sumnjivca gotovo ništa nisu rekla. Libijci tvrde da ne znaju ništa i žele da razgovaraju sa svojom ambasadom u Rimu, i optužuju me za maltretiranje. Fortunato nastavlja da poriče sve, uključujući tajanstveno plovilo koje je stiglo tokom noći, kao i svaku vezu s kutijama u tovarnom prostoru, iako smo mu rekli da je njegova devojka videla kako su prebacivane s drugog plovila. Kaže da je sigurno pogrešila i zlobno je nagovestio kako je pušila marihuanu. Pronašli smo zalihu marihuane u kabini, ali nemam predstavu da li je njegova ili njena.

– A šta je s njom? Kad ste razgovarali s njom, da li je uspela da vam dâ pristojan opis drugog broda?

Tužno je odmahnuo glavom. – Ne baš; slične veličine kao jahta na kojoj je bila, ali zbog mraka, jedva je videla ime i ne može da ga se seti. Ima vrlo malo iskustva s brodovima, i nije ni primetila da li ima jarbol ili ne. Dakle, ne, nije mnogo pomogla. Uzeli smo njenu izjavu i kontakt podatke, ali pustili smo je posle deset sati. Verovatno se vratila u Luku. Problem je u tome što, bez njenog svedočenja, ne možemo da otkrijemo taj drugi brod... pod pretpostavkom da je postojao i da to nije bilo samo haluciniranje od droge. A šta je s vama? Kako je prošlo na *Kraljevskoj princezi*?

Prepričao sam mu šta sam saznao, počevši od loših vesti da nisam mogao da identifikujem drugi glas koji sam čuo u Luki. Video sam ga kako sumorno klima glavom i nastavio sam da mu iznosim druge informacije koje sam saznao, završavajući kratkim sažetkom.

– I šta sad znamo? Žrtva je bila neomiljena, a posebno ju je mrzeo Martin Grej. Daglas Kingsli, mladi komičar, izgleda kao nezgodan tip, mada nisam siguran da je sposoban da izvrši ubistvo, a nisam čuo da je imao neke posebne probleme sa žrtvom. Tu je pitanje kompanije koja je možda nesolventna, ali ne vidim kako bi to moglo da dovede do ubistva šefa. Da budem iskren, bez toga da sednem i obavim detaljan, temeljan razgovor sa svakim od njih i proverim sve njihove podatke, ne znam šta bih rekao. A šta je s posadom? Da li je maršal Veroneze imao sreće kad je razgovarao s njima?

– Nije saznao ništa korisno. Član posade koji je bio dežurni te večeri, tvrdi da nije video niti čuo ništa osim vanbrodskog motora na čamcu koji je upaljen kad je Van der Grut krenuo ka obali. Veroneze je rekao da taj čovek nije bio previše spreman za saradnju.

– Pogledao je u svoju beležnicu. – Zove se Hajnrih Šiler, Nemac, na brodu ga zovu Rik, a Veroneze se zapitao ima li možda krivični dosije, jer je bio vrlo negativno raspoložen, gotovo drzak. Nisam ga još proverio. Čekao sam da vidim da li ćete pronaći nešto zanimljivo, ali sad ću se obratiti nemačkim vlastima. Prema Šilerovim rečima, kad je čuo zvuk motora, video je siluetu samo jedne osobe koja sedi u čamcu koji je nestajao u mraku, idući ka obali, ali nije znao ko je to. Osim toga, tvrdi da nijedan brod nije došao, otišao ili prošao kraj njih između sumraka i svitanja.

– Van der Grut je odjurio nakon velike svađe te večeri. Nisam siguran s kim, ali verovatno s Martinom Grejom.

– Proveriću to. Veroneze i ja se vraćamo na jahtu popodne.

– A kad ste razgovarali s ljudima na jahti juče, jesu li vam rekli šta su uradili nakon što je Van der Grut odjurio? Da li su ustali i otišli, ili su ostali u salonu?

– Nisam dugo razgovarao s njima, tako da ću se dodatno raspitati danas, ali prema onom što su mi rekli, nakon večere su neki krenuli u svoje kabine, nekoliko njih na noćno plivanje u bazenu, dvoje su otvorili još jednu bocu vina i ostali u salonu, ali inače se ništa značajno nije dogodilo. Vrlo malo njih ima čvrst alibi, tako da je verovatno svako od njih mogao da prati Van der Gruta i ubije ga. Pitali smo goste da li su videli Van der Gruta nakon što je odjurio i svi su rekli da nisu, ali teško mi je da poverujem da je tek tako nestao. Da sve bude gore, mada jahta ima nadzorne kamere, nisu radile poslednja dva-tri dana i čujem da će svratiti u Đenovu ove nedelje da to poprave. Da čovek poludi.

Znao sam kako se oseća. – Prava šteta. Deo mene i dalje misli da nije sve u redu na *Kraljevskoj princezi*, ali verovatno polako dolazim na to da moram prihvatiti kako to nije bio neko od njih. Možda se Van der Grut zatekao na pogrešnom mestu u pogrešno vreme, i ubili su ga Mario Fortunato ili posada broda koji je doneo sanduke s oružjem, kako ne bi mogao da priča šta je video.

Bertoleti je polako klimnuo glavom. – Ali, naravno, nemamo čvrst dokaz da je drugo plovilo bilo tamo, tako da postoji mogućnost da je Van der Grut prolazio kraj Fortunatovog broda, video ga kako radi nešto nezakonito – šta god da je to bilo – i Fortunato je odlučio da ga ubije kako bi ga ućutkao, ali to je samo hvatanje za slamku. – Razočarano je uzdahnuo. – Ko zna? Možda je Van der Grut ubijen iz sasvim drugog razloga. Možda se to čak dogodilo nakon što je stigao u Portofino. Stigao je u luku, a neko ga je čekao. Uskočili su u čamac, izboli ga nožem, onda bacili telo u vodu i gurnuli čamac u more, i to je to. Ali zašto? I još važnije, kako su znali da dolazi? Nisam proveravao sve telefone na *Kraljevskoj princezi*, ali pretpostavljam da je neko s broda dojavio ubici, ali zašto?

– Da, zašto? Da li je to bila samo obična pljačka iz koristoljublja?

– Sve je moguće. Kad je telo pronađeno, nije bilo telefona, novčanika niti pasoša, ali ubica ih je možda uzeo samo da bi ostavio utisak krađe ili da uspori istragu. – Bespomoćno je slegnuo ramenima. – Kao što sam rekao, sve je moguće.

– Uzgred, da li su forenzičari pregledali čamac u kojem je bila žrtva?

– Jesu, dobio sam rezultate pre dva sata. Tragovi krvi i neke blede krvave mrlje bile su vidljive na dnu čamca. Laboratorija je analizirala krv i utvrdila da se poklapa sa žrtvinom. Ili je izboden u čamcu ili je telo bačeno u njega.

– Da, ali ako je neko došao s njim čamcem s *Kraljevske princeze* i ubio ga na putu do obale, ili ga je izbo na jahti i onda ubacio telo u čamac da ga se otarasi, kako se vratio na jahtu? Nemac stražar kaže da nije bilo drugih brodova u blizini te noći, a jahta se nalazi nekoliko stotina metara od obale.

– Više kao osamsto metara, to je velika udaljenost.

Na trenutak sam pustio misli da lutaju. Nijedan od tih scenarija nije izgledao previše verovatno, ali bez dokaza nismo mogli mnogo toga da uradimo, osim da smišljamo hipoteze i pokušavamo da ih dokažemo. U razmišljanju me je prekinuo poručnikov glas.

– Šta je s komičarkom Suzi Apton? Pomenuli ste da je možda bila u vezi sa žrtvom? Možda su se posvađali?

– Mogu samo da nagađam, ali instinkt mi kaže – a to je sve što imam – da ona verovatno nije bila u vezi sa žrtvom, ali sve je moguće, pretpostavljam. Kad mi je pričala o njemu, jasno je kazala da joj je odvratan. Da, možda je lagala, ali bio sam sklon da joj poverujem. Nisam je doživeo kao nepoštenu. Da budem iskren, prilično mi se svidela, ali znao sam da pogrešim i ranije. – Pogledao sam ga preko stola. – Koji je vaš naredni potez?

– Ne mogu još dugo da zadržavam *Kraljevsku princezu* ovde a da ne optužim nekog, tako da ću ponovo ispitati sve na brodu, uključujući Suzi Apton, i ako ne saznam ništa novo, moraću da dam kapetanici dozvolu da nastavi s krstarenjem.

Setio sam se nečeg što mi je ranije palo na pamet. – Pojeo sam vrlo lep odrezak za ručak danas na jahti, i primetio sam da noževi za meso prilično dobro odgovaraju opisu oružja ubistva koji ste mi dali. Ne znam da li mislite da bi vredelo proveriti nedostaje li neki?

– To ne može da škodi... ali moram da upozorim osobu koja obavlja tu proveru da ne kaže ništa gostima. Što manje krvavih detalja izađe u medije, to bolje. Ne zaboravite, čak i da neki nedostaje, nećemo biti ništa bliži spoznaji ko ga je možda ukrao i upotrebio.

Pogledao sam na sat i ustao. – Žao mi je što nisam mogao da identifikujem glasove koje sam čuo, ali možda je to bila samo slepa ulica. Moguće je da su ljudi koje sam čuo pripadali nekoj drugoj grupi – bilo je mnogo Engleza u Luki u noći koncerta – a čak i da su s *Kraljevske princeze*, možda su samo davali sebi oduška. Na osnovu onog što sam video i čuo danas, čitave nedelje je atmosfera na brodu bila prilično napeta... popijeno je dosta alkohola. Bilo kako bilo, obećao sam devojci i psu pristojnu šetnju, pa je bolje da krenem. Izvinite što nisam mogao više da pomognem.

– Mnogo ste mi pomogli. Radujem se što ću vam se pristojno zahvaliti tokom večere. Vidimo se u sedam. Kažite devojci da će moja žena biti tamo, tako da neće biti usamljena ako vi i ja budemo razgovarali o poslu. *Školjka*, u redu?

– Počnemo li da pričamo o poslu, bojim se da biste me mogli pronaći u moru s nožem za meso zabodenim u *moja* leđa.

Ana i ja smo ostatak popodneva proveli zajedno i trudio sam se da joj se umilim. Moja prva ideja bila je da se popnemo uza strmo brdo iznad Portofina i šetamo dva sata do opatije u San Frutozu, a onda se vratimo u Portofino trajektom, ali korisno obaveštenje u podnožju brda upozorilo nas je da je uspon „umereno težak". Temperatura je bila nešto iznad trideset stepeni, a znao sam da Ana nije ljubitelj hajkinga, tako da sam mudro odabrao alternativnu rutu. To je bila *Passeggiata dei Baci* – Staza poljubaca – koja je vodila oko kamenite obale od Portofina do Santa Margerite. Bila je gotovo potpuno ravna i pogled preko zaliva na udaljeni Činkve Tere bio je divan. Nije bilo previše ljudi na stazi, i čak smo uspeli da zastanemo na nekoliko skrovitih mesta da razmenimo nekoliko poljubaca.

Poneo sam Oskarovu posudu, vrećicu pseće hrane i veliku bocu vode u rancu, i vrhunac njegove šetnje bez sumnje je bio ručak, sad odložen nekoliko sati. Ima besprekoran unutrašnji sat, koji mu je već neko vreme govorio da je gladan – a on je to govorio meni gurajući me njuškom. Nema potrebe naglašavati, usisao je hranu za nekoliko sekundi, a onda se napio vode – to nije toliko lepo kao jastog i odrezak, ali uvek ga je više zanimao kvantitet nego kvalitet.

Kad smo stigli u Santa Margeritu, šetali smo lukom dok nismo pronašli mesta za stolom u hladu drveća, tačno naspram marine. Kao u Rapalu, sve je bilo puno raznih plovila, od čamaca na vesla do onog što sam ranije opisivao kao „ploveće palate"... mada sam sad znao da je to sve sitna riba u poređenju s mestom na kome sam nedavno jeo i pio, tri ili četiri puta većem. Zgrade oko luke bile su slične svetlosmeđe boje kao u Portofinu, ali nedostajali su divni mali zaliv i stari zamak na brdu. Prometan put koji je išao paralelno s lukom dodatno je oduzimao na šarmu tom mestu, ali ipak je bilo vrlo prijatno i osetio sam da Ana možda počinje da mi oprašta što sam dozvolio da moj posao skrati dragoceno vreme koje smo provodili zajedno.

U ovom mestu je vladala više porodična atmosfera, i za većinom stolova je bilo dece, s nervoznim roditeljima koji su stalno pazili da ona ne istrče na ulicu. Što se tiče Oskara, on se srećno ispružio na hladan kamen kraj naših nogu dok smo mi naručili sveže ceđenu limunadu.

Sedeli smo tu tek pet minuta kad je Ani zazvonio telefon. Čuo sam je kako kaže: – Zdravo, Tamzin – a nekoliko trenutaka kasnije, dodala mi je telefon. – To je Tamzin, kaže da jedan od muškaraca s jahte želi da razgovara s tobom. – Nije izgledala impresionirano.

Uzeo sam telefon. – Zdravo, Tamzin, hvala vam još jednom na današnjem gostoprimstvu. Upravo smo se šetali da nam se slegne sva ta divna hrana.

– Zdravo, Dene, nema na čemu. Slušajte, Nil je kraj mene; Nil Von, iz računovodstva? Ne znam da li ga se sećate. Voleo bi da porazgovara s vama, ako imate vremena.

– Da, naravno da ga se sećam. Rado ću razgovarati s njim.

O čemu li se, zapitao sam se, sad tu radi? Nekoliko trenutaka kasnije čuo sam njegov glas. Uprkos onome što sam upravo rekao, i dalje sam pokušavao da se setim Nila Vona, ali čim sam mu čuo glas prepoznao sam ga. Bio je to čovek koji je prvobitno sedeo kraj Tamzin, jedan od mogućih učesnika razgovora u restoranu u Luki, onaj za koga sam mislio da je ozbiljan advokatski tip. Bio je računovođa, a ne advokat... bio sam blizu, ali nisam baš pogodio.

– Zdravo, gospodine Armstrong, ovde je Nil Von. Ja sam jedan od ljudi iz kompanije *GrejretTV* sa *Kraljevske princeze*. Pitao sam se da li bih mogao da popričam s vama o jednoj ozbiljnoj stvari.

– Dobar dan, gospodine Vone, kako mogu da vam pomognem?

Nakratko je oklevao, a kad je progovorio glas mu je bio prigušen. Zamislio sam ga kako se naginje preko ograde broda kako ga niko ne bi čuo. Radoznalost mi je narasla dok je mrmljao u Tamzinin telefon. – Mislim da ste rekli da ste privatni istražitelj? Da li je to tačno?

– Da, mada sam, kao što sam rekao, trenutno privatni istražitelj na godišnjem odmoru. – Pogledao sam Anu na tren i video kako klima glavom kad sam pomenuo „godišnji odmor“.

– Da, žao mi je što vas uznemiravam, ali imamo problem koji treba hitno rešiti.

– Kakav problem?

– Radim u računovodstvu i poslednjih meseci se sve više brinem zbog nepravilnosti.

– Kad kažete nepravilnosti, mislite da je novac nestajao?

– Baš to sam mislio. – Usledila je još jedna duga pauza. – I bojim se da bi Džeromova smrt mogla biti povezana s tim.

– Kako?

– Imam užasan osećaj da je možda otkrio nekog ko je potkradao kompaniju i da je ta osoba, ko god da je, odlučila da ga ućutka.

Bilo mi je potrebno nekoliko trenutaka da shvatim to što sam upravo čuo. To bi moglo da doda novu dimenziju čitavom slučaju, ali i dalje sam pokušavao da se distanciram od zvanične istrage što se tiče ljudi s *Kraljevske princeze*. – Slučajno sam naleteo na poručnika karabinijera danas po podne, i rekao mi je da dolazi na jahtu da razgovara s ljudima. Jeste li ga videli i da li ste mu to rekli?

– Da, video sam ga, ali ne, nisam mu rekao, jer sam mislio da je to suviše grozna pomisao.

– Zašto sad uključujete mene?

– Nakon što je otišao, morao sam da razgovaram s nekim o tome, i poverio sam se Tamzin, a ona mi je rekla da moram da se obratim vama. Pitao sam se da li mogu nekako da vas ubedim da dođete i istražite moje sumnje, pre nego što uključimo britansku policiju. U međuvremenu, bio bih vam zahvalan ako biste otišli kod poručnika i rekli mu šta me brine za slučaj da ovo utiče na njegovu istragu. Možete reći da bih bio srećan – ne, nisam srećan, ali znate na šta mislim – da mu ispričam o tome, ali brinem se, kao što možete da pretpostavite, da su moje optužbe možda neosnovane, i da bi to ugrozilo moj posao. Možete zamisliti kako biste se osećali da vas neko od kolega optuži za proneveru, a kamoli za ubistvo.

– Da, tako je. Imate li neku određenu osobu na umu?

Usledila je napeta pauza pre nego što je odgovorio, a glas mu je sad bio jedva čujan. – Ne bih voleo da optužujem ljude bez dokaza, ali postoji svega nekoliko osoba s pristupom kompanijskim poslovima koje su mogle da uzmu novac.

– A ti ljudi su sad na brodu s vama?

Kunem se da sam čuo kako guta knedlu. Onda se nakašljao i odgovorio otresito: – Da.

– Svi oni?

– Da.

Brzo sam razmislio. Sad je bilo pola šest, a sastajemo se s poručnikom u sedam. Problem je bio, naravno, što je Ana sa mnom, a obećao sam joj da ću se odsad posvetiti samo njoj. Činjenica je bila, međutim, da je ovo istraga ubistva. Znao sam da je to za mene dovoljno ozbiljno da zaboravim na sve primedbe koje bi Ana mogla da ima. Rekao sam sebi kako mogu da potrošim nekoliko minuta na početku večere i prenesem tu informaciju poručniku, a onda će on odlučiti da li će preduzeti nešto, i šta. – Dobro, gospodine Vone, hvala vam. Moram da razgovaram sa svojom devojkom i vidim imam li vremena da se uključim u istragu, ali sigurno ću preneti poruku poručniku. Ne brinite, siguran sam da će on biti oprezan i ne morate da se bojite. Što se tiče moje uključenosti, javiću vam se, ako mi ostavite svoj broj.

Zvučao je kao da mu je laknulo, dao mi je svoj broj telefona i zahvalio mi se srdačno. Kad je razgovor završen, preneo sam suštinu Ani i ona je klimnula glavom nekoliko puta... da iskaže ne toliko slaganje koliko mirenje sa sudbinom. Nije ništa rekla, ali učinilo mi se da sam čuo kako šapuće: „Jovo nanovo."

14.

Ponedeljak uveče

Ukrcali smo se na trajekt iz Santa Margerite do Portofina, nešto pre sedam, nakon što sam imao prilike da ubedim Anu da se neću mešati u to, i da će se odsad time baviti Karabinijeri. Rekao sam joj da ću samo biti posrednik, preneti Vonovu poruku poručniku, a onda ću dići ruke od svega toga. Uprkos mom trudu, nije izgledala uvereno, a podjednako zabrinjavajuća činjenica bila je da ni Oskar nije izgledao uvereno. Možda je on glupa životinja, ali tom nosu ne promiče mnogo.

Restoran *Školjka* nalazio se dva minuta hoda od stanice karabinijera, i kad sam rekao poručnikovo ime, jedna žena vrlo srdačnog izgleda koja je sedela za stolom na terasi skočila je na noge i pružila ruku prema nama.

– Dobro veče. Vi mora da ste Gvidovi prijatelji. Ja sam Marina, njegova supruga. Upravo me je pozvao da kaže da se malo zadržao, ali stiže za pet minuta. – Osmehnula se. – Poznajući ga, to se može pretvoriti u deset minuta ili duže, ali obećao je da će doći.

Rukovali smo se i seli. Oskar je prišao da se sprijatelji s Marinom, a Ana joj je uskoro pričala o svom poslu na univerzitetu u Firenci. Ispostavilo se da je Marina nastavnica istorije u liceju u Rapalu, i otkrile su da imaju mnogo toga zajedničkog... mimo zle sreće da su im partneri detektivi.

Na kraju je prošlo gotovo dvadeset minuta pre nego što je poručnik stigao, mnogo se izvinjavajući. – Izvinite što kasnim, ali jedan grčki i jedan turski mornar s različitih brodova odlučili su da se napiju i ponove Trojanski rat u luci. Upravo sam imao posla s njima.

Previše vina, nažalost. – Izvukao je stolicu, ali pre nego što je seo, pogledao je u sto. – Kad govorimo o vinu, ne vidim ga na stolu. Pijete samo vodu? Moram to odmah da rešim.

Okrenuo se i krenuo kroz vrata u restoran, tako da sam ustao i krenuo za njim. Dok su Ana i Marina veselo ćaskale, a Oskar svim silama preklinjao naivnu Marinu da mu dâ grisine, mislio sam da je to savršena prilika da porazgovaramo o poslu ne uznemiravajući dve žene. Unutra sam zatekao poručnika u zagrljaju vlasnika, veselog čoveka s lepim gostioničarskim stomakom. Poručnik – „Zovite me Gvido" – upoznao me je s njim i razgovarali smo o izboru vina. Vlasnik nam je rekao da je upravo dobio nekoliko desetina boca belog vina od novog proizvođača blizu Bolgerija u južnoj Toskani, i insistirao je da otvori jednu i napuni tri čaše, kako bismo mogli da ga probamo pre nego što odlučimo. Bilo je sjajno i Gvido ga je zamolio da nam donese bocu. Kad je *padrone* otišao da donese vino, odveo sam Gvida u stranu i preneo mu ono što mi je rekao Nil Von. Slušao je pažljivo pre nego što je odgovorio.

– To bi moglo da bude vrlo zanimljivo. Ne postižemo ništa s Mariom Fortunatom, a imam na grbači libijsku ambasadu, i javnog tužioca, da ili optužim ta dva Libijca ili ih pustim. Fortunato uporno poriče da je učestvovao u ubistvu i, bez dokaza, nisam siguran da ikako mogu da ga povežem s tim. S druge strane, neću ga pustiti. Pronašao sam vrećicu trave u kabini, ali to danas nije za krivičnu prijavu, no možemo, naravno, da ga uhapsimo za posedovanje krijumčarenog oružja. Problem je u tome što bih ga rado uhapsio za nešto krupnije.

– Da li ste imali sreće s ljudima sa *Kraljevske princeze* danas po podne?

Odmahnuo je glavom. – Ne mnogo. Razgovarao sam sa Šilerom, članom posade koji je dežurao u noći ubistva, i on se držao svoje priče da nije video niti čuo ništa osim odlaska gumenog čamca ali, kao što je Veroneze rekao, učinilo mi se da se ponašao pomalo sumnjivo. Ne mogu da smislim nijedan razlog koji bi imao da ubije jednog od gostiju, ali zasad ga neću isključiti. Ta žena, Suzi Apton, izgledala mi je prilično iskreno, ali pošto je televizijska glumica, možda je to samo gluma. Pokušao sam da je pitam da li joj se žrtva ubistva nepriklad no udvarala u zamenu za napredovanje u karijeri i ona je to porekla vrlo oštro, insistirajući da nikad ne bi pribegla nečem tako neukusnom. Drugi komičar, Martin Grej, delovao mi je uobraženo i sigurno prevrtljivo, ali i on poriče da je imao ikakve veze sa ubistvom, mada deluje da je bio uključen u tu veliku svađu. Kad sam ga pitao o optužbama da se nešto događalo između Suzi Apton i žrtve, počeo je da se pravda, tako da je to možda bila izmišljena priča, kako je i rekla Anina prijateljica sa jahte.

– A ostali muškarci na *Kraljevskoj princezi*? Da li i dalje ne priznaju učešće u razgovoru koji sam načuo u restoranu u Luki?

– Tako je. Nisam mogao da dobijem ni naznaku nečeg sumnjivog od ijednog od njih, osim Edgara Bomonta. Bili ste prilično sigurni da je on jedan od ljudi koje ste čuli, ali on to poriče, mada mi se nekako čini da laže. Problem je što znam, kao što i on zna, da ne mogu ništa da uradim dok ne pronađem muškarca s kojim je razgovarao. Da sve bude još gore, radar Obalske straže otkrio je čak sedam plovila u toj oblasti te noći, koja su mogla da prođu blizu Fortunatovog broda. Problem je što nemam dokaz protiv nijednog od njih, tako da ne možemo da zaustavimo i pretražimo sve te brodove... digla bi se žestoka galama.

Iskapio je ostatak vina iz čaše i spustio je na šank pre nego što me je potapšao po ramenu. – Vi ste makar ostvarili mali uspeh. Rekao sam brodskom ekonomu – u najstrožem poverenju – da prebroji noževe za meso, i potvrdio je da ih sad imaju samo dvadeset tri, umesto dva kompleta od po tuce. To nam ne pomaže mnogo jer, bez sumnje, sad leži negde na dnu mora, ali to povećava izglede da je ubica na jahti. Samo možemo da ne odustajemo, zar ne? Šta je s vama? Hoćete li prihvatiti slučaj nestalog novca? Ako želite da počnete da ispitujete ljude na jahti, zadržaću ih do sutra popodne, ali onda moram da ih pustim.

Našao sam se u vrlo nezgodnom položaju. Svaka detektivska ćelija u telu govorila mi je da ne mogu da pustim ubicu da se izvuče. Ako to nisu bili Fortunato ili njegovi prijatelji, sad sam bio još više uveren da je ubica na *Kraljevskoj princezi*, a eto me kako nameravam da samo odustanem od istrage. A to mi baš nije dobro selo.

Naravno, svaku moju intervenciju komplikovalo je prisustvo moje devojke koja sedi na terasi i razgovara o istoriji s Gvidovom suprugom. Ana je bila opravdano zlovoljna što se naš opuštajući produženi vikend pretvorio u radni odmor za mene i, shodno tome, nezadovoljavajući za nju. Dugovao sam joj da odbijem ponudu za posao i ostanem kraj nje iako mi je telefonski poziv Nila Vona dao savršenu priliku da se vratim na jahtu i počnem da postavljam svoja pitanja. Problem je bio kako će Ana reagovati ako se prihvatim toga i, da sve bude još gore, imala je važan sastanak u Firenci sutra popodne, tako da je i to bilo protiv mene. Pre nego što sam stigao da odgovorim Gvidu, osetio sam kako me njegova ruka, i dalje na mom ramenu, ohrabrujuće steže pre nego što me je pustio.

– Imam prilično dobru predstavu šta vam prolazi kroz glavu, Dene. I vama i meni je poznato to usklađivanje pritisaka na poslu i porodičnog života. Ne žurite; ne morate odmah da donesete odluku. Idemo da jedemo, a onda možete da razgovarate s Anom kasnije. Imate moj broj telefona. Ako odlučite da želite da se vratite na brod sutra ujutro, kako biste počeli da njuškate oko tih optužbi za navodne finansijske nepravilnosti koje je izneo gospodin Von, možemo zajedno da odemo na brod. Ja svakako idem da razgovaram s njim, ali da budem iskren, u ovom trenutku mi je potrebna sva moguća pomoć. – Osmeh mu je prešao licem. – Ali mislite ovako: ako prihvatite ponudu gospodina Vona, makar ćete biti plaćeni za svoje vreme, a nećete samo biti velikodušni kao dosad.

Iskreno sam mu se osmehnuo. – Hvala, Gvido, cenim to. U pravu ste, moram da raspravim to sa Anom, a stvarno bih voleo da saznam šta se događa. Problem je što moram da odem sutra do podne najkasnije, jer Ana mora da stigne u Firencu do pet. Pozvaću vas kasnije večeras, ili verovatnije rano ujutro, kad prošetam Oskara, recimo između sedam i pola osam.

– To je u redu, ali zapamtite... i dalje želim da uhvatim ovog ubicu, tako da ne mislite da ćete ostaviti stvari nedovršene ako odlučite da ne budete uključeni. Ali, kao što sam rekao, dve glave su pametnije od jedne. Ako odlučite da ne nastavite s istragom, razumeću vas, i možete biti uvereni da ću se i dalje baviti slučajem. Makar je vaš boravak ovde značio da sam mogao da upoznam kolegu profesionalca iz druge zemlje i sprijateljim se s njim, a to je uvek dobro. Hajde da se vratimo na terasu, kod Ane i Marine, i pobrinemo se da pričamo o svemu osim o ubistvu.

Popio sam vino i krenuo za njim na terasu. Obrok koji je usledio bio je izvrstan, iako, nakon svega što smo pojeli za ručak, Ana i ja nismo mogli svojski da prionemo. Počeli smo od porcije predjela od morskih plodova, od rakova do lignji, od kozica do školjki. Gvido je pokušao da nas nagovori da naručimo porciju testenine pre glavnog jela, a ja sam se muški odupirao dok nismo postigli kompromis. Ana i ja ćemo podeliti tanjir specijaliteta kuće, *spaghetti alla marinara*.

Uvek sam voleo testeninu i otkako sam se preselio u Italiju neizbežno sam jeo ogromne količine, bila to *pasta fresca* ili *pasta asciutta*... to je ona tvrda i suva, koja se prodaje u pakovanjima. Jeo sam taljatelje, lazanje, raviole i papardele – i mnogo drugih vrsta čijih se imena ne sećam – ali sad sam prvi put jeo porciju špageta u kojoj je bilo više sosa nego testenine. Tanjir je bio prepun školjki i dagnji u ljušturama i, uz malo domaćeg pesta – ligurski specijalitet – u sosu, ukus je bio izvrstan.

Uprkos Aninim protestima da je sita od ručka, primetio sam da je brzo prekršila svoja načela i nas dvoje smo ispraznili tanjir, na nezadovoljstvo mog uvek gladnog psa, koji je nanjušio šta to ljudi jedu. Potkupio sam ga s nekoliko grisina, ali video sam da se oseća zapostavljeno. Vlasnik, koji je došao da proveri je li sve u redu, mora da je video čežnjiv pogled mog labradora, jer se, dva minuta kasnije, konobarica pojavila sa ostacima odreska koji neko nije mogao da pojede. Oskarove oči su zasijale i ostatak večeri bio je ispunjen zlokobnim krckanjem koje je dopiralo ispod stola, dok je on uživao u svojoj gozbi.

Dok smo jeli i razgovarali, saznao sam da su Gvido i Marina pet godina u braku i da žive u stanu u Rapalu. To je bilo, rekao je, delimično zbog Marininog posla u školi, ali i zbog toga što su cene nekretnina u Portofinu bile astronomske. Tužno mi je rekao da čak i general kod Karabinijera teško može da priušti dvosoban stan ovde. Lako sam poverovao u to. To malo mesto bilo je očigledno prostor za superbogataše, i zapitao sam se ko je ulovio ono što smo jeli večeras? Gde žive ti ribari, i kako su uspeli da prežive na ovom igralištu za bogate?

Nakon testenine donet je veliki poslužavnik ribe sa roštilja. Izbrojao sam najmanje sedam vrsta ribe, ali znao sam imena samo dve. Ono što im je bilo zajedničko, međutim, bio je sjajan ukus. Uz jednostavnu mešanu salatu, jelo je bilo odlično.

Sedeo sam i pio kafu, nakon što sam imao dovoljno samokontrole da odbijem desert, kad je počeo da zvoni telefon. Bar jednom nije bio moj. Bio je Gvidov. A što se tiče poziva, nije bio previše dugačak.

– Halo. Šta? Gde? Dolazim za dva minuta.

Uzeo je šolju s kafom i iskapio je pre nego što je ustao. Video sam da se trudi da me ne pogleda u oči, ali nije mi promakao šok i iznerviranost na njegovom licu. Njegova žena mora da je takođe to videla, jer je pružila ruku, uhvatila ga za mišicu i pogledala ga.

– Šta je bilo, Gvido? Šta se dogodilo?

– Još jedno ubistvo.

Prinela je ruku ustima, u neverici. – Dva u tri dana! Gde sada?

Ovoga puta je pogledao u mene. – Na brodu *Kraljevska princeza*.

Bio sam zaprepašćen kao i on, i iznenada me obuzela neka zla slutnja. Sigurno to ne može biti Nil Von, nedugo nakon što je izneo sumnje, ali, što je značajnije, bez pominjanja imena. Uz osećanje užasa, pogledao sam Gvida i postavio najvažnije pitanje.

– Ko je ubijen?

Odgovor nije bio onaj koji sam očekivao.

– Hajnrih Šiler, član posade. Njegovo telo je pronađeno u lokvi krvi.

Mada je svaka detektivska ćelija u mom telu vrištala da ustanem i odem s Gvidom do jahte, sprečio je sve moje pokušaje spuštajući mi umirujuću ruku na rame, ne dozvoljavajući mi da donesem tešku odluku. – Žao mi je, ali moram da idem. Ne brinite se oko plaćanja računa; već sam razgovarao s vlasnikom. Pre nego što išta kažete, Dene, otići ću na brod s mojim ljudima. Nema potrebe da se mešate. Razgovaraćemo ujutro, važi? – Okrenuo se ka svojoj ženi.

– Žao mi je, dušo, ali znaš kako je. Hoćeš li odvesti Dena i Anu natrag u Rapalo? – Nagnuo se da je poljubi, rukovao se sa Anom i sa mnom, i nestao u trenu.

Ostao sam da sedim kako mi je rečeno, ali to je zahtevalo mnogo napora.

15.

Utorak, rano ujutro

Nisam mogao da spavam te noći. Da budem potpuno iskren, verovatno sam pogrešio što sam jeo previše tokom dana, ali to je konkretno bilo jer mi mozak nije mirovao. Dve teme koje su me sprečavale da zaspim bila su ubistva u Portofinu i moj odnos sa Anom. Od to dvoje, znao sam da mi je Ana važnija, ali trideset godina u odeljenju za ubistva ostavlja trag. Da, mnogo volim Anu, ali je, istovremeno, sad bilo kristalno jasno da se na toj luksuznoj jahti nalazi neki psihopata. Proveo sam mnogo vremena ponavljajući sebi da je Gvido Bertoleti posvećen, sposoban detektiv i da je njegov posao, ne moj, da privede ubicu pravdi. Kao da mi je to mnogo koristilo. I dalje sam ležao i tupo zurio u tavanicu, sve do dva ujutro.

U tom trenutku, uznemirio me je pokret na podu pored kreveta i dve sekunde kasnije hladan nos me je ćušnuo u rame. Okrenuo sam se i video dva krupna smeđa oka, sad zelena na mesečini koja prolazi kroz roletne, kako me netremice gledaju. Prvo sam se zapitao da li Oskar želi da ode i obavi nuždu, ali samo me je jednom gurnuo, a iz iskustva sam znao da bi nastavio da me gurka da je želeo da izađe. Očigledno je njegov pseći radar primetio da me nešto muči i pokušavao je da mi ponudi podršku. Izvukao sam jednu ruku ispod prekrivača i počeškao sam ga po ušima, dok sam mu šapatom objašnjavao svoj problem. Nije reagovao dok nisam stigao do kraja izlaganja.

U tom trenutku, nakon kraćeg razmišljanja, prdnuo je.

Dok me je prekrivao oblak gotovo otrovnog gasa, trgnuo sam se i udario u Anu. Ona obično čvrsto spava, ali verovatno je noćas i ona imala problema da zaspi, jer je delovala sasvim razbuđeno kad je prebacila prekrivač preko glave i obratila mi se ispod njega.

– Nadam se da je to bio pas, Dene.

Pridružio sam joj se ispod pokrivača. – Nisam kriv, časni sude. Pouzdano je bio Oskar. To je problem kad jede koske. Izvini što sam te probudio.

– Nisam spavala. – Okrenula se ka meni i uhvatila me za mišicu.

– Prejela sam se.

– I ja, ali bilo je dobro, zar ne?

– Oba obroka su bila sjajna, ali hrana nije jedini razlog zbog koga ležiš i razgovaraš sa psom, zar ne?

– Čula si to?

– Samo poneku reč, ali dovoljno da znam kako ne možeš da odlučiš šta da radiš.

– Znam šta treba da radim, samo mi je teško da zaboravim na dugogodišnje navike. – Pružio sam ruku i spustio je na njen obraz.

– Moj glavni prioritet si ti. Znam to, i nadam se da ti to znaš, i Oskar sad zna to. Poveo sam te na nekoliko dana lepog, opuštajućeg odmora, i šta se dogodilo? Ja sam jurcao na sve strane, pretvarajući se da sam i dalje policajac, dok si ti sedela i dosađivala se. Stvarno mi je žao i, koliko god da mi instinkti govorili da pomognem tim ljudima na jahti, znam koja mi je glavna odgovornost. A to je da budem s tobom. – Da naglasim svoje reči, poljubio sam je.

Uzvratila mi je poljubac i onda mi stegnula mišicu. – Znam to, *carissimo*, ali i znam šta te pokreće. Tvoj mozak kao u Herkula Poaroa ne može da se isključi. – Nagnula se i ponovo me je poljubila.

– A volim te zbog tog mozga, tako da imam predlog. Sutra ujutro, izvini, danas, mislim da moraš da se vratiš u Portofino i odeš na tu jahtu s Gvidom. Uverena sam da ćete vas dvojica rešiti taj slučaj. – Pre nego što sam stigao da odgovorim, spustila mi je prst na usne. – Mogu da odem do stanice sutra, sednem u voz, i stignem u Firencu pre ručka. Moj sastanak je tek u pet i imam mnogo stvari koje treba da uradim za posao, tako da ću se vratiti u svoj stan i baviti se time dok ti daješ sve od sebe da rešiš ovu misteriju. Važi?

Za slučaj da mi nekako promakne da odam priznanja svom četvoronožom prijatelju za pokretanje ovog razgovora, dve teške šape su mi se spustile na zadnjicu i ubrzo sam osetio dvadeset ili dvadeset pet kilograma psećih kostiju i mišića koji se pentraju po meni. Kad sam uspeo da ga ubedim da se vrati na svoje mesto na podu i zahvalio mu se zvanično na intervenciji, Ana je konačno prestala da se smeje. Okrenuo sam se ka njoj i video da joj je lice, koje više nije bilo prekriveno pokrivačem, nasmejano.

– Jesi li sigurna da ti ne smeta? – Poljubio sam je, za svaki slučaj.

– Naravno da mi ne smeta. Samo ću se vratiti beskrajnim raspravama pape Julija II i Mikelanđela, dok ti rešavaš svoja ubistva. Svi imamo svoja ekspertska polja. Idi i bavi se svojim.

Probudio sam se u pola sedam u utorak ujutro i odveo sam Oskara u šetnju. Lepota ranog ustajanja bila je što je temperatura bila divna, vazduh gotovo svež, a saobraćaj na ulicama oko hotela znatno proređeniji nego kasnije tokom dana. Šetali smo se po obližnjem parku koji sam otkrio prethodnog dana, gde je Oskar imao prilike da donosi šišarke koje sam mu bacao. Dok se ta igra nastavljala, izvadio sam telefon i poslao poruku Nilu Vonu, da ću rado istražiti slučaj nestalog novca, a onda sam pozvao poručnika. Na njegov telefon se javio maršal Veroneze.

– Telefon poručnika Bertoletija.

– Dobro jutro, maršale, ovde Den Armstrong. Kako je bilo sinoć na *Kraljevskoj princezi*?

– Dobro jutro, komesare, izgleda da je počinilac isti. Taj čovek je ležao na zadnjoj terasi na jahti, prerezanog grkljana, s nožem za meso koji mu je virio iz srca. Patolog je rekao da je umro gotovo trenutno, tako da je ubica znao šta radi.

– I presekli su mu grkljan i proboli ga kroz srce! Sigurno su želeli da ga ubiju. Da li je patolog rekao koja je rana naneta prva?

– Grlo, izgleda... to objašnjava toliku krv.

Razmislio sam o tome što je rekao. Izbor oružja ubistva izgleda da je ukazivao kako je najnovije ubistvo počinila ista osoba koja je ubila Van der Gruta.

– Ima li nekih otisaka prstiju na nožu?

– Forenzičari su bili tamo do dva ujutro, i rekli su da ima nekih delimičnih otisaka. Uzećemo otiske prstiju svima ovog jutra, i bilo bi lepo da se neki poklapaju, ali i dalje se ne nadamo mnogo. Patolog upravo radi obdukciju, ali ne očekuje da će pronaći išta osim ubodnih rana.

– Ima li sumnjivaca?

– Zasad nema. U to doba noći, polovina ljudi već je bila u krevetu, a većina budnih je bila previše pijana da bi sišla niza stepenice do zadnje terase, a kamoli da bi izbola nožem snažnog tridesetogodišnjaka. Poručnik je ostavio dva policajca na brodu preko noći, i rekao je svima da ne idu nikud. Vraćamo se jutros da obavimo zvanično ispitivanje. O, evo ga. Daću vam ga.

Nekoliko sekundi kasnije, čuo sam Gvidov glas. – Dobro jutro, Dene. Nadam se da ste dobro spavali.

– Na kraju jesam, ali Ana i ja smo prvo razgovarali. Doneli smo odluku da se ona vrati u Firencu vozom, a ja ću prihvatiti ponudu gospodina Vona, tako da sam spreman za odlazak na jahtu, kad god želite.

– Odlično. Da li želite da pošaljem čamac do Rapala, da vas pokupi?

– Hvala, ali moram da napustim hotel danas, a to uključuje i premeštanje kombija. Hotel je pun večeras i do kraja nedelje, tako da sam mislio da se odvezem do tamo, jer ako ne pronađem ništa drugo, mogu da spavam u kombiju. Nekako mi se čini da ne mogu da priuštim cene u Portofinu.

Nasmejao se. – Mogu da vam pomognem oko toga. Pronaći ću vam krevet u kasarni ako vam bude potrebno, i čak mogu da vam obezbedim besplatno parking mesto. Samo se parkirajte na mesta obeležena žutom bojom na početku Trga slobode i ja ću vam obezbediti dozvolu. Kad možete da stignete?

– Sad je gotovo sedam. Verovatno oko pola devet, ako vam je to u redu.

– Savršeno, vidimo se tad. Kad stignete, obavestiću vas šta se dogodilo noćas.

Nakon što sam doručkovao na brzinu, poljubio sam Anu na rastanku i utovario Oskara u kombi. Srećom, u to doba jutra, put do

Portofina nije bio previše prometan i uspeo sam da stignem do Trga slobode nešto pre pola devet. Kao što mi je rečeno, parkirao sam se na jednom od rezervisanih mesta tačno ispred znaka na kojem je bilo nacrtano da će pauk odneti vozila prekršilaca zabrane parkiranja. Pohitao sam do stanice karabinijera, gde sam zatekao maršala Veronezea na uobičajenom mestu ispred. Rukovali smo i počeškao je Oskara po ušima pre nego što me je uveo da vidim poručnika, koji me je pozdravio osmehom.

– Uđite, Dene, sedite. Veroneze, hoćete li se pobrinuti da nalepnica za parking bude stavljena na Denova kola? Koja marka i registracija?

Nakon što je maršal otišao da se pobrine da pauk ne odnese moj kombi, Gvido mi je prepričao sinoćnje događaje.

– Otišao sam na jahtu negde posle jedanaest. Bilo je mnogo veoma pijanih ljudi koji su sedeli naokolo, izgledajući zaprepašćeno, ali polovina gostiju bila je otišla u kabine. Uzeli smo izjave od kapetanice i onda od člana posade koji je otkrio telo, ali sve ostalo sam odložio do jutra. Stražar je pronašao telo u fetusnom položaju u lokvi krvi, i mada je video veliku posekotinu na grlu i znao je da je čovek mrtav, tek kad je okrenuo telo pronašao je nož u njegovom srcu. – Pogledao me je u oči. – Još jedan od noževa za meso, ali nisam razglasio tu činjenicu.

– Oružje nađeno pri ruci i isti ubica, kako izgleda, osim ako to nije imitator... mada niko ne bi trebalo da zna da je Van der Grut ubijen jednim od noževa s jahte. Čudno je da je ubica ostavio taj nož na mestu zločina. Ja bih ga bacio u more. – Pogledao sam ga u oči. – Naravno, to gotovo sigurno znači da se ubica nalazi na *Kraljevskoj princezi*, što čini ideju da su prvu žrtvu izboli Marko Fortunato i njegovi tajanstveni pajtaši znatno manje izvesnom. – Potajno sam bio zadovoljan jer je to značilo da se Heder Grinslivs nije smuvala sa ubicom. Bila mi je baš simpatična.

– Slažem se. Moramo da se usredsredimo na ljude sa *Kraljevske princeze*. A što se tiče toga što je oružje ubistva ostavljeno u telu, znam na šta mislite, ali možda se ubica u datom trenutku uspaničio. Šta sad nameravate? Slobodno možete da sedite sa mnom, ili želite da radite po svom?

Razmišljao sam o tome dok sam dolazio. – Mislim da je bolje da se udaljim od vaše istrage... makar na početku. Možda to ohrabri neke od gostiju s kojima budem razgovarao da mi kažu stvari o kojima ne bi želeli da raspravljaju s policijom. U stvari, Nil Von mi je upravo ponudio da pošalju čamac po mene, tako da mislim da ću prihvatiti to. Tako ćemo vi i ja stići odvojeno i to će nas dodatno udaljiti u očima ljudi na brodu. Poslaću vam poruku kad završim, a vi pošaljite poruku meni, a onda možemo da se nađemo ovde i razgovaramo o tome šta smo otkrili. Kako vam to zvuči?

Gvido je pristao i odmah sam poslao poruku na jahtu, tražeći prevoz. Dok sam čekao na odgovor, razmišljao sam o ideji koja mi se vrzmala po glavi otkako sam čuo za ubistvo člana posade.

– Jedan od glavnih problema koje smo imali dosad u vezi s prvim ubistvom bio je što smo imali informaciju da je jedna osoba primećena kako napušta jahtu u gumenom čamcu i ni ta osoba – pod pretpostavkom da je to bio Van der Grut – niti čamac nisu se vratili. To je, naravno, pomoglo da se stekne utisak kako je Van der Grut ubijen na putu do obale, nakon što je video kako Fortunato i njegovi saučesnici rade nešto protivzakonito, ili je možda ubijen nakon što je stigao u Portofino. Sad izgleda da je, najverovatnije, oba ubistva počinio neko sa *Kraljevske princeze*, ali osoba koja nam je dala tu informaciju sad je druga žrtva ubistva, i šta to onda govori o prvoj smrti? Da li je Van der Grutov ubica mislio da je taj član posade mogao da ga identifikuje? Ako je tako, da li je Van den Grutov ubica ubio Šilera kako bi ga ućutkao? S druge strane, da li je Šiler lagao oko toga što je video? Da li je možda bio saučesnik, ili možda i ubica? Da li je Šiler ubo Van der Gruta u čamcu, dok je još bio privezan za jahtu i onda bacio telo u vodu, odvezao čamac i onda smislio priču kako je video Van der Gruta u njemu?

Gvido je očigledno razmišljao o istom. – Razgovarao sam sa Obalskom stražom i oni kažu da bi čamac i telo, da su bačeni pored jahte, na mestu gde je bila usidrena u subotu uveče, gotovo na kilometar od obale, otplutali na pučinu, a ne završili na obali, gde smo ih našli. Telo i čamac mora da su bili znatno bliže obali, ali to nema smisla, osim ako se ubica nije vratio na *Kraljevsku princezu* drugim čamcem, no niko nije čuo zvuk motora, a ako je tako, ko je, za ime sveta, upravljao njim? Mora da je postojao saučesnik. – Pogledao je u mene. – Možda ista dva muškarca koja ste čuli u Luki.

To je brinulo i mene. – Shvatam. Pored toga, čak i da je Šiler ubio Džeroma van der Gruta – a niko ne zna zašto bi to uradio – ko je onda ubio njega?

Gvido je polako klimnuo glavom. – Kao što kažete, ako je Šiler ubio Van der Gruta, ko je ubio *njega* i zašto? Osveta... neko je znao šta je Šiler uradio i želeo je da mu vrati istom merom? Ozbiljno sumnjam u to. Na osnovu onog što sam čuo, mislim da nijedna osoba na brodu nije volela Van der Gruta dovoljno da ga časti pićem, a kamoli da osveti njegovo ubistvo.

Bio sam siguran da je u pravu u vezi s tim. – Slažem se, i zbog toga je još manje verovatno da je Šiler ubio Van der Gruta. Ali ako je Šiler ubijen jer se ubica bojao da je primećen, problem je kako je ubica znao da ga je neko video? Da je ubica shvatio u subotu uveče da je prepoznat, odmah bi se oslobodio svedoka, ne bi čekao dva dana da to uradi. A što se tiče Šilera, sigurno bi vam rekao čim vas je video u nedelju.

– Ne mora da znači. – Gvido je pregledao neke dokumente na svom stolu i izvadio list papira. – Nemačka policija je bila vrlo efikasna i poslala nam je izveštaj o Šileru juče uveče, dok smo vi i ja bili na večeri. Veroneze i ja smo mislili da je sumnjiv tip, i ispostavilo se da ima krivični dosije u Nemačkoj; ne zbog nasilnog zločina nego zbog iznude. Pre nekoliko godina je bio osuđen na osamnaest meseci zatvora. Izgleda da je bio specijalizovan za pronalaženje kompromitujućih informacija o ljudima, i onda ih je ucenjivao u zamenu za svoje ćutanje. Dobijanje posla na jahti punoj bogatih, ponekad i slavnih ljudi mora da mu je pružalo razne mogućnosti.

To je bilo stvarno zanimljivo... mada nije ostavljalo dobar utisak o temeljnosti provere osoblja prilikom zapošljavanja na *Kraljevskoj princezi*. Pogledao sam u Gvida s druge strane stola. – Naravno, to bi objasnilo zašto je prošlo neko vreme pre nego što je ubijen. Šiler mora da je video nešto te noći, tako da se obratio ubici u nedelju ili ponedeljak, verovatno tražeći novac, uz pretnju da će ga razotkriti ako ne plati. Kako vam to izgleda? Van der Grutov ubica dogovorio se da se sastane sa Šilerom sinoć, na zadnjoj terasi jahte, da bi mu dao novac, i dok je Nemac bio zaokupljen time, možda je brojao novac, ubica mu je prerezao grkljan i ubo ga.

– Upravo kako sam mislio... mada je još tajna kako je Van der Grutovo telo završilo tamo gde je završilo. To znači da sad gotovo sigurno imamo posla s dvostrukim ubicom, i devedeset devet odsto sam siguran da se ubica nalazi na *Kraljevskoj princezi.*

Klimnuo sam glavom. – Ili postoje dve ubice. Kako bi se inače Van der Grutov ubica vratio na brod? Izgleda vrlo malo verovatno da su Mario Fortunato i ostali krijumčari oružja ubili Van der Gruta, pa da li to znači da sad morate da ih pustite?

– I dalje držim njega i Libijce u pritvoru do po podne, a tad mi je obećano da ću dobiti rezultate DNK analize sanduka sa oružjem pronađenih na Fortunatovom brodu, kao i s noža koji je virio iz Šilerovog srca. Ali ako ne bude nikakvih dokaza, neću imati drugog izbora do da pustim Libijce, a Fortunata mogu da optužim samo za posedovanje krijumčarenog oružja. Da, javni tužilac kaže da će mu suditi, ali uz dobre advokate – a njegova sorta uvek ima dobre advokate – verovatno neće dobiti dugu kaznu. – Iznervirano je uzdahnuo. – To me izluđuje. Želeli smo da otkrijemo čitav lanac sve do Bratislave ili nekog drugog mesta. Ipak, makar možemo da zatvorimo njega na neko vreme i to možda uspori isporuke ilegalnog oružja nakratko, ali to nije ishod kojem smo se nadali.

U tom trenutku telefon mi je zapištao i video sam poruku u kojoj piše da čamac ide prema luci da me pokupi. Ustao sam, mahnuo Gvidu, i Oskar i ja smo krenuli obalom da se ukrcamo na čamac do *Kraljevske princeze.* Dok sam hodao uskom ulicom, nisam mogao da ne pomislim kako ću se uskoro suočiti sa ubicom, ili čak ubicama. Pogledao sam Oskara.

– Baš kao nekad, ha, druže?

Pogledao me je, ali primetio sam da nije mahnuo repom.

16.

Utorak ujutro

Nil Von je bio u čamcu kad je stigao u pristanište i video sam ga kako razgovara s članom posade za kormilom. Nakon toga je čamac pristao, a Von je izašao. Rukovali smo se i rekao je šta želi da uradi.

– Čamac će nas čekati. Voleo bih da pronađemo mirno mesto negde u blizini, gde vi i ja možemo da sednemo i razgovaramo nasamo. Ta prokleta jahta je previše klaustrofobična. Svi znaju šta rade svi ostali.

Dok smo išli ka jednom kafiću u pristaništu namerno nisam pomenuo nedavno ubistvo, nadajući se da će izgledati kao da nemam gotovo nikakvog kontakta s karabinijerima i njihovom istragom. Von mi je ubrzo preneo vest o Šilerovoj smrti i potrudio sam se da izgledam primereno zaprepašćeno pre nego što sam pitao da li zna nešto o tome što se dogodilo ili možda sumnja ko je to mogao da uradi. Sačekao je dok nismo pronašli sto na suprotnom kraju terase kafića, gde smo bili sami, pre nego što je odgovorio.

– To se dogodilo sinoć posle večere i policija je bila na jahti do posle ponoći. Član posade koji je pronašao leš rekao je da je žrtvi prerezan grkljan.

– Nagađate li ko je to mogao da uradi?

Odmahnuo je glavom. – Ne shvatam. Ako je tačna moja teorija da je Džeroma možda ubila osoba koja je potkradala kompaniju, kakve je veze s tim mogao da ima član posade?

Odlučio sam da ne škodi da iznesem moguću ucenu o kojoj smo Gvido i ja razgovarali. Brzo sam ispričao to, pretvarajući se da mi je upravo palo na pamet i završio sam rečima: – Ako je najnovija žrtva prepoznala Van der Grutovog ubicu u subotu uveče, i pokušala da ga uceni, ubica ga je možda ubio umesto da mu plati.

Von je izgledao zaprepašćeno. – To znači da boravim na jahti sa serijskim ubicom! – Prebledeo je. – Bog zna ko će biti sledeći.

Pokušao sam da ga umirim. – Probajte da se ne brinete previše. Siguran sam da se karabinijeri bave tim slučajem, a taj poručnik mi izgleda kao dobar čovek. Nikad se ne zna, možda moja istraga finansijskih nepravilnosti koje ste pomenuli rezultira nekom informacijom koja će pomoći u otkrivanju počinioca. – Sačekao sam dok konobarica nije primila našu narudžbinu, dve kafe, a onda sam pitao Vona o kompanijskim finansijama. Njegov odgovor je bio neverovatan.

– Svi su bili protiv Džeroma, i priznajem da nije bio baš najprijatniji lik. Međutim, prosta je činjenica da je kompanija sad u ozbiljnom finansijskom škripcu, ali to svakako nije bilo isključivo zbog loših odluka koje je Džerom donosio. – Podigao je glavu pogledao me u oči. – Kao što sam vam rekao preko telefona, gotovo sam siguran da je neko potkradao kompaniju... i ne samo nekoliko funti tu i tamo. Pregledao sam izvode iz prethodnih dvanaest meseci i otkrio sam brojne uplate na nepoznat račun na Kajmanskim ostrvima, u iznosu od preko dva miliona funti. Možda toga ima i više. Morao bih da provedem nekoliko dana pregledajući sve, iznos po iznos, ali ne možete da isisate dva miliona funti godišnje iz kompanije kao što je naša, a da se to ne odrazi na našu solventnost.

Tiho sam zazviždao. – Opa, to je ozbiljna pronevera. A vi ne znate ko bi mogao da stoji iza toga?

Mada smo bili nekoliko stotina metara od jahte, koja je još bila usidrena na ulazu u zaliv, a nije bilo nikog dovoljno blizu da čuje šta govorimo, ipak je bojažljivo pogledao oko sebe pre nego što je odgovorio. – Džerom je bio generalni direktor i imao je kontrolu, a generalni sekretar i šef računovodstva je Edgar, Edgar Bomont. Obojica su imala pun pristup, ali postoji još dvoje ljudi koji su mogli to da urade. – Ponovo je oprezno pogledao preko ramena. – A oboje su na krstarenju. To su Adam Filips i Luiz Čelendžer. Kao i ja, Adam radi za Edgara u računovodstvu, a Luiz je specijalista za platne obračune. Oboje znaju sve lozinke i imaju pun pristup.

Zapisivao sam ta imena u svoju beležnicu i prepoznao Adama Filipsa kao Gospodina Mišićavog, a Luiz iz obračunskog odeljenja kao ženu koja je navodno ošamarila Martina Greja nakon što ju je dodirivao kraj bazena. Kad sam završio sa zapisivanjem, podigao sam glavu. – Možda postoji još neko, neko ko nije na krstarenju?

– Ne, čak ni producenti poput Tamzin nemaju pristup računima. Bojim se da je to neko od njih troje... – Oklevao je na tren pre nego što mi se nervozno osmehnuo. – I ja, naravno. To je četvoro.

Uzvratio sam mu osmeh. – Mislim da mogu da odbacim vas jer ste mi se obratili povodom ovoga. Nema smisla da proneveritelj dovede privatnog istražitelja da istraži ono što je uradio. Ali, pod pretpostavkom da ste u pravu oko novca koji nedostaje, postoje stvarno *četiri* moguća sumnjivca, ali vi niste jedan od njih. – Video sam zbunjen izraz na njegovom licu, pa sam objasnio. – Četvoro: Adam Filips, Luiz Čelendžer, Edgar Bomont i, naravno, Džerom van der Grut.

– Ali Džerom je mrtav... – Lice mu je izgledalo još zbunjenije.

– Ali to ne znači da nije bio umešan u prevaru. Bilo ko od njih je mogao da bude umešan. Recite mi nešto: zašto ste došli kod mene umesto da iznesete svoje sumnje Edgaru Bomontu? On je šef računovodstva, ili sumnjate u njega?

– Ne, ne, naravno da ne. – Oklevao je. – Makar, ne stvarno...

– Ali znali ste da postoji mogućnost da je umešan, zar ne? Šta ako je radio sa Džeromom van der Grutom? Pretpostavimo da je Edgar Bomont ubio Van der Gruta kako bi uzeo sav ukradeni novac, umesto da se zadovolji polovinom?

Gledao sam izraz njegovog lica dok je razmišljao o toj ideji, i video sam kako polako shvata. – Kažete da je Džerom mogao biti jedan od ljudi koji su potkradali kompaniju?

– Moguće je. Napokon, to nije njegova kompanija, zar ne? Pretpostavljam da je dobijao platu kao i vi, možda neki bonus, ali višak dobiti ulagao se u posao ili je isplaćivan deoničarima. Da li je tako?

Klimnuo je glavom. – Da, to je deoničarsko društvo. Svi primamo plate, a neki od nas dobijaju bonuse... mada, kako stvari stoje, ove godine neće biti bonusa. A vi mislite da je Džerom možda radio sa Adamom, Luiz ili Edgarom da bi potkradao kompaniju? Nemoguće!

– Pa, vi ih poznajete bolje nego ja, ali novac može da izmeni ljude. Naravno, moguće je da je Džerom van der Grut sve to uradio sâm, a jedno od to troje je saznalo za to i toliko se razbesnelo da ga je ubilo. Šta mislite o toj hipotezi? Siguran sam da vam je ideja pronevere odvratna, ali da li mislite da bi neko od vaših kolega mogao toliko da se zgrozi zbog tog velikog otkrića i ubije počinioca? – Odmahnuo je glavom, a ja sam klimnuo. – Slažem se da je to malo verovatno. Sigurno bi svako ko sazna da mu šef krade otišao u policiju.

– Pa, to je ono što bih *ja* sigurno uradio. – Podigao je glavu kad je konobarica donela kafu i sačekali smo dok nije otišla, pre nego što smo nastavili.

Dok sam čekao da čujem šta ima da doda, pogled mi je lutao preko divnih prizora oko nas. Šumoviti brežuljci koji se spuštaju do savršenog plavog mora, čija je boja bila naglašena mnoštvom uglavnom belih brodova koji su mirno plutali na njemu. Ovde na obali, gužva je postajala sve veća, i srećni turisti su hodali naokolo s telefonima u rukama, praveći hiljade i hiljade fotografija ovog legendarnog mesta. Nisam mogao da poverujem da su se ovde odigrala dva jeziva ubistva.

Vonov glas me je prekinuo u uživanju u okolini. – Odlazak u policiju upravo je ono što nameravam da uradim. Nadam se da ću, uz vašu pomoć, uspeti da identifikujem krivca, a onda ću, bez oklevanja, otići pravo u policiju u Velikoj Britaniji.

– Drago mi je zbog toga, gospodine Vone. Sad, dobro razmislite: koji je vaš predosećaj o troje mogućih počinilaca pronevere i ubistva? Ne zaboravite, govorimo o hladnokrvnom ubici. Za koga od njih mislite da bi bio sposoban za ubistvo?

Odgovorio je odmah. – Niko od njih, siguran sam. Ne mogu da poverujem u to. Luiz je premlada, i žena je. Nema šanse da je mogla da uradi tako nešto. – Odlučio sam da mu ne pomenem brojne žene ubice na koje sam naišao tokom karijere i dozvolio sam mu da nastavi s razmišljanjima o preostaloj dvojici muškaraca. – Edgar ume da bude naprasit i prilično oštar, ali velika je razlika između vikanja na nekog i ubistva. A što se tiče Adama, možda izgleda kao bilder, ali ne bi ni mrava zgazio. Siguran sam u to.

– Kažete da ne mislite da je iko od njih mogao da ubije nekog. A šta je s proneverom? Da li mislite da bi iko od njih pao tako nisko da potkrada kompaniju?

Morao je da zastane i razmisli nekoliko trenutaka. – Ubistvo je ubistvo, ali krađa je nešto drugo. Pretpostavljam da je, u pravim okolnostima i ako se ukazala prava prilika, neko od njih mogao da uzme novac. Dva miliona funti je iznos koji menja život. – Ponovo me je pogledao u oči. – Ali, iskreno, ne mogu ni da pretpostavim ko bi od njih to mogao da uradi.

Popio sam gutljaj kafe pre nego što sam skrenuo s teme proneve-re. – Vratimo se na Van der Grutovu smrt... ta pronevera je mogući motiv za ubistvo, ali šta je s drugim motivima? Iz mog iskustva, finansijska korist je jak motiv, ali takođe su i ljubav ili požuda. Mislite li da je bilo ljubomornih muževa ili odbačenih žena koji su možda želeli da se osvete Van der Grutu?

Izgledao je iskreno zaprepašćeno. – Mislite da je Džerom imao ljubavnu vezu? Mislim da to ne dolazi u obzir. Napokon, nije bio taj tip. – Shvativši šta je upravo rekao, ispravio se. – Ne, nisam mislio da je bio... znate... – Izgledao je vrlo postiđeno. – O pokojniku sve najlepše, ali iskreno, ne mogu da zamislim neku ženu ovde ili bilo gde koja bi bila zainteresovana za njega na takav način.

– Ali šta je sa ženama za koje je *on* možda bio zainteresovan? Ako ti se šef nabacuje, to sigurno nije mnogo zabavno. Možda se nešto takvo krije iza njegove smrti? – Čekao sam da ponovi optužbe Martina Greja da je Suzi Apton pružala seksualne usluge u zame-nu za napredovanje u karijeri, ali samo je odmahnuo glavom. – Ne mogu da kažem, ne, stvarno ne mogu, ali možda da se raspitate kod žena na brodu... Pitajte Suzi, ona zna sve o svakom.

Tokom narednih deset minuta pričao je o tome kako je zaključio da neko potkrada kompaniju i pritisnuo sam ga da kaže svoj prvi izbor za krivca. Nije mogao ili nije hteo da uperi prst ni u koga, i nakon što smo popili kafu, rekao sam mu šta ću uraditi sledeće.

– Vratimo se sad na jahtu. Voleo bih da kažete Edgaru Bomontu kako bismo nas dvojica želeli da nasamo porazgovaramo s njim. Kad se nađemo, ispričajte mu za svoje sumnje i recite mu kako želite da me on, u ime kompanije, angažuje da istražim to. Bio nevin ili kriv, siguran sam da će pristati na to da počnem da se raspitujem, a ako je kriv, možda ću videti neku promenu na njegovom licu kad mu ispričate o tome. Da li ste saglasni s tim?

Pristao je i obojica smo ustali. Pozvao je konobaricu i platio kafu, sačuvao račun i stavio ga u novčanik. Onda me je pitao za honorar i dao sam mu odštampani cenovnik, koji je pažljivo pročitao pre nego što ga je uredno savio napola i ponovo napola, i stavio ga takođe u novčanik. Ana mi se uvek smeje što imam te cenovnike u kombiju, ali kao što joj često kažem, bolje je biti spreman. Nisam uzalud bio mladi izviđač pre toliko godina.

Dok smo plovili ka jahti, obojica smo ćutali, ali imao sam dosta posla kako bih sprečio Oskara da se iznenada ne odluči da ode na plivanje. Dolazak na luksuznu jahtu s mokrim i smrdljivim psom ne bi bio uspešan početak moje istrage. Pogledao sam da vidim da li je čamac Obalske straže pored *Kraljevske princeze*, ali bilo je jasno da su Gvido i karabinijeri odlučili da mi ostave malo vremena i prostora pre nego što započnu svoju istragu. Kad smo se popeli na jahtu, primetio sam da su oba siva čamca na naduvavanje sad na terasi kraj bazena. Verovatno su forenzičari završili sa onim koji je bio umrljan krvlju i vratili su ga pre isplovljavanja jahte... kad god da to bude, sad kad je Šiler ubijen. Karabinijeri su zatvorili pola donje terase i policajac koji je sedeo u hladu i stražario izgledao je kao da se dosađuje.

Pogledao sam koliko je sati kad smo krenuli prema salonu i video sam da je gotovo devet. Nije bilo nikog u bazenu ili pored njega, ali to je verovatno bila posledica sinoćnjih događaja. Bilo mi je razumljivo što niko nije bio u veselom turističkom raspoloženju nakon nečeg takvog. Za stolom je sedelo svega četvoro ljudi i doručkovalo: Tamzin Tejlor, koja je izgledala zaprepašćeno; vidno pijani Bili Vebster, koji je izgledao kao da je bio tu čitave noći; Dag Kingsli, koji je buljio u svoju šolju s kafom i, srećom, Edgar Bomont. Pozdravio sam ih sve mahanjem rukom, ali nisam ništa rekao dok je Nil Von prilazio svom šefu i šaputao mu nešto na uvo. Bomont je izgledao zbunjeno, onda zaprepašćeno, i odmah je ustao. Ignorišući radoznalost na nekim licima oko sebe, pokazao je prema vratima koja vode do smeštaja za goste.

– Ako pođete do moje kabine, možemo da razgovaramo nasamo.

17.

Utorak ujutro

Kabina koja je pripadala šefu računovodstva bila je znatno veća nego što sam očekivao, i imala je pravi prozor, a ne okrugli svetlarnik, kroz koji se pružao divan pogled na kamenite litice ispod Braunovog zamka. U stvari, odavde do mesta na kojem je telo Džeroma van der Gruta izbačeno na obalu bilo je svega oko sto pedeset metara, ali naravno, podsetio sam sebe, u noći ubistva jahta je bila gotovo kilometar od obale. Kabina je bila luksuzno opremljena, a pogled kroz otvorena u vrata u kupatilo rekao mi je da je ono podjednako raskošno. Osim bračnog kreveta, bile su tu četiri male fotelje oko stočića, i Nil Von i ja smo pozvani da sednemo tu. Oskaru je bilo dozvoljeno da legne na mek, beo tepih kraj mene, i pogledao me je s nevericom dok je to radio. Uhvatio sam sebe kako se nadam da će tepih biti u besprekornom stanju kad Oskar ustane. Dlaka crnih labradora ima običaj da se ističe na beloj pozadini.

Edgar Bomont je pokazao na različite boce na poslužavniku iza sebe. – Mogu li vam ponuditi neko piće, gospodo?

Budući da je bilo jutro, odlučio sam da preskočim piće i samo sam mu se zahvalio. Nil Von je uradio isto i gledali smo dok je Bomont sipao sebi punu čašu čistog viskija. Možda to nagoveštava da ima problem s pićem ili nečistu savest, pa mu je potrebna tečna hrabrost? Kad je seo naspram nas, prepustio sam priču Nilu Vonu, a on je izneo pomalo nervozan, ali jasan i razložan, kratak pregled situacije koju je otkrio i završio je rečima da je neizbežan zaključak kako je neko proneverio kompanijski novac, na veliko. Nakon toga, pomislio je kako je najbolje da dovede nezavisnog istražitelja da otkrije istinu, i nadao se da će njegov šef to odobriti. Izvadio je papir s mojim cenovnikom i uslovima angažovanja iz novčanika, pažljivo ga je razvio i predao šefu. Njih dvojica su onda tiho razgovarali, a ja sam se trudio da gledam kroz prozor i pritom sam razmišljao.

Kad je Von izneo svoje sumnje Bomontu, pažljivo sam motrio starijeg muškarca, pokušavajući da otkrijem neke znakove krivice. Bio je to težak zadatak, jer sam gotovo odmah, čim je počeo da saznaje činjenice, video razna osećanja na njegovom licu. Išla su od iznenađenja i neverice, do zaprepašćenja i besa. To je bila uverljiva predstava, ali nešto mi je u njegovoj reakciji izgledalo neiskreno. Nazovite to starim pandurskim predosećajem, ali stekao sam utisak da mu možda neke od tih vesti nisu bile sasvim nepoznate. Dok su on i Von nastavljali tiho da razgovaraju, sedeo sam i razmišljao o Edgaru Bomontu.

Da li je Bomont proneveritelj? Da li je Van der Grut saznao to i suočio se s njim u subotu uveče, a nakon toga je ubijen? S druge strane, da li je Bomont ubio Van der Gruta jer je saznao da je osoba koja potkrada firmu niko drugi do Van der Grut, i preduzeo je radikalne korake da oslobodi kompaniju lopova, umesto da rizikuje vrlo javan skandal? Ako je on bio jedan od ljudi čiji sam razgovor čuo u Luki – a sve više sam bio uveren da jeste – to bi objasnilo moj osećaj da mu ove vesti nisu potpuno nepoznate. Da li su on i drugi muškarac razgovarali nakon što su otkrili identitet proneveritelja? Ako je tako, to bi moglo ukazati na to da je Bomont možda imao saučesnika kad je ubijao svog šefa. Da li je to stvarno uverljivo? Da li bi dvojica medijskih direktora stvarno ubili proneveritelja umesto da ga prijave policiji? Ozbiljno sam sumnjao u to.

To je dovelo do pitanja ko bi mogao biti njegov saučesnik. Najverovatnije je to bio drugi muškarac koga sam čuo u Luki. Jedno je bilo sigurno: to nije mogao biti Hajnrih Šiler, jer je on navodno imao jak nemački naglasak. I zašto je onda Šiler ubijen? Da se ućutka ucenjivač koji je video nešto u subotu uveče, ili iz sasvim drugog razloga? A što se tiče identiteta saučesnika, ako se ne dogodi nešto nepredviđeno, bilo je sve verovatnije da je to bio Adam Filips, poznat kao Gospodin Mišićavi, jer sam sigurno čuo dva *muška* glasa. A on je bio sledeći koga sam nameravao da ispitam.

Potrudio sam se, na trenutak, da zaboravim razgovor koji sam čuo u Luki. Činjenica je bila da nisam mogao da budem potpuno siguran kako su to baš dva muškarca sa *Kraljevske princeze*, i uvek je postojala mogućnost da su to bila dva muškarca bez ikakve veze sa ovom kompanijom. Čim sam uradio to, setio sam se da je sumnjiva i jedina žena koja ima pristup računima, a to je Luiz Čelendžer, ekspert za platne obračune. Ispod njene stroge, poslovne spoljašnjosti možda se krila ličnost ubice? Da li je ona osoba koja je krala novac i ubila Van der Gruta nakon što se suočio s njom? Ako je tako, je li ona bila meta Šilerovog pokušaja ucene, kojom je konačno sebi potpisao smrtnu presudu? Nije izgledala kao ubilački tip, ali tokom godina sam naučio da ne postoji nešto što bi se nazvalo posebnim, lako uočljivim tipom ubice. U pravim okolnostima i s pravim motivima, ubistvo nije samo stvar za psihopate. Radovao sam se razgovoru s njom.

Dalja razmišljanja prekinuo je glas Edgara Bomonta. Ovoga puta usmerio je pažnju na mene.

– Gospodine Armstrong, ne moram da vas podsećam koliko je ova informacija osetljiva i koliko bi mogla da bude štetna u pogrešnim rukama. Naša kompanija je na dobrom glasu i deoničari nam veruju. Nešto ovako, ako se ispostavi da je istina, moglo bi da ozbiljno naruši poverenje u nas i potencijalno uništi kompaniju. Ako ste spremni da se bavite ovim slučajem u naše ime – a saglasan sam s Nilom da bi trebalo – morate da shvatite kako ništa što otkrijete ne sme da procuri u javnost.

Klimnuo sam glavom. – Možete se osloniti na moj integritet. Proveo sam trideset godina u londonskoj policiji i ako želite, mogu da vam navedem imena ljudi koji će garantovati za moje poštenje i profesionalizam.

Klimnuo je dvaput glavom. – Hvala vam, ali neće biti potrebno. Nil mi je upravo rekao da vas je temeljno proverio.

Pogledao sam krajičkom oka u Nila Vona, i on se osmehnuo. – Brza pretraga na internetu obavestila me je o vašoj prošlosti, a posle toga sam zamolio svoju majku da se raspita o vama kod jedne prijateljice. Morao sam da budem siguran pre nego što vam se obratim, i biće vam drago da čujete kako ste dobili sjajne preporuke.

– Vrlo razumna opreznost, gospodine Vone, ali zašto vaša majka? Smem li da pitam ko je njena prijateljica?

– Bivša načelnica londonske policije. Ona i moja majka godinama igraju golf zajedno.

Ne ostajem često bez reči, ali činjenica da se bivša načelnica policije setila skromnog glavnog inspektora istinski me je šokirala. Kad sam konačno povratio moć govora, zahvalio sam mu se i obratio pažnju na Edgara Bomonta.

– Kao što sam rekao, možete se osloniti na moju diskreciju, ali moram vas upozoriti da ako otkrijem ikakve dokaze o kršenju zakona, neću imati drugog izbora do da to prenesem policiji. – Video sam kako klima glavom, ali jesam li upravo video tračak nesigurnosti na njegovom licu? Nestao je brzo kako se i pojavio i odgovorio je odlučno.

– Naravno, gospodine Armstrong, svesrdno se slažem. Moramo se pobrinuti da sve bude u skladu s propisima.

Nastavio sam. – Takođe morate da znate da nisam stručnjak za finansije. Kako biste obezbedili uspešnu tužbu, moraćete da predate svoje finansijske knjige nekom ekspertu za tu oblast, ali to je još daleko. Gospodin Von mi je rekao da, što se njega tiče, postoji svega četvoro živih ljudi koji su imali pristup kompanijskim računima, i svi su ovde na brodu. Da li je to tačno, ili postoji još neko? Možda informatičari, sekretarice, bivši zaposleni?

– Nipošto. Osim Poreske uprave, nema nikog drugog.

– A ti ljudi ste vi, gospodin Von, Luiz Čelendžer i Adam Filips, zar ne? – Klimnuo je glavom i nastavio sam. – U tom slučaju, voleo bih da razgovaram sa svima njima nasamo. Već sam dugo razgovarao s gospodinom Vonom, tako da je to završeno. Kad će vam biti zgodno da nas dvojica porazgovaramo nasamo?

Pre nego što je Bomont odgovorio, Nil Von je skočio na noge. – Možda da odem i odštampam izveštaj o nepravilnostima koje sam uočio? Dok radim to, vas dvojica možete da razgovarate, ako vam to odgovara.

Bomont je klimnuo glavom. – Vrlo dobra ideja, Nile. Idite i uradite to. Gospodin Armstrong i ja možemo sve da prođemo sad odmah.

– Kad je Von otišao do vrata, šef je viknuo za njim. – I mnogo vam hvala što ste mi skrenuli pažnju na ovo.

Morao sam da se zapitam koliko je bio iskren.

Sačekao sam da Nil Von izađe pre nego što sam počeo da postavljam brojna pitanja. Mada sam počeo od vrlo praktičnih stvari u vezi s računima, revizijama i bezbednosti računovodstvenog sistema, takođe sam dao sve od sebe da uključim i pitanja o Van der Grutovom ubistvu. Posebno sam ga pitao gde je bio u subotu uveče nakon što je žrtva ustala od stola u salonu i besno izjurila.

Gledao me je nekoliko trenutaka, pre nego što je odgovorio. – Već sam odgovorio policiji na to. Ne vidim kako je moja lokacija te večeri povezana sa istragom o problemima s računovodstvom?

Mislio sam da je to ili vrlo naivno, ili smišljen pokušaj varke, ali ipak sam mu „nacrtao" to. – Dvoje ljudi je ubijeno, gospodine Bomonte. Koliko znam, policija i dalje traži motiv. Što se mene tiče, mali problem s nekoliko nestalih miliona mogao bi da bude dovoljan motiv za najmanje jedno ubistvo, zar ne? Gubitak novca i ubistva su možda povezani, tako da istraživanje jednog prirodno vodi istraživanju drugog.

Usledila je pauza tokom koje je razmišljao o posledicama onog što sam upravo rekao. Na kraju, na licu mu se pojavio izraz mirenja sa sudbinom i odgovorio je na moje pitanje. – I dalje mi je teško da poverujem da je neko ovde bio spreman da ubije – *ja* sigurno nisam – ali ako vam to pomaže u istrazi, napustio sam salon nedugo nakon što je Džerom izjurio, i vratio sam se u svoju kabinu. Koliko znam, većina ostalih je uradila isto. Uostalom, to je bilo negde oko jedanaest uveče.

– Može li iko da potvrdi to?

– Ako mislite da li je neko bio sa mnom u sobi, odgovor je ne. Izašao sam iz salona s Luiz i rastali smo se ispred vrata moje kabine. Nažalost, to je najbolji alibi koji mogu da vam ponudim, osim da vam ponovim kako ne idem naokolo ubijajući ljude.

Dodao sam nekoliko uobičajenih fraza o tome kako je postavljanje neugodnih pitanja uobičajena stvar, a onda sam ga odvukao nazad na temu računa. – Mislite li da je moguće da je Džerom van der Grut otkrio te nepravilnosti u računima pre smrti?

– Da li kažete kako mislite da ga je možda ubio taj proneveritelj?

– Upravo to kažem. Svako optužen za krađu miliona proveo bi mnogo godina u zatvoru. Pokušaj da se to izbegne sigurno je motiv za ubistvo.

Čekao sam dok nije smislio odgovor, i dok sam mu posmatrao lice morao sam da primetim kako ništa od ovog njemu nije bilo veliko iznenađenje. Kad je konačno progovorio, zvučao je oprezno.

– Pretpostavljam da je moguće, ali ne i verovatno. Džerom je bio vrlo zauzet čovek i čitave ove nedelje bavio se predlozima i razmatranjem budućeg programa, tako da je pitanje da li bi imao vremena da se detaljno bavi finansijama.

– Naravno, postoji i druga mogućnost: možda je Džerom van der Grut lično proneverio novac?

– Džerom? – Video sam kako se iznenađeno trgnuo. – Mislite da je potkradao kompaniju? Ne, nipošto. To je nezamislivo. Džerom je bio generalni direktor deset godina i *GrejretTV* je... bio mu je kao dete. Nema šanse da bi pokušao da krade. To bi bilo kao da krade od samog sebe.

– Sigurni ste u to?

– Potpuno. – Morao sam da priznam da je izgledao prilično uvereno u to što govori, pa sam prešao na drugu temu. – A šta je s vama, gospodine Bomonte? Kako to da je jedan od vaših potčinjenih otkrio nešto tako krupno? Sigurno imate potpunu kontrolu nad računima, i to je trebalo da bude vaša odgovornost?

Odgovorio je gotovo odmah i na licu mu se videlo kajanje. – U pravu ste, naravno, *jesam* odgovoran, ali na isti način kao što je kapetanica ove jahte odgovorna za sve što se događa na brodu. Ako mašinista prospe kafu na električni motor i on eksplodira, to ne može da bude krivica kapetana.

U pravu je, naravno, ali ipak sam nastavio da ga ispitujem. – Ali ovde ne govorimo o šolji kafe, zar ne? Pričamo o velikoj svoti novca koja je nestala. Ne znam mnogo o računovodstvu, i nisam pregledao vaše knjige, ali izgleda mi da se ko god da je to uradio sigurno potrudio da prikrije svoje tragove. Nije to uradio neki stažista koji se igra na kompjuteru, zar ne? To nas vraća na vas četvoro. Ako pretpostavimo na tren da ste vi i gospodin Von oslobođeni sumnje, to nam ostavlja dve druge mogućnosti: Luiz Čelendžer ili Adama Filipsa. Znam da vam možda ovo deluje neukusno i obećavam vam da vas neću citirati, ali možete li mi reći ko je od njih dvoje, prema vašem mišljenju, verovatnije uradio to?

Video sam kako gleda sad praznu čašu od viskija u ruci i stekao sam utisak da bi rado popio još jednu. Ponovo mi je palo na pamet da možda ima problem s pićem. Ako je tako, to je moglo da dovede do zanemarivanja dužnosti i omogućilo je proneveritelju da prikrije veliku krađu. Naravno, neko ko je pijan može da donosi užasne odluke i uradi užasne stvari... čak i počini ubistvo.

Morao sam da čekam gotovo pola minuta pre nego što je odgovorio na moje pitanje o drugo dvoje sumnjivaca.

– Iskreno, ne znam. Da, oboje dobro rade svoj posao i dobri su s brojkama. Oboje znaju lozinke i imaju pristup svim računima. Činjenica je, međutim, da Adam radi za kompaniju pet-šest godina, a Luiz tri. Nikad nismo imali probleme s njima, tako da mi je teško da poverujem da su iznenada postali proneveritelji.

– Da li možda znate je li neko od njih dvoje imalo novčane probleme? Možda problem s kockanjem? Neku vrstu duga? – Samo je odmahnuo glavom i odlučio sam da je to dovoljno zasad. – Mnogo vam hvala, gospodine Bomonte. Sad bih voleo da razgovaram sa Adamom Filipsom. Možete li da mi pronađete neku kabinu gde bih mogao da razgovaram s njim nasamo?

Odmah je ustao. – Srediću to odmah. Ali prvo, mislim da moram da pripremim objavu za sve, u kojoj objašnjavam zašto ste ovde. – Pogledao me je u oči na tren. – Da li ste saglasni s tim?

Već sam razmišljao o tome, i zaključio da neću mnogo postići ako radim u potaji. Napokon, postoji dvoje ljudi osim njega i Vona koji su imali pristup računima, a uskoro ću se videti s prvim od njih. Klimnuo sam glavom.

18.

Utorak ujutro

Razgovarao sam sa Adamom Filipsom u manjoj kabini na donjoj palubi i, na osnovu predmeta koji su se nalazili naokolo izgledalo je da pripada mašinisti. Bila je manje luksuzna od gostinskih kabina iznad, ali sam ipak imao dovoljno prostora da sednem naspram ljudi s kojima sam razgovarao. Adam Filips je došao odeven u znojavu majicu s reklamom za takmičenje *Mister Olimpija* 2021. Izgledalo je kao da je dosta nošena otad. Izvinio se, govoreći kako je upravo došao iz teretane. Činjenica da je jahta imala teretanu nije me mnogo iznenadila. S obzirom na to da je imala bazen, ne bi me iznenadilo da ima kazino ili diskoteku. Seo je naspram mene, a mišići na ruci i ramenu samo što mu nisu probili odeću, no na moje iznenađenje, video sam kako vidno drhti. Da li je to reakcija na vesti koje mu je upravo preneo šef računovodstva, ili možda prirodna reakcija tela nakon žestokog vežbanja?

A s druge strane, da nije krivica?

Počeo sam od lakih pitanja. – Zovete se Adam Filips?

– Da. – Morao je da zaćuti i nakašlje se. – Tako je.

– I čujem da radite za kompaniju pet ili šest godina.

– Biće šest godina u septembru. – Nagnuo se ka meni, s laktovima oslonjenim na kolena i video sam da nervozno vrti prste.

– Jeste li uvek radili u računovodstvu?

– Jesam, ja sam ovlašćeni računovođa.

– Da li volite svoj posao?

– Veoma... – Video sam kako je duboko udahnuo. – Da li je istina ono što mi je Edgar rekao? Da ste unajmljeni da istražite nestanak novca? – Izgledao je zabrinuto, ali nekako ne potpuno iznenađeno i moja sumnja se produbila, tako da se nisam uzdržavao.

– Izgleda da je ukradeno preko dva miliona funti.

Lice mu je i dalje bilo zaprepašćeno, ali da li je to bilo zbog svote ukradenog novca ili mogućnosti da bude otkriven, nisam mogao da znam.

Nastavio sam. – Želim da budete potpuno iskreni sa mnom: da li ste znali išta o tome? Ne optužujem vas ni za šta, samo pitam da li ste u nekom trenutku posumnjali da se nešto događa. Pretpostavljam da provodite mnogo vremena pregledajući kompanijske račune, tako da ste bili u dobroj poziciji da primetite neke nepravilnosti.

Na trenutak je izgledalo kao da će reći nešto, ali onda se zaustavio i video sam da se predomišlja. Nisam ga pritiskao; samo sam mu dao malo vremena da donese odluku. Kad je progovorio, glas mu je bio malo glasniji od šapata.

– Možete li mi obećati da će sve što ću vam reći biti u poverenju?

– Naravno. – To je zvučalo obećavajuće.

– Odgovor na vaše pitanje je: jesam. – Usledila je još jedna duga pauza. – Pre nekoliko meseci, negde oko Uskrsa, postao sam sumnjičav oko velikih svota novca koje su prebacivane na neki anonimni račun. Malo sam proverio i uspeo da pronađem banku na Kajmanskim ostrvima – siguran sam da znate kako je to poreski raj – i što sam više razmišljao o tome, to mi se manje sviđalo.

Pokušao sam da ga maksimalno ohrabrim. – Da li ste preduzeli nešto povodom toga? Verovatno ste prvo obavestili svog direktnog nadređenog, a to je Edgar Bomont, zar ne?

Klimnuo je glavom, i usledila je još jedna dugačka pauza pre nego što je konačno prešao na stvar. – Molim vas, ako boga znate, nemojte reći Edgaru da sam vam ispričao ovo, ali zapitao sam se da li je on možda imao neke veze s tim. – Video sam ga kako prelazi rukom preko čela da bi obrisao znoj, i ovoga puta sam bio siguran da to nije imalo nikakve veze s vežbanjem. – Znate, Edgar je imao vrlo gadan razvod. To znaju svi u kompaniji. Nekoliko puta mu se omaklo da žena pokušava da mu uzme sve pare... baš tako je rekao. Kad sam posumnjao zbog nestanka novca, morao sam da pomislim da je on možda imao neke veze s tim.

– Da li to znači da ste samo ćutali, ili ste razgovarali s nekim drugim o svojim sumnjama?

– Nisam mogao da ćutim kad je stvar bila tako ozbiljna. Uostalom, ako je novac nestajao, i ja sam mogao da budem sumnjiv, i onda sam, nakon nekoliko neprospavanih noći, otišao kod Džeroma van der Gruta.

– I sve ste ispričali generalnom direktoru?

Klimnuo je glavom.

– I kako je reagovao?

– Bio je zaprepašćen i zahvalio mi se što sam imao hrabrosti da istupim. Nevoljno sam mu izneo svoje sumnje u Edgara, i on mi je poverio da je i on neko vreme sumnjao u njega.

– I šta se dogodilo? Da li je Džerom van der Grut otišao u policiju ili razgovarao sa Edgarom Bomontom?

– Džerom mi je rekao kako želi da uradi sve što može da izbegne skandal i kazao je da dok ne budemo imali konkretne dokaze da je to Edgar, moram da otvorim četvore oči i obaveštavam ga ako primetim neke sumnjive transakcije.

– I ne znate da li je razgovarao sa Edgarom? Šta je sa sumnjivim transakcijama? Da li ste naišli na neku nakon toga?

Odmahnuo je glavom. – Nipošto. Ako je to bio Edgar, mora da je osetio da sumnjam u njega i prestao je. Pretpostavljam da je Džerom razgovarao s njim o tome, i možda je Edgar priznao i vratio novac – ali ako jeste, nisam video neku veću uplatu – ili to možda ipak nije bio Edgar. Stvarno ne znam. Nažalost, to je sve što mogu da vam kažem. Džerom nikad nije ponovo razgovarao sa mnom o tome, ali pošto novac više nije nestajao, samo sam pretpostavio da je Džerom to nekako rešio.

– Hvala vam. Molim vas, možete li mi reći gde ste bili i šta ste radili u subotu uveče, kad je Džerom van der Grut izjurio iz salona, nakon večere?

– Sedeo sam tamo sa ostalima nekoliko minuta, a onda otišao u svoju kabinu. Bili smo stvarno zaprepašćeni. Svi su znali da je Džerom naprasit, ali nikad ga ranije nisam video toliko besnog.

– A možete li mi reći na koga je bio besan i zbog čega?

– Uglavnom na Martina... znate, Martin Grej, voditelj kviza. – Pogledao me je na tren u oči. – To nije neuobičajeno. Martin se sukobljava sa svima.

– Sukobljava?

– Nisu to pravi sukobi, samo svađe. Ima naviku da nervira ljude.

– Ali ta svađa nije bila o nestalom novcu?

– Bože, ne, setio bih se toga. Ne, možda nešto u vezi s programom, ali šta god da je bilo, Džerom je bio stvarno besan i hteo je iz kože da iskoči.

– Hvala vam, i ne brinite, biću vrlo oprezan sa informacijama koje ste mi dali. Sad moram da razgovaram s Luiz Čelendžer. Možete li je zamoliti da dođe ovamo?

Ustao je i napustio sobu, i dalje izgledajući veoma nervozno, i razmišljao sam o tome šta je rekao i utisku koji je ostavio. Bilo je zanimljivo to što velika svađa u subotu uveče nije imala veze s novcem. Možda će moja sledeća sagovornica moći da kaže nešto više o tome. Uprkos početnim sumnjama, bio sam sklon da poverujem u ono što mi je rekao Adam Filips, ali činjenica je bila da iako je tvrdio da je obavestio generalnog direktora Džeroma van der Gruta o svojim sumnjama, on više nije bio tu da to potvrdi ili porekne. Gospodin Mišićavi možda nikad nije prijavio ništa jer je *on* bio lopov. Možda je to bila na brzinu pripremljena priča nakon što je ubio šefa. Naredno pitanje je bilo, nema potrebe naglašavati, kakvo je njegovo moguće učešće u tome? Da li sam upravo razgovarao s vrlo uverljivim glumcem koji želi da izbegne da bude osuđen za ubistvo... možda dvostruko ubistvo?

Luiz Čelendžer je izgledala podjednako nervozno kad je ušla u prostoriju. Danas joj je kosa bila raspuštena i na sebi je imala lepu, cvetnu bluzu i prilično kratku – ali ne kao Suzi Apton kratku – suknu. Sigurno nije izgledala strogo kao kad sam je prvi put video. Oskar, uvek oduševljen gošćama, ustao je i otišao da joj spusti glavu na koleno. To ju je izgleda malo ohrabrilo i čak je uspela da se slabašno osmehne.

– Baš divan pas. Kako se zove?

– Oskar, i ako sam u pravu, vi se zovete Luiz Čelendžer? – Klimnula je glavom i nastavio sam. – Kao što ste verovatno čuli od gospodina Bomonta, unajmljen sam da proverim neke finansijske nepravilnosti na kompanijskim računima. Možete li mi reći da li vas je to iznenadilo?

– Sigurno jeste. Edgar nije pominjao pojedinosti. Šta se dogodilo? Da li je novac ukraden? Velika svota?

– Preko dva miliona funti, rekao bih.

Video sam kako se zavalila u stolicu sa zaprepašćenim izrazom na licu – mada je možda bila samo dobra glumica.

– Dva miliona funti? Ali kako? Ko? – Zvučala je iskreno zbunjeno.

– Unajmljen sam da to otkrijem. Na osnovu onog što su mi rekli ostali, izgleda da ste samo Džerom van der Grut, Edgar Bomont, Nil Von, Adam Filips i vi imali pristup računima. Da li je to tačno, ili sam izostavio nekog?

– Ne, to su svi. Ali sigurno ne mislite... – I dalje je vrlo uverljivo izgledala užasnuto.

Ignorisao sam njeno pitanje. – Da li ste potpuno sigurni da nema još nekog? Sekretarice, ljudi na probnom radu, stažisti?

– Ne. Mi smo jedini ljudi s pristupom, ali...

Ovog puta, odgovorio sam na njeno nepostavljeno pitanje. – Sad kad je gospodin Van der Grut ubijen, ostala su nam četiri moguća počinioca. Pokušavam da identifikujem ko bi to mogao da bude.

Na licu joj se video užas, ali pribrala se i pogledala me je pravo u oči. – Pa, mogu odmah da vam kažem da nemam nikakve veze s tim.

– To je lepo čuti, ali recite mi, da ste *želeli* da uplatite nešto na račun van firme, da li ste mogli to da uradite?

Odgovorila je odmah. – Da, naravno da bih mogla. To je glavni deo mog posla. Isplaćujem plate ljudima, ali sve što radim odobravaju Nil i Edgar i, naravno, Džerom.

To je zvučalo prilično uverljivo. – Sad imam teže pitanje za vas: pod pretpostavkom da govorite istinu, a pošto je Van der Grut mrtav, ostaju nam samo tri moguća počinioca. Da li ste ikad posumnjali u nekog od njih?

Odmah je odmahnula glavom, ali izgledala mi je neuverljivo. Čekao sam neko vreme da kaže nešto. – Nezamislivo je da bi iko od mojih kolega uradio nešto tako grozno. Sigurno ne verujem da su to bili Adam ili Nil.

Odmah sam uočio njenu omašku. – A šta je sa Edgarom Bomontom?

Morao sam da sačekam da odgovori i očigledno je pažljivo birala reči. – Edgar je imao probleme, novčane. Usred je groznog razvoda i povremeno mi se žali na to, ali, iskreno, ne mogu da zamislim da bi pribegao krađi, posebno tako velikoj.

– A šta je sa Džeromom van der Grutom?

Pogledala me je oštro u oči. – Džerom? Ali on je mrtav...

– Uistinu, ali možda je odvajao novac na stranu, zar ne?

Morao sam da čekam još duže dok je razmišljala o nečemu što joj očigledno dotad nije palo na pamet. Na kraju je odgovorila, ali primetio sam da me ovog puta nije gledala u oči. – Ne, to ne zvuči ispravno, pored toga, on je mrtav...

Izgledalo je da ne mogu da od nje izvučem ništa više o računima, pa sam je pitao za veliku svađu u subotu uveče, i njen odgovor je bio informativniji.

– Svađa je izbila između Džeroma i Martina. – Nakratko me je pogledala. – Bili ste ovde juče, zar ne? Čuli ste Martina... ume da bude stvarno neprijatan. On i Džerom su se gadno posvađali.

– Oko čega?

– Ne znam sve pojedinosti, ali prilično sam sigurna da je to imalo neke veze sa industrijskom špijunažom.

Sad je bio red na mene da izgledam iznenađeno. – Moraćete da mi objasnite to.

– Kao što sam rekla, ne znam mnogo o tome, ali mislim da je problem bio što je Martin bio u pregovorima s drugim televizijskim kanalom.

– S namerom da napusti kompaniju?

– Iskreno, ne znam. Možda im je samo prenosio neke ideje, ali šta god da je bilo, Džerom se stvarno iznervirao. Svaka kompanija koja smisli neki novi kviz ili humorističku seriju može potencijalno da zaradi milione. Posledica toga je da sve ideje moraju da ostanu strogo poverljive. – Zastala je na tren pre nego što se setila nečeg.

– Suzi zna sve o tome. Sedela je kraj Džeroma, kao obično, i zna sve o tome šta se događa u *GrejretTV*.

Zapamtio sam činjenicu da je uobičajeno mesto Suzi Apton bilo kraj velikog šefa i nastavio sam s pitanjima. – To nema nikakve veze sa istragom o finansijskim nepravilnostima, tako da nemate obavezu da odgovorite, ali samo da zadovoljim radoznalost, kakav je odnos između Suzi Apton i Martina Greja? U jednom trenutku vređaju jedno drugo, a u sledećem vidim da joj Grej drži ruku na butini. O čemu se tu radi?

– Martin spušta ruku na svačiju butinu... uključujući i moju! Ne bih obraćala mnogo pažnje na to. Gledajući sa strane, mislim da je Martin potajno ljubomoran na Suzi jer svi vide da je popularnija od njega. On ima veliki ego, to mu stvarno smeta i stalno se breca na nju. Ali istovremeno, balavi za njom. Svi to vide.

– A ona mu ne uzvraća naklonost?

– Nipošto.

– Da li mislite da još neko ovde smatra da je Suzi privlačna?

Ako je bila zbunjena mogućom vezom između tih pitanja i nestalog novca, nije to pokazala. Video sam da razmišlja nekoliko sekundi pre nego što je odgovorila. – Ne bih rekla. Naravno, tu je uvek bio Džerom.

– Zašto ste tako sigurni u to?

– Zbog načina na koji se ponašao u njenom prisustvu. – Na trenutak je prestala da gleda Oskara i pogledala me je u oči. – Bio je vrlo... Ne znam pravu reč, možda „posesivan". Bio je vrlo bolećiv prema njoj, insistirao je da sedi kraj njega i videla sam da joj je stavljao ruku na zadnjicu. – Namrštila se. – Sigurno mu ne bih dozvolila da meni radi tako nešto.

– I da li mislite da se nešto dogodilo među njima?

Slegnula je ramenima. – Stvarno ne znam, ali sumnjam. Suzi je koketa. Svi znaju to, ali mislim da ne bi pala tako nisko.

– Hvala vam. Sad imam samo dva pitanja za vas. Prvo, šta ste radili u subotu uveče, nakon što je Džerom van der Grut odjurio?

– Nekoliko nas je ustalo, pogledalo se između sebe, ali niko nije mnogo govorio. Onda sam otišla u svoju kabinu i legla u krevet.

– Da li neko može da potvrdi to?

Morala je da razmisli nakratko. – Vratila sam se sa Edgarom. Stajali smo ispred njegovih vrata nekoliko minuta i razgovarali – o Italiji i krstarenju – a onda sam otišla u svoju kabinu. Bila sam sama čitave noći ako pitate za alibi, ali nisam osoba koja ide naokolo i ubija ljude.

– Hvala vam i, na kraju, znate li možda da li postoji neka veza između ubijenog člana posade, Hajnriha ili Rika Šilera, i nekoga iz vaše grupe?

Odmahnula je glavom, a onda dodala: – Možete da pitate Suzi. Ona zna sve što se događa ovde.

Zahvalio sam joj se na saradnji i pitao je da li bi mogla da pozove Suzi Apton da dođe i porazgovara sa mnom. Očigledno je glamurozna voditeljka bila izvor svekolikog znanja na *Kraljevskoj princezi*.

Nakon što su se vrata zatvorila za Luiz, razmišljao sam o onom što sam čuo od nje i ostalih. Od petoro ljudi koji su imali pristup računima, imao sam sve jači osećaj da su sumnjivci svedeni na dvojicu muškaraca: Edgara Bomonta i pokojnog Džeroma van der Gruta. Što se tiče ostalo troje, bio sam sklon da im poverujem, mada sam i dalje imao osećaj da Adam Filips nije bio potpuno iskren kad je razgovarao sa mnom. Sledeći problem je bio kako da prišijem bilo šta ijednom od njih – mrtvacu ili preživelom. U vreme kad sam radio u policiji, poslao bih kompanijske račune timu veštaka za forenzičko računovodstvo, obučenih da pregledaju sve stavke, svaki red, provere svaki izvor i odredište svake uplate i povežu to sa osobom koja je sve odobrila. To je dug i naporan proces, a imao sam osećaj da bi sad to mogao biti jedini način da se sazna gde su nestali milioni kompanije *GrejretTV*.

Druga zanimljiva informacija bila je činjenica da se Džeromu van der Grutu očigledno sviđala Suzi Apton – iako je ona odlučno poricala svaku vezu tog tipa s njim, a kad sam ih nakratko posmatrao zajedno u Luki, nije mi izgledalo da su u previše dobrim odnosima. Ali šta ako je Martin Grej bio u pravu? Možda je njeno poricanje samo gluma? Da li je spavala sa svojim šefom da bi napredovala u karijeri? Ako je tako, da li je to moglo dovesti do situacije u kojoj više nije mogla to da trpi i odlučila je da preduzme drastične mere? Šta ako je ubica žena, a ne muškarac?

19.

Utorak ujutro

Suzi Apton je izgledala smeteno kad je ušla. Mada je Oskar uspeo da joj izmami osmeh, mogao sam da čujem iznerviranost u njenom glasu kad je sela da razgovara sa mnom.

– Karabinijeri su se vratili. Raspituju se o žrtvi poslednjeg ubistva. Sigurno je ubica neko od posade, zar ne? Jedva da smo poznavali tog tipa.

Odmahnuo sam glavom. – Ne mora da znači. Morate priznati da je prevelika slučajnost što su se dogodila dva ubistva u tri dana. Pretpostavljam da policija razmatra mogućnost da su nekako povezana. – Odlučio sam da testiram njenu promućurnost. – Pokušavao sam da dokučim na koji bi način mogla biti povezana... da li vama nešto pada na pamet?

Zastala je da razmisli nekoliko trenutaka, i gledao sam je pritom. Danas je bila odevena u drugačiji bikini, i bila je ogrnuta vrlo širokim, belim, pamučnim ogrtačem. Siguran sam da postoji neki naziv za to, ali ženska moda mi nikad nije bila jača strana. Kao i pre, izgledala je zanosno, ali danas joj se na licu videla zabrinutost ili zlovoljnost dok je izgovarala ono što je smislila.

– Da nije taj član posade bio saučesnik osobe koja je ubila Džeroma? Šta ako su se posvađali i jedan ubio drugog? Ti ljudi su spremni na sve.

– Možda ste u pravu, ali pitanje koje zahteva odgovor je zašto je Van der Grut uopšte ubijen. – Video sam je kako klima glavom i nastavio sam. – Verujem da ste čuli da sam započeo istragu na zahtev Edgara Bomonta, zbog izgleda ozbiljne pronevere. Nekoliko miliona funti, kako sam čuo.

Razrogačila je oči. – Milioni funti su nestali? Opa! Edgar je rekao da je novac nestao, ali nisam znala da je toliko. – Usledila je pauza dok je razmišljala o tome. – Ali ne mislim da mogu da vam pomognem. Nemam pristup računima, a i da imam, verovatno ne bih ništa razumela. Imam računovođu koji mi obračunava porez i tako to. U koga sumnjate?

– Hteo sam *vas* da pitam to. Ne kažem da ste uključeni, ali pitao sam se da li ste čuli nešto korisno? Možda neko ko ima probleme s kockanjem ili veliki dug, ili možda neko ko ima nešto protiv kompanije?

Ponovo je zastala da razmisli o tome. Na kraju je odgovorila. – Stvarno ne mogu da zamislim da bi neko od prisutnih uradio tako nešto. Svakako je to morao biti neko ko ima pristup računima, a to je svega nekoliko ljudi. Niko od nas ko se bavi produkcijom emisija ne bi imao tu priliku. Od onih koji imaju pristup, znam da je Edgar u velikoj nevolji jer supruga i njen advokat pokušavaju da mu uzmu sve što ima ali, ako vas je on pozvao, onda to ne može biti on. Naravno, tu je uvek Martin. On nema nikakav moralni kompas, ali ne vidim kako bi mogao da pristupi računima.

– Kad govorimo o Martinu Greju, čuo sam da se u subotu uveče žestoko posvađao sa Džeromom van der Grutom. Čuo sam da je to imalo neke veze sa industrijskom špijunažom. Jeste li sigurni da to nema nikakve veze s računima? – Već sam znao odgovor na poslednje pitanje, ali pošto sam ovde bio da bih navodno istražio proneveru, dao sam sve od sebe da povežem pitanje s tim.

Odgovorila je bez oklevanja. – To nije imalo veze s računima. Nazovite to kako želite, ali činjenica je da je Martin prodavao naše ideje konkurenciji. Primetila sam nekoliko puta u poslednje dve godine da kad god smislimo neki, recimo, novi kviz za tinejdžere, neki od drugih kanala ga izbaci prvi. Na početku sam mislila da je to samo slučajnost, ali nedavno sam počela da sumnjam u to. Kad sam čula da je Martin odgovoran, to me nije iznenadilo, ali mislila sam da je to sramno čak i za nekog kao što je on.

– Šta će se dogoditi s njim? Hoće li izgubiti posao?

– Gotovo sigurno. U subotu uveče, Džerom mu je rekao sasvim jasno da mu neće oprostiti takvo kršenje poverenja, i kako želi da Martin ode. Rekao je da ću ja postati voditeljka *Komičara u pokretu*, naše najgledanije emisije, i možete zamisliti kako je Martin to primio. Bio je besan kao ris. Očigledno da tu odluku sad mora da potvrdi novi generalni direktor. Mislim da će Edgar privremeno obavljati tu ulogu, a pošto se on i Martin ne mirišu, prilično sam sigurna da će on to odobriti.

To je bilo vrlo zanimljivo. Iznenada, imali smo još jedan motiv za ubistvo. Da li je Martin Grej ubio Van der Gruta da mu se osveti za otkaz... posebno jer bi njegov posao preuzela žena na koju je potajno bio ljubomoran? Naravno, kao što je Suzi upravo rekla, odluka će zavisiti od Van der Grutovog naslednika, koji će možda odlučiti da bude blaži prema njemu, ali sigurno je to otvaralo nov pravac istrage. Pitao sam se da li je Gvido Bertoleti znao za to. Ako nije, imao sam nameru da mu kažem.

– Hvala vam na tome. Gotovo sam završio s pitanjima. Možete li se setiti ikoga u ovoj grupi ko je mogao da poznaje ubijenog člana posade, Rika Šilera?

Odmahnula je glavom. – Nemam predstavu, nažalost. Ako je to bio onaj koji mislim da jeste, visoki plavušan, bio je zgodan momak. Nije bio moj tip, ali možda je nešto petljao s nekom od članica posade i stvari su krenule loše? Možda nalet ljubomore?

– Ko zna? Bilo kako bilo, hvala. Poslednje pitanje ima veze sa Džeromom van der Grutom. Pretpostavljam da ste ga dobro poznavali. Po vašem mišljenju, da li je *on* bio osoba odgovorna za krađu tih miliona?

Morala je da zastane i razmisli. – Stvarno ne znam. Pretpostavljam da bi bilo ko mogao da dođe u iskušenje, ali ne mislim da je bio lopov. Bio je čudan tip; ne mislim smešan u onom ha-ha smislu, često je bio nepristojan i nemalo jeziv, ali ga to ne čini proneveriteljem.

– Ali čuo sam da ste uvek bili kraj njega. Da li je nečeg bilo među vama?

Izraz lica joj se promenio u čistu iznerviranost. – Poručnik mi je postavio isto pitanje. Sve to zbog toga što me Martin uvek opanjkava, širi zlobne glasine, zar ne? – Pogledala me je pravo u oči. – Ideja da imam seks sa Džeromom izaziva mi fizičku mučninu. Baš me briga da li mi vi i poručnik verujete, ali to je istina. A što se tiče Martina, kad bih morala da nabrojim koliko puta me je pipkao, navlačio i nabacivao mi se, pričali bismo do sutra.

Sad joj je u glasu bilo istinske oštrine, i bio sam uveren da govori istinu. Zanimljivo, mada je rekla kako joj se gadi ideja da spava sa svojim šefom, nije to porekla. Sad kad je mrtav, naravno, to joj više neće predstavljati problem. Da li je ona odlučila da ga ukloni iz svog života? Pokušao sam drugačiji pristup.

– Što se tiče mrtvog člana posade, možete li se setiti ikakve veze između njega i nekog iz vaše grupe? Da li je ikada viđen kako se šunja oko kabina za goste?

Odmahnula je glavom. – Koliko znam, nije. Ne mislim da je bio upetljan s bilo kim iz grupe. Obično pažljivo osluškujem, ali nisam čula ništa slično. – Pogledala me je. – Mogu da se raspitam ako želite, mada nisam sigurna kakve to veze ima s nestalim novcem.

– Hvala na ponudi. Molim vas, uradite to. Nemam pojma kakva bi veza mogla da postoji, ali pokušavam da istražim sve mogućnosti.

Osmehnula se, ali to je možda bilo samo zato što joj je Oskar spustio glavu na stopalo. – Prepustite to meni. Videću šta mogu da iskopam. Žao mi je što vam nisam više pomogla.

– Ali jeste, mnogo vam hvala.

Na Oskarovo razočaranje, ustala je. – Želim vam sreću u pronalaženju onog ko je ukrao novac.

– Hvala, imam osećaj da će mi biti potrebna.

Nakon što je otišla, izvadio sam telefon i proverio čoveka čije se ime stalno pominjalo. Kad sam potražio Martina Greja na internetu pronašao sam bezbroj stranica o njemu, a objave na društvenim mrežama bile su pune bleštavih fotografija njega u humanitarnim padobranskim skokovima i triatlonima, s mnogo šou-biznis razmetljivosti, što je ukazivalo da se ne libi da hvali sebe na sva usta. Na svakoj fotografiji je izgledao najbolje što može i posumnjao sam da se *Fotošop* umešao u mnoge od tih fotografija. Bilo je nekoliko njegovih fotografija sa sportskih događaja i plaže, i morao sam da priznam da se očigledno dobro brine o svom telu. Ne zaboravimo, većina ljudi iz sveta zabave to radi u današnje vreme.

Nisam video tekstove o tome da traži posao u drugim kompanijama, ali bilo je nekoliko članaka iz tabloida koji su pominjali ono što sam saznao ovde na jahti. Martin Grej je imao nemirne ruke i brojne žene su ga optužile da je bio nasrtljiv, mada nisu pominjane tužbe. Posebno mi je bila zanimljiva fotografija njega i supruge na nekoj svečanoj večeri i – mada sam već bio sumnjičav prema njemu – imao sam osećaj da je osmeh na ženinom licu usiljen. Sve u svemu, ništa novo i sigurno ne dobra preporuka za tog čoveka.

I dalje sam pregledao različite članke kad je neko pokucao na vrata, i Gvido Bertoleti je provirio u kabinu. Pozvao sam ga da uđe i sedne, i prvo je pažljivo zatvorio vrata za sobom. Oskar je skočio na noge, oduševljen što vidi novog prijatelja, i smestio se pored Gvida čim je ovaj seo.

– *Ciao*, Dene, kako ide? – Počeškao je Oskara po glavi dok je razgovarao sa mnom.

– Saznao sam neke informacije, ali ne previše toga. Što se tiče ukradenog novca, imam osećaj da je to bio ili Edgar Bomont ili prva žrtva.

– Džerom van der Grut je proneverio svoj novac?

– Osim što nije bio njegov. On je bio samo generalni direktor i primao je platu kao i ostali. Ne kažem da je to sigurno on, ali mislim da je jedan od njih dvojice, osim ako ne postoji još neko ko je imao pristup računima. A šta je s vama? Ima li napretka u istrazi ubistva Hajnriha Šilera?

– Ne mnogo, nažalost. Imao je slobodno veče i otišao je u Portofino na piće, s jednom članicom posade. – Pogledao je beležnicu. – Žana Tuluzen, Francuskinja. Uzeli su jedan gumeni čamac i vratili su se oko pola dvanaest. Francuskinja tvrdi da je otišla sama u krevet, a on je otišao svojim putem. Izgledala je prilično uznemireno zbog njegove smrti, ali to ništa ne dokazuje. Koliko sam čuo od ostalih članova posade, Šiler je bio pomalo ženskaroš i kapetanica je već dvaput razgovarala s njim i rekla mu da se ne petlja sa ženama na jahti.

Nakratko sam razmislio o tome. – Pretpostavljam da je jedna gošća ili članica posade bila u vezi s njim, i to je moglo da dovede do toga da ga neka druga žena ubije iz ljubomore, ali to je vrlo nategnuto. Saznao sam da se Džerom van der Grut stvarno posvađao s Martinom Grejom pre smrti, ali to nije bila toliko svađa koliko okončavanje Grejove karijere u kompaniji. Izgleda da je prodavao kompanijske tajne konkurenciji i, kako sam čuo, Van der Grut je bio besan kao ris i otpustio ga je. To bi mogao biti motiv za ubistvo. Pomalo preterano, slažem se, ali svi kažu da su obojica bili vrlo pijani i vrlo besni.

– To bi moglo da bude značajno. Bolje da ozbiljno porazgovaram s gospodinom Grejom.

U tom trenutku, telefon mi je zazvonio i iznenadio sam se kad sam video ime Heder Grinslivs.

– Zdravo, Heder. Da li je sve u redu?

– Zdravo, Dene. Da, sve je u redu, hvala. Pitam se možete li da prenesete poruku poručniku karabinijera?

– Mogu i nešto bolje od toga. Upravo sedi kraj mene. Daću mu telefon.

Nije to bio dug razgovor, ali na osnovu onog što sam čuo, i izraza na Gvidovom licu, to su bile vesti kojima se nadao. Kad je poziv završen, vratio mi je telefon sa širokim osmehom na licu.

– Heder Grinslivs vas pozdravlja, ali važnije od toga, setila se imena drugog broda koji je videla u subotu uveče. Gledala je program o grčkoj mitologiji i iznenada se setila: *Posejdon*.

Zadovoljno sam se osmehnuo. – Bog mora... s potpalubljem punim krijumčarenog oružja. To su sjajne vesti. Pitanje je gde se on sad nalazi. Prošla su, koliko, dva i po dana otkako se sreo s brodom Marija Fortunata, tako da bi mogao biti bilo gde.

Dok sam govorio, Gvido je pozvao stanicu da im prenese vesti. Zadivio sam se kad su pozvali pet minuta kasnije, i obavestili ga da su pronašli taj brod. Slušao je napeto pre nego što je naredio svojim ljudima da dođu po njega. Na kraju razgovora, rekao mi je šta je upravo čuo.

– Napokon, malo sreće. U normalnim okolnostima, ne bismo lako pronašli brod te veličine. Izgleda da je to petnaestometarska *beneto svift* motorna jahta, a samo plovila duža od trideset metara moraju po zakonu da imaju uređaje za praćenje kretanja. Sasvim slučajno, brza potraga je otkrila da se trenutno nalazi u brodogradilištu u Lavanji, pola sata plovidbe odavde, i čeka zamenu bočnog kormila nakon što je naletela na stene dok je plovila preblizu liticama u mraku. Ironično, jedno od plovila naše Obalske straže odvuklo ga je do luke. Idem sad tamo. Kakvi su vaši planovi?

– Moram malo da razmislim i onda je, pretpostavljam, najbolje da odem kod šefa računovodstva, mada moram da vodim računa šta ću mu reći. U ovom trenutku, Edgar Bomont je moj prvi sumnjivac za krađu miliona.

– Smem li da vas zamolim za uslugu? – Klimnuo sam glavom, i Gvido je nastavio. – Da li biste imali vremena da sednete i razgovarate s Martinom Grejom umesto mene? Na osnovu onog što ste mi rekli, nije mnogo verovatno da je mogao da se dokopa pristupnih lozinki koje bi mu omogućile da proneveri novac, ali mogli biste da saznate od njega šta se dogodilo u subotu. Pitajte ga kako se osećao, sad kad izgleda da je možda ostao bez posla. Tako ću, kad se vratim, moći da ubrzam stvari. Da li je to prevelika gnjavaža za vas?

Zapravo sam bio oduševljen tom molbom. Pokušavao sam da smislim način da ispitam Martina Greja, a da ne ometam poručnika. – Nema problema. Uživaću u tome.

20.

Utorak ujutro

Nakon što su Gvido i njegov tim otišli, sedeo sam u kabini nekoliko minuta i razmatrao naredne korake. Deo mene je poželeo da jurne zalivom s njim – i bio sam siguran da bi se to svidelo i mom četvoronožnom prijatelju – ali, naravno, moj trenutni zadatak nije bio krijumčarenje oružja nego pronevera. Što se tiče istrage ubistva, još je bilo moguće da se počinilac ili počinioci nalaze na palubi *Posejdona* ili u ćelijama u stanici Karabinijera, ali nakon druge smrti na ovoj jahti izgledalo je sve verovatnije da je oba ubistva počinila neka od osoba koje su sad oko mene. Zbog toga sam još imao jaku želju da pomognem u pronalaženju ubice. Što se tiče nestalih miliona, prvi problem s kojim sam se suočio bio je što sam, budući unajmljen da identifikujem počinioca, sad morao da podnesem izveštaj jednom od glavnih sumnjivaca. A drugi je bio mrtav.

Pre odlaska na sprat da razgovaram sa Edgarom Bomontom, želeo sam da sednem s Martinom Grejom, ali prvo sam morao da smislim pitanja koja ću mu postaviti. Palo mi je na pamet da bih mogao nakratko da prošetam Oskara dok ne složim stvari u glavi, a jedino mesto na kojem to mogu da uradim je kopno. Napustio sam kabinu i krenuo prema krmi, dok nisam stigao do stepenica koje vode do palube s bazenom. Tu sam zatekao dva člana posade kako sede na jednom od gumenih čamaca izvučenih na palubu.

Nisam razgovarao s članovima posade, tako da sam požurio da iskoristim ovu priliku, iako sam znao da verovatno neću saznati ništa o nestalim milionima. Odmah sam prepoznao Kristofera, ali žena kraj njega mi nije bila poznata. Na bedžu na grudima pisalo je

Žana, i pretpostavio sam da je to Francuskinja za koju je rekao da je išla sinoć u Portofino s Hajnrihom Šilerom. Zbog toga je verovatno bila poslednja osoba koja ga je videla živog... osim ubice, naravno. Kristofer je krenuo da ustane kad me je video, ali dao sam mu znak rukom da ostane da sedi i seo sam na drugi čamac naspram njih, dok je Oskar otišao da ih pozdravi.

– Samo sam izašao na vazduh. Razgovarao sam s nekim od vaših gostiju. – Nisam rekao u vezi sa čim. Pronevera je bila dobro čuvana kompanijska tajna, tako da su njih dvoje logično pretpostavili da sam uključen u istragu ubistva. Kristofer se prvi raspitao o tome.

– Jeste li saznali nešto? Žana i ja smo upravo pričali kako je jezivo misliti da smo na brodu sa ubicom.

– I to možda dvostrukim ubicom. – Žanin naglasak je bio primetno francuski, ali tečno je govorila engleski. Bila je vitka žena, nešto mlađa od trideset godina, s kratkom kosom koja je naglašavala njen ozbiljni izgled. Mogao sam da je zamislim kako se penje na jarbol visok trideset metara ili roni ispod krme da ukloni morsku travu s kormila. Iskreno, znao sam vrlo malo o brodovima, tako da možda danas niko ne radi te stvari, ali ona je sigurno izgledala kao iskusan mornar.

Slegnuo sam ramenima. – Siguran sam da poručnik zna nešto više, ali ne znam kako ta istraga napreduje. Čuo sam da je otišao nekud, tako da će možda on i njegov tim saznati neke nove informacije. Ja sam samo po obodu istrage.

Kristofer me je pogledao u oči na tren. – Martin mi je rekao da ste privatni detektiv. Da li je to istina?

Nije bilo svrhe da poričem. – Tako je, radim u Firenci, ali ovde sam na godišnjem odmoru, makar dok se nisam upleo u istragu ubistva Džeroma van der Gruta. – Bilo je zanimljivo da član posade pominje Martina Greja po imenu. To je značilo da je verovatno bolje obavešten o dinamici grupe nego što sam očekivao, pa sam odlučio da to iskoristim. – Pretpostavljam da je Martin zabrinut kao i svi ostali.

Kristofer je klimnuo glavom, ali primetio sam da se Francuskinja namrštila. Zanimalo me je šta se krije iza toga, pa sam nastavio da razgovaram o Greju.

– On je vrlo poznato britansko televizijsko lice. Čak ga se i ja sećam, a živim u Italiji nekoliko godina. Pretpostavljam da upoznajete dosta poznatih ličnosti na ovoj jahti.

Kristofer je ponovo klimnuo glavom, ali primetio sam da je Žana zakolutala očima. Sačekao sam da me pogleda, i onda sam je vrlo oprezno pitao za reakciju na Grejevo ime.

– Da li mi se čini, ili niste ljubiteljka gospodina Greja, Žana?

Napravila je grimasu. – Možete da kažete tako. On je jedan od gostiju, i moramo da se ponašamo ljubazno prema njima, ali, s druge strane, da li bi im pala kruna s glave da se i oni ponašaju ljubazno prema nama?

Imao sam osećaj da znam šta će uslediti, ali sam ipak pitao. – Da li vas je gnjavio?

– Gnjavio? Pljesnuo me je po zadnjici i nabacivao mi se.

– Šta ste mu rekli kad je uradio to?

– Želela sam da mu kažem mnogo toga, ali volim svoj posao, tako da sam oćutala i prijavila to Sajmonu... brodskom ekonomu. Sajmon je dobar momak, ali zna pravila kao i ja... mušterija je uvek u pravu. Rekao mi je: „Smeškaj se i trpi to.“ Pa, sigurno se nisam smeškala i trudila sam se da izbegavam Martina Greja.

– To mi zvuči veoma razložno, i mogu da zamislim koliko ste ljuti. Nekad sam bio policajac u Velikoj Britaniji, i pljeskanje nekog po zadnjici sigurno se smatra seksualnim zlostavljanjem. Možete da ga tužite ako želite. – Video sam da me gleda sa izrazom koji jasno govori: *Mora da se šalite*, i samo sam mogao saosećajno da je pogledam pre nego što sam nastavio. – Čuo sam od vaše kapetanice da se ne odobravaju odnosi između posade i gostiju, i jasno mi je zašto. Kažite mi, da li ima toga? Mislim posebno na poslednju žrtvu ubistva, Hajnriha Šilera.

Nije mi promaklo da su se pogledali pre nego što je Francuskinja odgovorila. – Sviđao mi se Rik – tako je voleo da ga zovu, a ne nemačkim imenom – ali samo u malim dozama. Kad je tek postao član posade, gotovo odmah je počeo da se nabacuje meni i drugim devojkama, i sve smo mu jasno rekle da drži ruke k sebi. Iskreno, i jeste. Nikad nisam imala problema s njim i prilično sam sigurna da to važi i za ostale.

Pogledao sam njenog kolegu. – A šta je s vama, Kristofere? Kako ste se vi slagali s njim?

Morao sam da sačekam dok nije smislio odgovor, a kad je progovorio, izgledalo je kao da se izvinjava. – Slušajte, žao mi je što je mrtav, i grozno je što je umro na tako jeziv način. – Pogledao me je u oči na tren i video sam bol na njegovom licu. – Bio sam dežurni na palubi sinoć i kad sam otišao u obilazak pre ponoći, zatekao sam ga kako leži tamo, u lokvi krvi. – Glas ga je izdao i video sam da je još u šoku. Nimalo neobično. – Bio je sklupčan u loptu, sasvim mrtav, i čak i iz daljine se videlo da mu je grkljan prerezan... pa, presečen. Nikad ranije nisam video leš, i to je izgledalo kao scena iz nekog horor filma, ali, iskreno, to me nije toliko iznenadilo.

– Šta, činjenica da je ubijen?

– Pa, ne ubistvo, to je bilo preterano, ali uvek je imao naviku da nervira ljude. Uvek je pronalazio razlog da kasni za dežurstvo ili da izvrdava obaveze, i neki od nas su primetili da su neke stvari nestale. Bio sam uveren neko vreme da krade, ali pošto ga nisam uhvatio na delu, nisam mogao ništa da uradim. A ako budete razgovarali s kapetanicom, sigurno će vam reći kakve joj je probleme pravio prethodnih meseci, s nekim gošćama.

Klimnuo sam glavom. – Čuo sam nešto o tome, ali ponovo ću razgovarati s kapetanicom. Kažite mi, da li iko od vas misli da je bio u vezi s nekim iz *ove* grupe? – Opet mi nije promaklo da su pogledali jedno drugo. Kristofer je odgovorio prvi.

– Nisam primetio ništa određeno, osim njegovih komentara o nekim ženama u bikinijima. Uvek se rado javljao za dužnost spasioca na bazenu, ali siguran da je to bilo samo da bi mogao da posmatra žene.

– Ali ne mislite da je bio zapravo u nekakvoj fizičkoj vezi s nekim pre smrti?

Kristofer je odmahnuo glavom, ali Žana nije izgledala toliko uvereno. – Kao ni Kris, nisam ni ja ništa videla, ali Megi je rekla nešto o tome kako se muvao oko gostinskih kabina.

– Megi?

– Megi iz Održavanja. Ona i Džes su odgovorne za čišćenje, pranje rublja i takve stvari. – Pogledala je svoj ručni sat. – Ako želite da razgovarate s njom, verovatno je u vešernici ili u salonu, pomaže u postavljanju za ručak.

Pogledao sam na sat i video da je gotovo jedanaest. Oskar je i dalje morao da ode u šetnju, tako da sam odlučio da zamolim za prevoz do Portofina, i vratim se malo kasnije. Juče su posluživali piće pre ručka negde oko dvanaest i četrdeset pet, a ručali smo u jedan, tako da sam mislio da ću, ako se vratim do podneva, moći da razgovaram s kapetanicom, Martinom Grejom i Edgarom Bomontom, ne remeteći im ručak. A što se tiče mene, nakon sve hrane koju sam pojeo u poslednjih nekoliko dana, odlučio sam da se kasnije vratim u Portofino i pojedem jedan od onih sjajnih zalogaja u fokači, kakve smo Ana i ja jeli prvog dana, radije nego da se suočim s još jednom vrhunskom gozbom. Bio sam siguran da se Oskar ne bi složio sa mnom, ali osećao sam kako me kaiš pomalo steže oko struka i znao sam da će Ana to primetiti kad je sledeći put vidim.

Kad sam zatražio prevoz, govoreći kako želim da odem do kopna na pola sata, Kristofer je izneo koristan predlog. – Zašto ne biste uzeli jedan od ovih čamaca? Uskoro će ručak i neće biti potrebni narednih sat ili dva. Samo se pobrinite da ih ne ostavite na putanji trajekta. Iznerviraju se ako to uradite.

Gurnuo je jedan od gumenih čamaca u more i pokazao mi je kako da upalim motor. Mada mi je sve to bilo novo, nije bilo previše komplikovano i brzo sam ukapirao. Bilo je zanimljivo videti kako će Oskar reagovati kad se nađe u malom čamcu, znatno bliže vodi. Krenuo sam polako, dok je on stajao na pramcu, mašući repom, i pitao sam se da li da mu stavim povodac za slučaj da odluči da zapliva, kad se dogodilo neizbežno. Okrenuo se, pogledao me na tren, s radosnim psećim osmehom na dlakavom licu, i pre nego što sam mogao da mu zapretim prstom i kažem mu ne, skočio je u vodu.

Usporio sam čamac i okrenuo ga da budem uporedo sa Oskarom. Pokušaj da ga uvučem u čamac i ne pokvasim se pokazao se kao nemoguć, tako da sam na kraju samo polako plovio prema luci, dok je on srećno plivao kraj mene, povremeno frkćući i izgledajući kao foka. Bilo nam je potrebno gotovo deset minuta i bio sam siguran da će noćas dobro spavati. Palo mi je na pamet da je dobro što je

Kraljevska princeza usidrena blizu obale. Dobro je što nije izveo taj trik na mestu gde je jahta bila usidrena u subotu uveče. Čak i zdrav, mlad pas kao Oskar morao bi da pliva veoma dugo, i verovatno bi se iscrpeo pokušavajući da prepliva gotovo kilometar.

Odveo sam ga do kraja promenade, gde je bilo usidreno nekoliko ribarskih brodića i uspeo je da izađe iz vode bez mnogo teškoća hodajući starim kamenim navozom. Bilo je pomalo klizavo, sa zelenim algama ispod vode, ali dobro se snašao. Tražio sam neko mesto da privežem čamac, kad sam čuo neki glas s keja iznad.

– *Buogiorno*, komesare. – Bio je to policajac Solaro iz Obalske straže. Oskar ga je odmah prepoznao i krenuo ka njemu, mašući repom. Imao sam tek toliko vremena da upozorim Solara kako bi mogao da odskoči u stranu i izbegne da bude pokvašen kad je Oskar počeo žestoko da se otresa, prskajući toaletnu vodu „de labrador" na sve strane, srećom izbegavajući turiste u prolazu. Poslednje što mi je potrebno bio je račun za skupu haljinu koju je uništio moj pas pokušavajući da se osuši. Viknuo sam izvinjenje, ali mladi policajac mi se samo osmehnuo.

– Dobro sam, znam kakvi su psi. Ako tražite neko mesto da privežete čamac, tamo imate prsten. – Pokazao je prema velikom gvozdenom prstenu umetnutom u kamen na keju, i otplovio sam do tamo i vezao čamac. Izlaženje je bilo problematično, ali Solaro se vrlo ljubazno sagnuo i pružio mi ruku.

– Nisam znao da ste mornar, sinjor Armstrong.

– Zovite me Den. Svi me tako zovu. – Tužno sam se osmehnuo. – Siguran sam da vidite da nisam sjajan mornar, ali momci sa *Kraljevske princeze* su mi rekli da je upravljanje čamcem na naduvavanje prilično lako. Nažalost, zaboravili su da kažu Oskaru da mora da ostane u čamcu. – Rukovali smo se i pitao sam ga ima li nečeg novog u istrazi, ali, kako se ispostavilo, verovatno sam znao više nego on. Dao sam mu kratak pregled onog što se dogodilo dosad i pitao sam ga zašto nije otišao na drugi kraj zaliva da pregleda *Posejdon*. Sad je bio njegov red da se tužno osmehne.

– Lučki kapetan se vratio s putovanja u Južnoafričku Republiku sinoć i otišao je sa Sarom, mojom koleginicom, i oficirima

Karabinijera. Šef voli da bude uključen u uzbudljive događaje. – Pogledao je Oskara. – Vaš pas dobro pliva. Možda bi trebalo da ga prijavimo za *Miglio Blu*, trku Plava milja. Stotine ljudi učestvuje svake jeseni i pliva duž obale, između Portofina i Santa Margerite.

– Milja? To je predugo. Ne, mislim da mu je dosta dvestotinak metara, kao danas. Ne bih želeo da ga izgubim.

Izraz lica mu je postao ozbiljniji. – Poručnik izgleda misli da je ubica neko od ljudi sa *Kraljevske princeze*. Da li ste bliži saznanju ko je to?

Otišli smo do stare kamene klupe kraj zida, ispod litice na kojoj je Braunov zamak. Nije bilo nikog u blizini, tako da sam mu rekao šta sam dosad saznao.

– Nemam konkretan dokaz ni protiv koga, ali mislim da postoje četiri moguća motiva: ili je Van der Gruta ubila osoba koja je ukrala milione od televizijske kompanije – možda je ubica bio u dosluhu s Van der Grutom – ili ga je ubila neka besna televizijska zvezda koja je upravo otpuštena, ili ga je ubila glumica koju je primoravao na seks i više nije mogla da ga trpi. Četvrta mogućnost je manje verovatna, da je to uradio neko od računovođa kad je otkrio da je Van der Grut ukrao novac, i ubio ga je kako bi izbegao skandal. Međutim, mislim da to nije previše verovatno.

Paolo Solaro je klimnuo glavom. – A šta je s drugim ubistvom? Da li je član posade ubijen jer je previše znao?

Klimnuo sam glavom. – To je manje-više zaključak do koga smo došli. Poručnik je rekao da se taj čovek ranije bavio ucenjivanjem i iznuđivanjem, tako da smo prilično uvereni da je video nešto u subotu uveče i zatražio novac od ubice. Nažalost po njega, na kraju je ubijen.

– A šta je s glumicom koju ste pomenuli? Koja je ona? Predivna riđokosa ili seksi plavuša?

Nisam bio siguran da bi ti opisi Tamzin i Suzi mogli da uđu u zvaničan izveštaj, ali bili su nesumnjivo tačni. Osmehnuo sam mu se. – Suzi Apton, plavuša. Nisam siguran da verujem kako je ona ubica ili, uistinu, da je spavala sa šefom zbog unapređenja. Koliko vidim, to je možda priča koju je širio jedan od glavnih sumnjivaca, Martin Grej. Ne znam da li ga se sećate.

Solaro je klimnuo glavom. – Blebetavac ljigavog osmeha. Da, sećam se kako sam mislio da je davež kad smo razgovarali s njim. Nisam siguran da ga vidim kao ubicu, ali moram da priznam, nije mi se svideo. – Pogledao me je u oči i rekao pre mene: – I da, znam da zbog toga nije ubica, ali bilo je nečeg neiskrenog u vezi s njim.

– I ja mislim isto. Izgleda da su on i prva žrtva bili pijani i vrlo ljuti u subotu uveče, tako da je to možda dovelo do ubistva. Bez dokaza, ko zna...

– A vaš drugi sumnjivac, za koga ste rekli da je petljao s novcem. Da li je to Švarcenegerov dvojnik, ili onaj drugi tip, Edgar, s francuskim prezimenom?

Bio sam zadivljen što je mladi policajac uspeo da se seti ljudi s jahte bez konsultovanja beležnice i osmehnuo sam mu se dok sam odgovarao.

– To je taj: stariji, Edgar Bomont. Trenutno prolazi kroz gadan razvod i svi mi govore kako mu je očajnički potreban novac. To bi mogao da bude motiv za proneveru i ubio je Van der Gruta kad je ovaj saznao. Poručnik je rekao da su jutros uzimali otiske prstiju i uzorke DNK. Nikad se ne zna, možda nam se posreći. Ko god da je ubio Hajnriha Šilera, člana posade, bio je dovoljno nepažljiv da ostavi oružje ubistva u telu. Bilo bi sjajno i da je ostavio otiske prstiju, kako bi vaši forenzičari mogli da pronađu poklapanje. – Pogledao sam na sat. – Dobro, idem samo u kratku šetnju sa Oskarom, a onda moram da se vratim na jahtu da ispitam Martina Greja. Poželite mi sreću.

21.

Utorak ujutro

Oskar i ja smo se prošetali prepunim ulicama i uzbrdo, pored kasarne Karabinijera, gde maršal Veroneze prvi put nije bio na terasi... bez sumnje je bio na drugoj strani zaliva kod *Posejdona*. Čim smo se odmakli od mora, gužva se proredila i uski put je vrlo brzo stigao do kraja, a još uža staza se nastavila uzbrdo. Bilo je vrlo prijatno u šumi, iako nije bilo prostora da se Oskar istrči, ali makar je imao zadovoljstvo da označi gotovo svako drvo i stub na koji smo naišli, i tako stavi do znanja ostalim psima da je preuzeo kontrolu nad čitavim naseljem. Dok smo se šetali, pozvao sam Anu i javila se u trenutku kad je voz ulazio u Firencu. Nije mogla da razgovara, tako da sam joj samo rekao da sve ide dobro i da ću je pozvati uveče. Zvučala je prilično zadovoljno i sa olakšanjem sam se vratio poslu i krenuo prema luci.

U gumenom čamcu sam čvrsto držao Oskarov povodac. Gotovo se potpuno osušio na vrelom julskom suncu, ali nisam želeo da skoči u more i ponovo se pokvasi. Plovidba do jahte, između brojnih usidrenih brodova, trajala je svega tri ili četiri minuta, mada sam se na trenutak zabrinuo kad se trajekt pojavio tačno ispred mene, izgledajući ogromno iz moje pozicije. Srećom, uspeo sam da ga izbegnem i udaljim se od njega, i ostatak kratke plovidbe bio je nezanimljiv. Pogled ka Portofinu iza, s bledožutim, narandžastim i ružičastim kućama koje se ocrtavaju ispred guste zelene šume na okolnim brdima bio je divan. Šteta zbog gužve... i dva ubistva.

Zatekao sam Martina Greja kraj bazena, kako odlučno i spretno pliva kraul protiv struje koju je stvarala mlaznica u bazenu. Čekao sam nekoliko minuta dok nije prestao da pliva i primetio me. Izraz na licu nije mu bio baš najljubazniji, ali doplivao je do meredevina i izašao.

– Dobro jutro, glavni inspektore.

– Dobro jutro, gospodine Grej, i sad sam bivši glavni inspektor. Pitao sam se da li bismo mogli da razgovaramo nasamo.

U deliću sekunde, video sam nešto nalik na nesigurnost na njegovom licu, pre nego što se pojavio taj ljigavi osmeh koji je primetio policajac Solaro. Pogledao je oko sebe i pokazao na dve ležaljke na drugom kraju bazena. – Izgleda da smo trenutno sami ovde, pa kako bi bilo da odemo tamo?

Krenuo sam za njim i obojica smo seli na sunce, a Oskar je legao u hlad mog tela, što dalje od Greja, koji se zavalio i uputio mi širok osmeh koji je izgledao gotovo iskreno. – Kako mogu da vam pomognem?

Odlučio sam da trenutno zaboravim na sumnje. – Poručnik Bertoleti je morao da ode. Došlo je do potencijalno značajnog događaja koji bi mogao da dovede do hapšenja ubice Džeroma van der Gruta. U međuvremenu, zamolio me je da razgovaram s nekim ljudima na jahti. Nemam mnogo pitanja, tako da vam neću oduzeti previše vremena.

Osmeh mu je ostao na licu dok je klimao glavom. – Samo izvolite. Rado ću vam pomoći ako mogu. – Izgledao je i zvučao veselo, no naravno, on je čitavu karijeru napravio izgledajući tako pa to nije moralo ništa da znači, ali možda sam, rekoh sebi, previše ciničan. Bivša žena me je često optuživala za to, i verovatno je bila u pravu. Trudeći se iz sve snage da obuzdam nepoverenje, nastavio sam da ga ispitujem.

– Jeste li čuli da istražujem nestanak znatne svote novca s kompanijskih računa?

– Da, jesam, ali sumnjam da mogu da vam pomognem. Nažalost, grozan sam s brojkama. – Uputio mi je osmeh koji bi se mogao opisati kao drzak. – Samo znam da imam po šest prstiju na svakoj šaci, ali moje znanje matematike tu prestaje.

Osmehnuo sam se. – Ne brinite, siguran sam da niste uključeni u nešto takvo. Osim toga, samo ograničen broj ljudi ima pristup korisničkim nalozima i lozinkama. Pitao sam se možete li da se setite nekog u računovodstvenom ili nekom drugom odeljenju u kompaniji kome je možda hitno bio potreban novac. Sve što mi kažete ostaće u najstrožem poverenju.

Razmišljao je pre nego što je odgovorio i, na početku, ponovio je ono što su mi rekli ostali. – Nažalost, siroti Edgar trenutno prolazi kroz pakao s razvodom, i izgleda da advokati njegove supruge pokušavaju da mu uzmu sve što ima. Rekao bih da bi mu bilo milo da se dokopa dodatnog novca, ali nisam siguran da ga vidim kao lopova. – Na trenutak me je pogledao u oči. – Ali kinta je kinta, zar ne? Kako se ono kaže... „Novac ne kupuje sreću, ali čini nesreću podnošljivijom?“ Ko zna, možda je zavukao prste u kasu.

– Još neko?

– Jedina druga osoba je Suzi. Rasipa novac na sve strane, i izgleda da svakog dana ima drugu odeću. A ne govorim o jeftinim krpicama. Ako nema čuvenu etiketu, gospođa Apton nije zainteresovana.

S obzirom na to da sam video odeću koju *on* nosi i činjenicu da su njegove kupaće gaće imale *barberi* logo napred, imao sam osećaj da se rugala šerpa loncu, ali ipak sam nastavio. – Mislite li da bi Suzi mogla da bude zainteresovana za novac?

– Sigurno. Izgleda da se baca na svakog milionera koga upoznamo. Nedavno sam čuo da je obradila ceo fudbalski tim *Mančester junajteda*. Čuo sam da su se svi lepo proveli s njom. – Čak i da nisam bio upozoren da je sklon blaćenju koleginice, bezobrazan ton njegovog glasa bio je jasna naznaka ljubomore. A ljubomora, kako sam naučio nakon trideset godina u policiji, zna da bude jak motiv za ubistvo.

– Hvala vam. Preneću to poručniku. Druga stvar za koju mi je rekao da vas pitam jeste ono što se dogodilo u subotu uveče, neposredno pre nego što je Van der Grut ubijen. Verujem da ste se vas dvojica posvađali.

Ovoga puta je ljigavi osmeh nestao. – Nije to bila svađa nego pravo mrcvarenje. Da li vam je poznat izraz „preki sud“, gospodine Armstrong? U mom slučaju, to je bilo javno poni21avanje pred kolegama. Čim se vratimo u Veliku Britaniju, nameravam da razgovaram sa svojim advokatom o tom potpuno neprihvatljivom i potcenjivačkom ponašanju. Matori bednik! Da li verujete da je Džerom imao petlju da me optuži da sam odao kompanijske tajne drugoj televizijskoj kući, i zatim me je otpustio? – Mrko me je pogledao i na trenutak sam video žešćeg Martina Greja, ispod vesele profesionalne fasade. – Da otpusti mene? Mene, prepoznatljivo i omiljeno lice kompanije? Naravno da mi je žao što je Džerom mrtav, ali mislim da je taj matori odlepio. – Ponovo me je pogledao u oči. – Da li je poručnik potpuno siguran da to nije bilo samoubistvo? To me ne bi iznenadilo.

Uprkos tome što se bunio, stekao sam jak utisak da ga smrt generalnog direktora nije ni najmanje rastužila. Ignorišući činjenicu da je opisao žrtvu – tek nekoliko godina stariju od mene – kao „staru", odlučio sam da nastavim da se pravim nevešt. – Stvarno ne znam činjenice. Sigurno je da to smatraju ubistvom. Kažite mi, da li je istina da je Džerom van der Grut želeo da dâ vaš posao Suzi Apton?

Njegovo savršeno preplanulo lice iznenada je postalo nezdravo crveno. – Kao da bi ona mogla da postane voditelj najisplativijeg kviza na britanskoj televiziji! Kakva smejurija! Kao što rekoh, mislim da je Džerom odlepio. U poslednje vreme mu zdravlje nije bilo sjajno, tako da možda nešto nije bilo u redu s njegovim mozgom. – Onda je izbacio bujicu živopisnih psovki koje ne bih ponavljao, da naglasi tvrdnju kako je Van der Grut bio lud, i čak ga je i Oskar zaprepašćeno pogledao.

– Dakle, nije istina da ste pričali s drugim televizijskim kompanijama?

– Razgovaram s mnogim ljudima i imam gomilu prijatelja, vrlo dobrih, u brojnim medijskim kompanijama. – Udario je pesnicom u sto da naglasi to. – Da li je Džerom stvarno pokušavao da mi kaže kako ne mogu da biram prijatelje, jebote? – Njegov bes je bio vrlo vidljiv, i mogao sam da zamislim kako je preterivanje sa alkoholom moglo da dovede do fizičkog napada u subotu uveče, mada mi je ubistvo i dalje izgledalo kao preterana reakcija čak i za narcisa kao što je Martin Grej.

– Vratimo se na trenutak na Suzi Apton, šta mislite o glasini da je spavala s Džeromom van der Grutom kako bi napredovala u kompaniji?

Bilo je zanimljivo što nije nimalo razmišljao o tome, kao kad mu je poručnik postavio isto pitanje, ali možda je to bilo jer je bio vidno besan. – Naravno da jeste, svi su to mogli da vide, ta droljica! Kako bi inače toliko napredovala? Zato je želeo da joj dâ moj posao. Ta bedna mala... – Spisak psovki koje je uputio Suzi zaprepastio bi i kočijaša, i osećao sam strast – bez sumnje neuzvraćenu – ispod površine. Neuzvraćena strast može da bude moćan motiv.

– Dok ga neko nije ubio. – Namerno sam koristio zlokobniji ton i nakon nekoliko trenutaka, novi izraz mu se pojavio na licu. Ovoga puta je to bila više nesigurnost nego bes, i video sam kako pokušava da umanji štetu... iskreno, izuzetno rečito.

– Da, u pravu ste, kao što sam rekao, to je vrlo tužno. – Nije zvučao tako. – Posebno je tužno za mene, jer sam želeo zadovoljstvo da ga dovučem pred tribunal za rešavanje radnih sporova, zbog sramnog postupanja prema meni. – Pogledao me je, sa izrazom krajnje iskrenosti na licu, gledajući me pravo u oči. – Ubistvo je užasna stvar. – Čekao sam na još jednu turu psovki, ali ovoga puta sam uzalud čekao.

Možda je bio dobar komičar i uspešan voditelj kvizova, ali kao glumcu mu je nedostajala iskrenost. Primećujući taj nedostatak saosećanja prema ubijenom poslodavcu, klimnuo sam glavom. – Sigurno jeste. – Ustao sam, a Oskar je odmah uradio isto. – Bilo kako bilo, hvala vam na vremenu. Moram da idem da porazgovaram s kapetanicom. Izvinite što sam vas omeo u vežbanju.

Velikodušno mi se osmehnuo – možda i s malo olakšanja – i spretno je skočio u bazen.

Dok sam se peo stepenicama ka komandnom mostu, razmišljao sam o razgovoru s Grejom. Jedno je bilo sigurno: njegov izbor reči značio je da nikad ne bi postao član Oksfordskog debatnog kluba, ali ono važnije, bilo mi je zanimljivo što je, kad sam ga pitao, spremno uperio prst u Edgara Bomonta i Suzi Apton. Da li je to bilo samo zbog antipatije prema njima ili da bi uklonio sumnju sa sebe, ostalo je da se vidi. Sigurno je, na osnovu onog što mi je rekao, osećao je jak i trajan prezir prema žrtvi. Dovoljno jak da pribegne ubistvu?

Zatekao sam kapetanicu na mostu, zadubljenu u razgovor s muškarcem u otmenoj beloj košulji, sa zlatnim širitima na epoletama. Tamzin mi je juče rekla da je to prvi oficir, neka vrsta zamenika kapetana, ali nisam razgovarao s njim. Bio je ne mnogo stariji od moje ćerke, imao je oko trideset pet godina, i pogledao je Oskara i mene kad smo ušli. Pošto ih je moj dolazak prekinuo u razgovoru, brzo sam se izvinio. – Žao mi je ako sam stigao u nezgodno vreme. Mogu da se vratim kasnije. Nije mi problem.

Kapetanica me je pozvala i svi smo se rukovali. – Nipošto. Da li poznajete Timotija, mog prvog oficira? Upravo smo razgovarali kako ćemo morati da promenimo plan krstarenja, zbog činjenice da smo danima ostali ovde. Da li znate kad će nas karabinijeri pustiti da odemo?

Odmahnuo sam glavom. – Žao mi je, ali ne znam. Znam da je poručnik otišao do brodogradilišta u Lavanji, u nadi da će otkriti nešto što bi mu pomoglo da reši ovaj slučaj. Verovatno će se vratiti ovde kasnije, pa možete da ga pitate.

– Hvala, hoću. Kako sad mogu da vam pomognem?

– To ima veze sa ubistvom Hajnriha Šilera. Čuo sam glasine da ste ranije morali da razgovarate s njim zbog preteranog zbližavanja, ili nečeg drugog, s putnicima na prethodnim krstarenjima. Da li je to istina?

Klimnula je glavom. – Jeste, nažalost. Rik nam nije bio sjajno rešenje. Poslali su mi ga iz sedišta kompanije u Đenovi kad nam je očajnički trebao neko da popuni upražnjeno mesto, ali otad mu tražim zamenu. Osim što se nezdravo interesovao za naše gošće, nedavno sam čula ozbiljnije optužbe o mogućoj krađi. – Pogledala me je u oči na tren. – Zgrožena sam što je ubijen, ali ne bi me iznenadilo da to nije nasumično ubistvo.

– U kom smislu? – Mada sam imao prilično dobru ideju šta će reći.

– Ne znam da li je bio u vezi s nekom od gošći koje su trenutno na *Kraljevskoj princezi*, ali ne bi me iznenadilo da je bio s jednom od njih, a to je moglo da izazove ljubomoru ili nešto gore.

– Ali ne znate s kim je mogao da bude u vezi?

Ovog puta je odgovorio prvi oficir. – Jedna od spremačica je pomenula nešto jutros, ali pošto je Rik sad mrtav, nisam obratio pažnju. Mislim da je kazala kako ga je videla blizu smeštaja za goste.

Odmah sam se nadovezao na to što je rekao. – Hvala vam, i ja sam čuo te glasine. Verujem da moram da porazgovaram sa izvesnom Megi. Da li je tako?

Prvi oficir je klimnuo glavom. – Megi je s nama nekoliko godina, i zna više o događanjima na brodu od svih ostalih. U ovo doba dana verovatno ćete je pronaći u kuhinji ili salonu, obavlja pripreme za ručak.

22.

Utorak, kasno ujutro

Pronašao sam Megi u salonu, gde je vešto savijala sveže oprane salvete u oblik ribe. Imala je četrdeset i nešto godina i prijateljsko lice. Bila je odevena u uobičajenu plavu majicu s kragnom i šorts, kao ostali članovi posade, i odmah sam uočio bedž s njenim imenom. Prišao sam joj i prijateljski se osmehnuo. Oskar je takođe dokasao do nje i gurnuo joj golo koleno njuškom, a onda je prestala da radi i osmehnula nam se.

– Zdravo. Vi sarađujete s policijom, zar ne?

Nisam joj objasnio tačno svoju ulogu ovde. – Zovem se Den Armstrong. Pitam se da li mogu nakratko da razgovaram s vama. O članu posade koji je ubijen sinoć. – Klimnula je glavom i pogledao sam oko sebe. Zasad smo bili sami u salonu i prešao sam odmah na stvar. – Razgovarao sam s prvim oficirom i rekao je da ste jutros pomenuli nešto o tome kako ste videli Rika Šilera blizu soba u kojima su gosti. Da li je to tačno?

Klimnula je glavom. – Jeste, to je bilo juče ujutro, negde posle deset. Iznenadila sam se iz dva razloga: prvo, članovi posade ne bi trebalo da dolaze u sobe gostiju i, drugo, pošto je bio dežurni prethodne večeri, očekivala sam da bude u krevetu, da bi se naspavao.

– Imala je divan, melodičan velški naglasak.

– Možete li da mi kažete je li razgovarao s nekim, ili mislite da je posećivao nekog od gostiju u kabini?

– Ne mogu, nažalost. Samo mogu da vam kažem da je bio na kraju hodnika, a gostiju nije bilo u blizini. Čim me je video, projurio je kraj mene i nestao. Nije mi se obratio i videla sam da zna kako ne bi smeo da bude tu. Ako je posećivao nekoga u jednoj od kabina, pretpostavljam da je to bila jedna od poslednje dve: to je ili *Morska pena* na levoj strani broda ili *Visoka plima* na desnoj. – Kad je videla izraz na mom licu, objasnila je. – Kompanija misli da je romantičnije da kabine nemaju samo brojeve, ali ta otmena imena izazivaju svakakve zabune.

Odustao sam od pokušaja da zamislim koja je strana broda leva a koja desna, i postavio sam joj još nekoliko pitanja, ali ubrzo je postalo jasno da je to bilo sve što je videla, tako da sam joj se zahvalio i ostavio je da slaže salvete. Kratak boravak u ekonomovoj kancelariji omogućio mi je da saznam imena putnika u dve kabine na kraju hodnika, i ispostavilo se da pripadaju Suzi Apton i Martinu Greju. To je, rekao sam sebi, potencijalno značajno. Bilo mi je potrebno vreme da razmislim pre nego što predam izveštaj Edgaru Bomontu, tako da smo Oskar i ja otišli do bazena i videli da tamo nema nikog. Verovatno ljudi nisu bili raspoloženi za plivanje, ili su se vratili u kabine da se spreme za ručak.

Mahnuo sam Oskaru prstom, upozoravajući ga da, ni pod kakvim okolnostima ne ode na plivanje, i on je nevoljno legao kraj mene, kad sam seo za jedan sto u hladu. Manje od minut kasnije, pojavila se konobarica i pitala me da li želim piće. Rado sam naručio espreso i pitao je može li da donese posudu vode za Oskara. Dok sam čekao da nam donese piće, razmišljao sam o onom što sam saznao. Ako je naša teorija o uceni tačna, koje je od dvoje komičara Šiler posećivao? Ako je bio ucenjivač i posetio Martina Greja, pretpostavljam da je to bilo u vezi sa ubistvom Džeroma van der Gruta. Ako je Šiler posećivao Suzi Apton, to je moglo da bude iz istog razloga, ili je bilo nešto tako jednostavno kao što je seks sa zgodnom glumicom. Iako je Suzi rekla da Šiler nije njen tip, Luiz je kazala da nije svetica.

U razmišljanju me je prekinuo povratak konobarice sa ne samo mojom kafom i posudom vode za Oskara nego i s keksićima za njega. Pre nego što mu ih je dala, pitala je da li je to u redu, i kunem se da sam ga video kako klima glavom. Kad se radi o hrani, moj labrador je vrlo pronicljiv.

Manje od minut nakon što je otišla, pridružila nam se poznata figura Nila Vona.

– Dobar dan, gospodine Armstrong, mogu li da vam se pridružim? Pomerio sam stolicu i on je seo naspram mene. Pogledao je oko sebe pre nego što se nagnuo ka meni dok nam se tela nisu gotovo dodirivala. A onda je progovorio šapatom. – Zanimalo me je kako napreduje istraga. Jeste li saznali nešto?

Odlučio sam da nemam šta da izgubim ako budem iskren prema njemu. – Bez dokaza to je gotovo nemoguće, ali mislim da mi unutrašnji osećaj govori kako je osoba koja je proneverila novac ili Džerom van der Grut ili Edgar Bomont.

Klimnuo je dvaput glavom, i onda se nagnuo još bliže meni. Glas mu je bio tako tih da sam jedva čuo to što je rekao. – Mislim da sam pronašao nešto što bi moglo da vam pomogne. U stvari, znam da jesam. – Reagujući na moju vidnu radoznalost, objasnio je. – Pregledao sam sve sumnjive bankarske transfere u poslednjih dvanaest meseci, i u svakom slučaju nema sumnje da ih je potpisao Edgar, ne Džerom, a sigurno ne Adam ili Luiz.

Udobnije sam seo i popio gutljaj kafe. Svi su izgledi bili da smo pronašli lopova. Pitanje je bilo da li je Edgar Bomont i *ubica*.

Dalji razgovor je prekinulo narandžasto plovilo koje je jurilo preko vode ka nama, ostavljajući dugačku belu brazdu iza. Odmah sam prepoznao gliser Obalske straže i kad se približio, video sam poručnika Gvida Bertoletija kako stoji u kokpitu s maršalom Veronezeom kraj sebe. Brod je usporio kad je stigao do *Kraljevske princeze* i nestao je ispod nas da bi pristao pored palube s bazenom. Minut kasnije, čuo se zvuk koraka na stepenicama i oba oficira karabinijera su se pojavila u pratnji kapetana Obalske straže i još jednog oficira. Na osnovu osmeha na njihovim licima, bilo je jasno da stvari idu dobro, i jedva sam čekao da čujem koliko dobro.

– Jeste li uhvatili krijumčare oružja?

Gvido je prišao i seo kraj mene. Nil Von je, shvatajući da je to policijski posao, skočio na noge i učtivo nestao na stepenicama koje vode ka salonu. Drugi oficiri su seli, a Gvido mi je preneo vesti.

– Gem, set i meč. Kakvi amateri! Ne samo što smo pronašli dva tovarna lista u kanti za otpatke na brodu i jasan dokaz da su sanduci sa oružjem bili u tovarnom prostoru, otkrili smo dvojicu muškaraca u hotelu u Lavanji, gde su se sunčali kraj bazena. I još bolje od toga, kad je menadžer hotela otvorio sef u njihovoj sobi, pronašli smo sto pedeset hiljada evra u kešu. – Sad je već blistao od zadovoljstva. – Uhapsili smo ih i, nadam se da ćemo, pomoću dokumentacije, uspeti da uhvatimo čitavu bandu.

– A šta je sa ubistvom Džeroma van der Gruta? Šta su rekli o njemu?

Osmeh mu je nestao. – Ništa, baš ništa. Baš kao Mario Fortunato, poriču da su ga videli i odlučno poriču da su ikog ubili. A šta se događalo ovde? Jeste li saznali nešto o proneveri?

Prepričao sam ukratko ono što sam saznao od Nila Vona i poručnik se ponovo osmehnuo. – Sjajno. Bomont ukrade novac i onda, kad šef sazna, Bomont ubije šefa i zatim člana posade koji ga je video da to radi. Možda smo razbili lanac krijumčarenja oružja i rešili dvostruko ubistvo tokom istog popodneva. Mislim da bi trebalo da odemo i popričamo ozbiljno s gospodinom Bomontom, a vi?

– Sigurno to mislim i, ako vam ne smeta, voleo bih da prisustvujem razgovoru.

– Naravno, Dene. I pitajte šta god i koliko god želite.

– Mnogo vam hvala, ali pre nego što uradimo to, moram da vam ispričam šta sam saznao o drugo dvoje sumnjivaca.

Ispričao sam mu kako je Martin Grej priznao koliko je bio ljut u subotu uveče nakon što je praktično otpušten i kako je optužio Suzi Apton zbog skupe odeće, i da je sigurno verovao da su ona i Van der Grut bili u vezi. Nagovestio sam da je ta veza postala problematična do te mere da je ona odlučila da počini ubistvo, mada i dalje nisam mogao da zamislim Suzi kao ubicu. Gvido je pažljivo slušao pre nego što je rekao svoje mišljenje.

– Da vidimo šta će Bomont reći kad mu prenesemo informaciju kako verujemo da je on odgovoran za krađu miliona. Ako i dalje nastavi da poriče ubistvo ijedne žrtve, i poverujemo mu, onda izgleda da imamo dva jaka kandidata za Van der Grutovog ubicu. Bravo, Dene.

Pozvao sam konobaricu i pitao je da li zna gde je Edgar Bomont. Odgovorila je da sedi u salonu i pije viski. Način na koji je to rekla odavao je utisak da to nije retka pojava. Umesto da svi odemo gore, Gvido i ja smo ostavili ostale oficire za stolom i otišli smo da razgovaramo s Bomontom. Kad smo mu rekli kako želimo da razgovaramo s njim nasamo, ispraznio je čašu i odveo nas ponovo u svoju kabinu. Odmah je krenuo prema poslužavniku s pićima i sipao sebi još jednu izdašnu čašu viskija, pre nego što je seo naspram nas i pitao nas kako može da nam pomogne. Gvido nije okolišao.

– Edgare Bomonte, sad imam dokaz da ste oštetili svoju kompaniju za iznos od preko dva miliona funti i bićete optuženi za to. – Ignorišući zaprepašćeni izraz na Bomontovom licu, poručnik je nastavio podjednako oštro. – Sad mislim da je vaš šef otkrio vaš zločin i, da biste ga sprečili da ode u policiju, ubili ste ga a zatim ubili Hajriha Šilera, jednog od članova posade ove jahte, koji je pretio da će vas prijaviti.

Nije mu postavio pitanje. Nije ni morao. Dok je govorio, boja je nestala s Bomontovog lica i video sam ga kako je popio punu čašu viskija u dva gutljaja. Ćutao je gotovo dva minuta pre nego što je povratio moć govora.

– Kažete da imate dokaz da sam proneverio novac?

Poručnik je klimnuo glavom. – Da, i neoboriv je.

Mislio sam da je to preterivanje u odnosu na ono što je Von rekao, ali Bomont je to prihvatio zdravo za gotovo. Čežnjivo je pogledao svoju praznu čašu, pre nego što ju je spustio na stočić ispred sebe i spojio šake gotovo kao da se moli. Video sam kako duboko udiše pre nego što je progovorio, promuklim glasom, sav snužden.

– Bojao sam se ovog otkako je Džerom ubijen. Da, istina je da sam ukrao novac i, kao što sam rekao Džeromu, istinski se stidim zbog onog što sam uradio. Nisam razmišljao kako treba. Imao sam novčane probleme, velike, i to je bilo jedino rešenje koje sam tad mogao da smislim.

Zastao je da udahne i ponovio sam nešto što je upravo rekao. – Kazali ste Džeromu van der Grutu da se stidite što ste ukrali taj novac? Kad je to bilo?

Odgovorio je bez razmišljanja, i dalje gledajući praznu čašu. – Krajem aprila, kad me je pitao za to. Imao je odštampan izveštaj o svim transferima i obojica smo znali da me je saterao u ćošak. – Podigao je glavu i video sam da su mu oči crvene. – Ljudi nisu voleli Džeroma, ali bio je dobar i velikodušan čovek. Rekao mi je da, ako vratim novac, neće obavestiti vlasti, i mogao sam da odem u prevremenu penziju, a da niko ne sazna za to.

Setivši se šta mi je rekao Gospodin Mišićavi, doveo sam to u pitanje. – Koliko ja razumem, nikad niste vratili taj novac. Sigurno se ne pojavljuje na izvodima iz banke.

– To je bila Džeromova ideja, da se ne bi saznalo da sam ja uradio to. Otvorio je poseban račun i uplaćivao sam na njega poslednja tri meseca, postepeno prodajući nekretnine ili dižući hipoteke. Mogu da vam dam broj računa; u istoj je banci. Samo da se zna, na tom računu se trenutno nalazi milion i po funti. Obećao sam mu da ću do kraja godine vratiti sve, i hoću.

– Siguran sam da shvatate, gospodine Bomont, kako to dokazuje da ste imali jak motiv za ubistvo. – Poručnik je i dalje zvučao agresivno, mada sam stekao utisak da Bomont govori istinu. – Do pre minut, imali ste utisak da ste samo vi i Džerom van der Grut znali da ste lopov. – Video sam kako se Bomont trza kad je čuo poslednju reč u toj rečenici, a kad je Gvido nastavio, njegov već žalostan izraz lica postao je još sumorniji. – Koji je bolji način da se otarasite tereta vraćanja tolikog novca nego da ubijete jedinu osobu koja je znala šta ste uradili?

– Ne, ne, to je nemoguće. Priznajem da sam uzeo novac i rekao sam vam da ću ga vratiti, ali nema šanse da bih ikad ubio nekog. – Odmahnuo je glavom tako žestoko, da se sto ispred njega zatresao. – Preklinjem vas da mi verujete. Nisam i ne bih mogao da budem ubica.

23.

Utorak, u vreme ručka

Poručnik i ja smo ostavili Bomonta da pije viski i krenuli napolje, tražeći neko mesto gde možemo da razgovaramo nasamo. Pronašli smo ga na gornjoj palubi. Nikad ranije nisam bio na terasi za sunčanje i video sam da se nalazi na krovu komandnog mosta, s pogledom koji se pruža nadaleko na sve strane. Odatle smo mogli da gledamo jedan ribarski brod koji je polako prolazio kraj nas i mnogo zamki za rakove i mreža raširenih oko njega. Zanimljivije je bilo ono što mi je Gvido pokazao, a za šta sam pretpostavio da je brazda koja ostaje iza broda, ali se uskoro pokazalo da je to šest delfina, koji su pratili ribare ka otvorenom moru. Bio je to idiličan prizor i kontrast spram vladanja vrednog osude na *Kraljevskoj princezi* bio je još oštriji. Gvido je izgleda slično razmišljao.

– Zašto ljudi ne mogu da uživaju u životu takvom kakav je, bez krađe i ubijanja, nikad neću saznati. – Okrenuo se ka meni. – Šta mislite o gospodinu Bomontu? Zvučalo mi je kao da govori istinu.

Klimnuo sam glavom. – Pod pretpostavkom da postoji taj tajni račun na koji je uplaćivao novac, a Nil Von će lako moći to da proveri, mislim da moramo da prihvatimo njegovu priču o proneveri i dogovoru s Van der Grutom o vraćanju novca. A što se tiče njegovog učešća u ubistvu, kao i vi, sklon sam da mu poverujem i u vezi s tim. Naravno, da je nameravao da ubije Van der Gruta, uradio bi to u aprilu, kad je pronevera otkrivena. Nema alibi za subotu uveče ili, opet, za sinoć, ali nemaju ga ni mnogi drugi gosti. Naravno, ako on nije naš ubica, ko je onda?

Pre nego što je Gvido stigao da odgovori, telefon je počeo da mu zvoni i obavio je kratak razgovor pre nego što se okrenuo prema meni s pobedonosnim izrazom na licu. – Zvali su iz laboratorije. Pronašli su poklapanje s delimičnim otiscima na dršci noža pronađenog u Šilerovom srcu. Hoćete li da pogađate?

Klimnuo sam glavom, sa izvesnom dozom samouverenosti i ponudio svoje mišljenje o krivcu. – Martin Grej. Jesam li u pravu?

Na moje veliko iznenađenje, odmahnuo je glavom. – Ne, izgleda da ti otisci prstiju pripadaju Suzi Apton.

– Suzi Apton, stvarno? – Uprkos sumnjama, to me je ipak iznenadilo.

– Da, stvarno, Dene, imamo našeg ubicu! Mislim da je spavala sa šefom zbog karijere neko vreme, i onda joj je dozlogrdilo i više nije mogla to da podnese. Ubila je Van der Gruta u subotu, a kad je Šiler počeo da je ucenjuje, ubila je i njega sinoć.

Blistao je zbog uspeha, i nisam mogao da ga krivim. Napokon, uspeo je da reši slučaj krijumčarenja oružja i dvostruko ubistvo za iznenađujuće kratko vreme. A možda i nije? Problem je bio u tome što mi je još bilo teško da poverujem da je Suzi ubica, ali dokazi o otiscima prstiju sigurno su bili uverljivi. Klimnuo sam glavom dvaput, pre nego što sam ga upozorio.

– To su sjajne vesti, ali i dalje nemamo odgovor na pitanje kako je uspela da ga ubije, baci telo i čamac blizu obale, i onda se vrati na *Kraljevsku princezu* a da je niko nije video niti čuo. Koliko je Obalska straža sigurna u to s morskim strujama? Zar ne postoji mogućnost da je ubistvo počinjeno ovde na jahti, a možda je vetar odgurao telo i čamac do obale pored Portofina?

Odmahnuo je glavom, ali se ponovo pobedonosno osmehnuo. – Ne, upravo sam razgovarao o tome s lučkim kapetanom, nakon što se vratio iz Južnoafričke Republike, i potvrdio mi je ono što su ostali rekli. Da, ubistvo se možda odigralo na brodu, ali s obzirom na to da je u subotu uveče jahta bila usidrena znatno dalje, nema sumnje da su telo i čamac mogli da završe tamo gde su pronađeni samo ako su ostavljeni znatno bliže. Mora da je Suzi Apton iskoristila priliku da mu ponudi da ode u luku s njim, a usput ga je ubila.

A za to kako se vratila nazad, mislim da smo uspeli da pronađemo odgovor na to pitanje.

– Stvarno?

– Plivala je nazad.

Kad je video izraz na mom licu, počeo je da mi objašnjava i potvrdio je utisak koji sam stekao o njemu kao sjajnom i temeljnom detektivu. – Rekao sam mojim ljudima da provere društvene mreže naših glavnih sumnjivaca, i otkrili su niz fotografija na *Instagram* profilu Suzi Apton, sa učešća u brojnim plivačkim trkama na otvorenom moru. Jedna od njih je bila trka od tri kilometra oko nekog velškog ostrva neizgovorivog imena. U poređenju s tim, sedamsto-osamsto metara u našem lepom, toplom Ligurskom moru mora biti lako nekome kao što je ona.

U mislima sam prekorio sebe. Naravno da sam pročitao kako joj je plivanje jedan od hobija, i nisam se setio da proverim da li pliva u bazenu ili moru. Dakle, izgledalo je kao da smo stvarno uhvatili ubicu, mada mi je i dalje bilo teško da poverujem u to.

Ponovo smo se brzo popeli stepenicama do mesta na kojem su maršal Veroneze i kapetan čekali, i preneli smo im vesti, što je svima izazvalo osmehe. Nakon toga, sve se dogodilo vrlo brzo. Tri policajca su otišla u unutrašnjost jahte da pronađu i uhapse ubicu, dok sam ja ostao napolju sa Oskarom, ipak – uprkos dokazima – ne potpuno uveren u njenu krivicu. Nekoliko minuta kasnije, Suzi je izvedena s lisicama na rukama – mada sam mislio da je to pomalo preterano – i grupa je krenula ka čamcu Obalske straže usidrenom kraj krme *Kraljevske princeze*. Dok je prolazila, Oskar je ustao i mahnuo repom, a ona me je na trenutak pogledala u oči, s mešavinom neverice i straha.

– Dene, morate da mi pomognete. Optužili su me za ubistvo, dva ubistva. Nisam to uradila. Morate da mi verujete. Nisam uradila ništa od toga. – Pre nego što je stigla da kaže još nešto, grupica je nestala iz vidokruga i otišla niza stepenice, a manje od minut kasnije video sam narandžasti čamac Obalske straže kako se udaljava i ide prema obali.

Još sam gledao čamac koji ulazi u luku, kad sam imao dva iznenadna posetioca. To su bila dvojica komičara, Dag Kingsli i Bili

Vebster. Kingsli se očigledno obrijao i istуширao otkad sam ga poslednji put video i na sebi je imao čistu majicu, s fotografijom kralja Čarlsa, s besmisleno velikim ušima i pobedonosno podignutim pesnicama. Ispod je pisalo *KONAČNO!* Njegov krupni pratilac još je bio odeven u majicu od sinoć, ali izgledao je znatno življe nego pre. Nosili su tri krigle piva i zapitao sam se, po ko zna koji put, da li je to bilo pivo iz boce ili su na jahti imali pivo na točenje. Imao sam osećaj da, na ovako luksuznom brodu, pivo na točenje spada u uobičajenu ponudu. Da li su poneli dovoljno da utole žeđ gomile britanskih komičara, bilo je sasvim drugo pitanje.

Dag Kingsli je spustio kriglu pred mene i seo na stolicu. Oskar je ustao i prišao da ih pozdravi, ali bilo je jasno od početka da su oni došli da vide mene. Bili Vebster je prvi progovori... nakon što je obrisao pivsku penu s gornje usne.

– To je prokleta nameštaljka. Suzi je nevina. Nema šanse da je ubila bilo koga... nema šanse, druže, nikakve.

Kingsli je klimnuo glavom. – Postoji samo jedna osoba na brodu koja je mogla da ubije Džeroma, a to je Martin. – Zvučao je uvereno, ali podsetio sam sebe da je njegov odnos s Grejom bio nategnut, u najmanju ruku, tako da sam morao da prihvatim njegovo mišljenje s rezervom. Uzeo sam kriglu i popio gutljaj osvežavajućeg piva.

– Hvala vam na pivu, momci. Baš mi je trebalo. Zašto ste tako sigurni da Suzi nije uradila to? Poručnik je uveren da je spavala – verovatno nevoljno – s Džeromom van der Grutom i kad više nije mogla da podnese, prekipelo joj je i ubila ga je.

Bili Vebster me je sumnjičavo pogledao. – Mora da se šalite, prijatelju. Šanse da je ona spavala s Džeromom su podjednake kao da ja uskoro ostavim pivo. – Da bi naglasio svoje reči, progutao je pola sadržaja krigle u dva gutljaja.

Popio sam još jedan, znatno manji, gutljaj piva i pitao Daga Kingslija šta misli. – Vi ne mislite da je to bila Suzi, ali zašto mislite da je to bio Grej?

– Jer je u subotu uveče Džerom naneo Martinu gadan udarac... ne govorim samo o parama. Rekao je Martinu da je otpušten, izbačen, i to je povredilo samopoštovanje tom nadmenom kretenu. Martin misli da je prava zvezda, a da su svi ostali beznačajni u poređenju s njim. Trebalo je da vidite njih dvojicu u subotu uveče. Džerom je bio besan kao ris, bešnji nego ikad, ali Martin samo što se nije šlogirao.

– I mislite da je otišao i ubio Van der Gruta zbog toga?

– Ne mislim, *siguran* sam u to.

– Dobro, ako je on ubica, objasnite mi ovo: Obalska straža je ustanovila da je Van der Grutovo telo bačeno u vodu znatno bliže obali u odnosu na mesto gde ste bili usidreni u subotu uveče. Isto važi za čamac, koji je pušten da otpluta. Dakle, ako je Grej bio u čamcu s Van der Grutovim telom pre nego što ga je bacio u vodu, kako se otarasio čamca i tela, a onda vratio na *Kraljevsku princezu*?

– Dok sam postavljao to pitanje, nešto mi je palo na pamet. Ako je Suzi bila sposobna da prepliva osamsto metara, onda je, ako se dobro sećam, to mogao i Martin Grej. Izvadio sam telefon i pregledao njegovu stranicu na *Fejsbuku* iz prošle godine, i naišao sam na fotografije gde se vidi da je učestvovao u čak četiri triatlona. Još jedna brza pretraga reči „triatlon“ rekla mi je da je većina takmičenja uključivala plivanje makar kilometar i po. Popio sam veći gutljaj piva i saopštio to dvojici komičara. Dag Kingsli je odgovorio prvi.

– U pravu ste. Provodi mnogo vremena u bazenu, pliva protiv vodene struje, a kad smo bili na Sardiniji, preplivao je zaliv i vratio se. To je bila dugačka deonica. – Uzeo je čašu i žestoko se kucnuo s Bilijem, prosipajući malo piva na njušku Oskaru, koji je trenutno bio naslonjen na koleno tog krupnog muškarca. Nakon toga, Oskar se dugo zadovoljno oblizivao. Dag Kingsli je zvučao oduševljeno. – Živeli, Bile, sredili smo ga.

Kako je ta ideja postepeno rasla i jačala u mojoj glavi, shvatio sam da je Martin Grej stvarno mogao da izvrši subotnje ubistvo i otpliva natrag do jahte, baš kao i Suzi Apton. Problem je bio što su na nožu koji je virio iz grudi nemačkog člana posade bili *njeni* otisci prstiju, a ne njegovi. Osim ako...

Ostavio sam pivo, skočio na noge i pretrčao tri niza stepenica do platforme za sunčanje, u pratnji uzbuđenog Oskara. Srećom, kao i ranije, bila je prazna. Izvadio sam telefon i pozvao Gvida Bertoletija. – Gvido, delimični otisci na tom nožu, šta znači delimični? Da li su bili umrljani ili nešto drugo?

Ako je bio iznenađen tim pitanje, to mu se nije čulo u glasu. – Forenzičari su rekli da su stvarno bili zamrljani; vidljivi, ali zamrljani. Zašto, o čemu razmišljate?

– U subotu uveče, Martin Grej je bio očigledno besan na Džeroma van der Gruta, ali bio je podjednako besan na Suzi Apton, jer mu je uzela posao. Šta kažete na ovo? Recimo da je on ubio Van der Gruta, stavio telo u čamac i krenuo u noć, pokušavajući da se udalji od mesta zločina. Kad je bio dovoljno daleko, odbacio je leš i okrvavljeni čamac i onda je otplivao do jahte, baš kao što je to mogla da uradi i Suzi Apton. Siguran sam da su vaši ljudi koji su pregledali društvene mreže sumnjivaca videli da Grej učestvuje u triatlonima. Stoga mu je bilo lako da prepliva tih sedamsto-osamsto metara.

Čuo sam kako Gvido nakratko razgovara s nekim kraj sebe, a onda mi se ponovo obratio. – Da, sigurno je učestvovao u triatlonima, tako da bi to mogao da bude on, ali šta je s drugom žrtvom i nožem za meso? Otisci prstiju su otisci prstiju.

– I dalje pokušavam da dokučim to, ali možda je bilo otprilike ovako: Šiler je video kako Grej ubija Van der Gruta u subotu uveče, a onda je prišao Greju tražeći novac u zamenu za ćutnju. Grej je odlučio da ga ubije kako ne bi platio, ali video je to i kao savršenu priliku da se osveti ženi koja je došla na njegovo mesto. Šta ako je uzeo nož koji je ona koristila za večerom, podigao ga pomoću salvete ili maramice, što bi objasnilo zamrljane otiske? Budimo iskreni, obojica smo se pitali kako je Šilerov ubica bio tako nepažljiv da ostavi oružje za sobom, umesto da ga baci u more. Takođe, mada je bilo prilično jasno da je taj Nemac mrtav ili je umirao nakon što mu je prerezan grkljan, zašto bi ga neko ubo u srce? Jer je tako Grej znao da će ostaviti oružje ubistva sa inkriminišućim otiscima Suzi Apton, i nadao se da će se tako otarasiti i nje, kao što se otarasio Van der Gruta. Šta mislite?

– To sigurno zvuči uverljivo, ali jedini dokaz koji imamo u ovom slučaju jesu otisci prstiju Suzi Apton na oružju ubistva. Kako da prišijemo to Martinu Greju?

– U pravu ste; to neće biti lako. Moramo ili da ga obmanemo ili da ga uplašimo da prizna. On je prilično okoreo tip, tako da ga nećemo lako uplašiti, ali moram da smislim kako da ga obmanemo da prizna da je to uradio.

– Dobro, jedno je sigurno, slažem se da moramo ponovo da razgovaramo s njim. Suzi Apton je sad bezbedno u pritvoru, mada i dalje tvrdi da je nevina. Neće joj škoditi da neko vreme sedi u ćeliji, pre nego što je ispitam kako treba. Dajte mi deset minuta da završim s papirologijom i vratiću se na *Kraljevsku princezu* gde nas dvojica možemo da porazgovaramo.

– Ne brinite. Pozajmiću čamac i doći ću do stanice da porazgovaram s vama. Tako ćemo znati da nas niko ne prisluškuje. Samo se pobrinite da kapetanica ne odluči da isplovi sad kad je Suzi Apton uhapšena. Što više mislim o tome, to više verujem da ona nije ubica.

24.

Utorak popodne

Na putu prema stanici karabinijera, kupio sam sebi još jedan divan sendvič u fokači u maloj pekari kraj luke, i podelio sam ga sa Oskarom dok sam se probijao kroz gužvu. Kad sam stigao do Trga slobode, bio sam zadovoljan i srećan što je moj kombi i dalje bio tamo, bez kazne za parkiranje.

Maršal Veroneze se vratio na uobičajeno mesto na terasi, i široko mi se osmehnuo. – Možda će vam biti drago da čujete kako nas je jutros pozvao vodnik Rosi iz policije u Rapalu, da nam kaže da ga je u nedelju posetio neki Englez koji je tvrdio da zna identitet jednookog koga smo pronašli kako pluta u moru. Rekao je da mu je taj čovek zvučao neubedljivo. Lepo je što nam je javio, zar ne?

Uzvratio sam mu osmeh. – I sa svega četrdeset osam sati zakašnjenja. Da li je to standardna praksa?

– Za Pjetra Rosija jeste. Išao sam u školu s njim i recimo da nije bio među bistrijima. Bilo kako bilo, uđite. Poručnik vas čeka.

Poveo me je unutra i zatekao sam poručnika u kancelariji, kako zapisuje nešto. Mahnuo mi je da sednem s druge strane stola.

– *Ciao*, Dene, imate li neke genijalne ideje?

Proveo sam poslednjih petnaest minuta razmišljajući. – Kao što sam rekao preko telefona, mislim da su nam opcije da ga uplašimo ili obmanemo, a Grej mi ne izgleda kao tip koga je lako uplašiti.

– I ja tako mislim. A što se tiče obmane, mislim da je prilično pametan, tako da ni to neće biti lako. Ako mu kažemo da smo otkrili snimak nadzorne kamere, ili nekog svedoka koji tvrdi da ga je video u subotu uveče ili sinoć, tražiće dokaz i, naravno, nećemo ga imati.

Slične misli su i meni prolazile kroz glavu. Naprezao sam mozak i setio se nečeg iz prošlosti. – Setio sam se nečeg od pre deset godina. Treba videti da li će to biti izvodljivo danas. Imao sam sličnu situaciju, gde sam verovao da je jedan poznati diler droge odgovoran za smrt devojke kojoj je dao sumnjiv kokain pomešan s gadnim lekom koji se zove *levamisol*, ali nisam imao konkretan dokaz. U očajanju, pronašao sam jednu plastičnu kesicu, napunio je praškom za veš, i mahnuo njom ispred njega, govoreći da sam je pronašao u njegovoj kući. U stvari, prevrnuli smo tu kuću naglavačke i nismo ništa pronašli, ali samo je pogledao kesicu i odmah je priznao sve. – Pogledao sam Gvida. – Tad sam imao mnogo sreće. Ne verujem da će delovati dvaput, ali ne mogu da smislim ništa bolje.

– Ali kesica praška za veš neće nam pomoći ovog puta.

– Ne, ali... – Nešto mi je iznenada palo na pamet. – Uključio sam se u ovaj slučaj zbog razgovora koji sam čuo u muškom toaletu u restoranu u Luki. Prilično sam siguran da je Bomont bio jedan od sagovornika, ali nisam mogao da otkrijem identitet drugog čoveka, uprkos tome što sam slušao sve muškarce na jahti. Upravo mi je palo na pamet da nisam proverio jedan glas. – Video sam zbunjen izraz na Gvidovom licu i objasnio. – To je glas prve žrtve, Džeroma van der Gruta. Možda je Bomont razgovarao s *Van der Grutom* u Luki, a čovek o kojem su razgovarali je bio Martin Grej. Pitam se...

Izvadio sam telefon i počeo sam da pretražujem internet. U stvari, nije mi bilo potrebno više od minuta da pronađem na *Jutjubu* neki intervju s Džeromom van der Grutom. Uključio sam zvučnik, pojačao ton i glas koji je ispunio poručnikovu kancelariju sigurno je pripadao drugom čoveku koga sam čuo u Luki. Sačekao sam nekoliko sekundi, ali nije bilo sumnje, tako da sam isključio snimak i pogledao Gvida.

– Nema sumnje u to: dva glasa koja sam čuo pripadala su Bomontu i Van der Grutu, i siguran sam da su razgovarali o Martinu Greju. Verovatno su se tek pojavili dokazi da je prodavao tajne konkurenciji.

– Pa, drago mi je što ste to shvatili, mada se bojim da nam to neće mnogo pomoći u pokušaju da izvučemo priznanje od Martina Greja.

– A možda hoće? – Žestoko sam razmišljao. – Trenutna situacija je da Edgar Bomont sedi na jahti i pita se hoće li biti uhapšen i bačen u italijanski zatvor zbog pronevere. Pod pretpostavkom da je već vratio više od polovine novca, znamo da će verovatno biti privatno tužen ako – a to je vrlo neizvesno – neko iz kompanije odluči da podnese tužbu protiv njega, ali *on* to možda ne zna. Ako budete ljubazno razgovarali s njim, imam osećaj da bi mogao da bude spreman da vam učini uslugu da biste zauzvrat ostavili pitanje nestalog novca Nilu Vonu i kompaniji.

– Kakvu uslugu? Ne možemo da pravimo lažne dokaze. To bi bilo kršenje zakona.

Klimnuo sam glavom. – Naravno, ali uz Bomontovu pomoć, možda ćete uspeti da uzdrmate Greja. Kako bi bilo da Bomont ponovi razgovor koji sam čuo, samo za Greja? Svi se slažu da je Grej narcisoidan, i ako navedemo Bomonta da ponovi, i možda malo nakiti, neke uvrede koje je Džerom van der Grut izgovorio o njemu i njegovoj izdaji, to bi moglo da ga gurne preko ivice. – Pogledao sam ga u oči na tren. – To je nategnuto, ali nisam smislio ništa bolje. A šta je s vama? Možete li se setiti nekog boljeg načina?

– Ništa mi ne pada na pamet, ali mislim da ste u pravu: najveća mana Martina Greja je njegov ego. Ako možemo ozbiljno da ga uzdrmamo, onda bi mogao da progovori.

Policajac Solaro je odveo Gvida, Veronezea i mene do *Kraljevske princeze*, i usput smo dali sve od sebe da doteramo svoj prilično klimav plan. Prvo smo morali da razgovaramo s Edgarom Bomontom. Kad smo stigli tamo, zatekli smo ga u kabini i odmah sam primetio da je nivo viskija u boci iza njega vidno opao tokom jutra. Mora da je bio prilično naviknut na to, jer je još zvučao prilično lucidno uprkos tome što je toliko popio. Kako smo se dogovorili, ovog puta sam ja govorio prvi.

– Gospodine Bomonte, sad znam da ste razgovor koji sam čuo u tom restoranu u Luki u petak uveče, vodili vi i Džerom van der Grut. Zašto ste porekli to kad vas je poručnik ispitivao?

Pogledao je, mutnih očiju, ali mozak mu je i dalje funkcionisao. – Uspaničio sam se. Poručnik me je pitao da li sam pretio da ću povrediti nekog u tom restoranu, i bojao sam se da ću, ako kažem da, postati osumnjičen za ubistvo. – Molećivo nas je pogledao. – Nisam nikog ubio, verujte mi, molim vas.

– Verujemo vam, ali pokušavamo da otkrijemo ko je pravi ubica. Nema sumnje da je to neko sa ovog broda. Ako *vi* niste to uradili, ko mislite da jeste?

Izgledao je zbunjeno. – Ali mislio sam da ste uhapsili Suzi? Mada ni na trenutak nisam poverovao da je ona ubica.

Poručnik je preuzeo ispitivanje. – Stvarno sam uhapsio Suzi Apton, ali i dalje istražujemo sve moguće tragove. Ako ona, kako kažete, nije ubica, ko mislite da jeste?

Usledila je duga pauza pre nego što je Bomont odgovorio, i gotovo sam pomislio da će zaspati, pre nego što se iznenada pribrao i podigao glavu. – I dalje ne mogu da poverujem u to – čak ni za njega – ali postoji jedna osoba na jahti koja je mogla imati razlog da ubije Džeroma, a to je Martin, Martin Grej. Da li je ubio Džeroma ili nije, nemam predstavu, i još mi je teško da poverujem da je iko od mojih kolega mogao nekoga da ubije, ali ako me pitate, to je moj odgovor.

Poručnik i ja smo se pogledali, a onda sam postavio svoje pitanje. – Možete li da se setite šta ste govorili o gospodinu Greju u Luki? Verovatno ste upravo bili saznali da je razgovarao s vašom konkurencijom.

– Bili smo zgroženi, a Džerom je bio besan. Rekao je mnogo ružnih stvari o Martinu i zapretio je da će ga otpustiti, možda i udaviti, zbog onog što je uradio. – Podigao je glavu. – Mada on ne bi nikog udavio. To je samo tako rekao, ali bio je veoma ljut.

– Ako možete da se setite nekih od tih ružnih stvari koje je Džerom van der Grut rekao o gospodinu Greju, da li biste bili spremni da mu ih ponovite u lice? Voleli bismo da vidimo kako će reagovati kad otkrije koliko je šef loše mislio o njemu.

Bomont je prezrivo frknuo. – Ne samo njegov šef. I ja sam mislio da je njegovo ponašanje vredno prezira, a to je bio samo vrh ledenog brega. Već neko vreme sam govorio kako bi kompaniji bilo mnogo bolje bez njega.

Poručnik je klimnuo glavom. – Ako ga pozovemo ovamo, da li biste bili spremni da ponovite neke od tih optužbi, kako bismo mogli da posmatramo njegovu reakciju?

Bomont se ispravio kao strela i klimnuo glavom. – Vrlo rado.

Maršal Veroneze je izašao iz kabine i vratio se dva minuta kasnije s Martinom Grejom. Gvido ga je pozvao da sedne i rekao mu da snima ovaj razgovor. Grej se drsko i prezrivo osmehnuo – zbog čega sam poželeo da ga ošamarim – dok je sipao sebi čašicu Bomontovog viskija, pre nego što je seo naspram poručnika. Na sebi je imao još jednu skupu majicu s kragnom i kargo šorts – onaj sa džepovima na butinama – i, kao i obično, svaka dlaka na glavi mu je bila začešljana. Neiskreno se osmehnuo Gvidu.

– Dozvolite da budem među prvima koji će vam čestitati, poručniče. Svaka vam čast na hvatanju vrlo opasnog kriminalca. Činjenica je da svi možemo večeras mirno da spavamo u svojim krevetima zahvaljujući vama. – Podigao je čašu viskija prema poručniku i onda popio veliki gutljaj. Gvido ga je gledao smireno dok je uključivao uređaj za snimanje.

– Gospodine Grej, imamo neka dodatna pitanja za vas. Moj kolega, gospodin Armstrong, slučajno je čuo razgovor koji se odigrao u petak uveče u Luki, između gospodina Bomonta i pokojnog gospodina Džeroma van der Gruta. Njih dvojica su očigledno bili besni, i to na vas. Da li ste bili svesni toga?

Drski osmeh se zadržao na Grejovom licu. – Uvek mi je drago kad ljudi pričaju o meni. Ne postoji loša reklama, uostalom.

Poručnik je odmahnuo glavom. – Možda se predomislite kad čujete šta su govorili. Gospodine Bomonte, možete li, molim vas, da nam kažete šta je gospodin Van der Grut rekao o gospodinu Greju?

Prijatno sam se iznenadio kad sam video Bomonta kako izgleda samouvereno. Impresivno je podnosio alkohol. Da sam popio pola boce viskija za nekoliko sati, verovatno bih povraćao preko ograde jahte. – Ne mogu da se setim svega što je Džerom rekao, a većina toga je bila vrlo nepristojna, ali mogu da vam kažem najznačajnije stvari. – Prezrivo je pogledao Greja. – Rekao je da si ljigavac, samoživi narcis, i da ti nimalo ne veruje. Rekao je da bi, da ima priliku da te baci s litice, uradio to sa zadovoljstvom. Dodao sam na to da bih mu s podjednakim zadovoljstvom čestitao da je to uradio. Što te pre istera iz *GrejretTV-a*, to bolje. – Shvatajući šta je rekao, pogledao je poručnika na tren. – Ne bismo ga stvarno gurnuli s litice, ali obojica smo bili ogorčeni.

Dok su uvrede pljuštale, pažljivo sam motrio Greja. Prvo je nastavio da se osmehuje, ali nakon svake nove uvrede video sam da mu je sve teže i teže da održi privid smirenosti. Sedeo je s druge strane stočića, nervozno dobujući prstima po butinama. Zasad nije mogao da odgovori, jer je Bomont još bio u punom zamahu, i video sam da šef računovodstva uživa u tome, bez sumnje izbacujući mnogo nagomilanog nezadovoljstva.

– Rekao je da si teret i rekao je da si nesposoban. Možda te zanima da znaš da smo, pre nego što smo saznali za tvoju izdaju, Džerom i ja ozbiljno razgovarali o tome da te zamenimo. Samo želim da za kompaniju rade dobri, posvećeni, sposobni ljudi, a ti ne spadaš ni u jednu od tih kategorija. U poređenju sa ostalim voditeljima i izvođačima, tebi samo jedno ide od ruke: broj žalbi koje dobijamo na tebe, ne samo zbog uvrnutog smisla za humor i poganog jezika nego i zbog neznanja. – Kad je čuo tu reč, Grej je očigledno odustao od pokušaja da glumi nezainteresovanost, i video sam da je Bomontu lepo krenulo. – Podseti me da ti pokažem tvoje rejtinge kad budem imao vremena. Ti si najgore ocenjen od svih naših voditelja... uostalom, voditelj kviza koji ne zna da je Madrid glavni grad Španije ne zaslužuje da vodi kviz. – Na kraju je Bomont poentirao. – U poređenju s tobom, Suzi je boginja. Sećam se da je Džerom sasvim jasno rekao da nisi dostojan ni cipele da joj čistiš.

Grej je skočio na noge, ali Veroneze mu je spustio veliku šaku na rame i gurnuo ga na stolicu. Grej ga je otrovno pogledao i onda ponovo usmerio pažnju na Bomonta. Kipteo je od besa i znao sam da nam je ovo najbolja prilika da ga navedemo da inkriminiše sebe.

Poručnik je očigledno mislio isto, jer je iznenada pogledao Greja i podigao glas.

– Kako se osećate zbog toga, gospodine Grej? Ljutito? Dovoljno ljutito da ubijete nekog?

Grej ga je pogledao i odgovorio prezrivim tonom. – Da, naravno da sam ljut jer je to neistina, hrpa laži! – Sad je gotovo vikao.

– A šta se dogodilo kad je član posade, Rik Šiler, pokušao da vas uceni? Da li vas je i to razljutilo? Dovoljno da ubijete i njega?

– Ne znam o čemu govorite. Nisam nikoga ubio. Ideja da uzmem nož za meso i ubodem nekog mi je nezamisliva.

Iznenada je u kabini zavladala tišina, a poručnik i ja smo pogledali jedan drugog. Nakon nekoliko trenutaka, poručnik je pogledao Martina Greja. Kad je progovorio, glas mu je bio tiši, manje strog, ali su njegove reči sa ozbiljnom snagom presekle tišinu.

– Kako znate da su žrtve ubijene nožem za meso? Jedini ljudi koji to znaju su moje kolege karabinijeri, moj prijatelj gospodin Armstrong, naša forenzička laboratorija i brodski ekonom, koji se zakleo da će ćutati?

Grej je prekasno shvatio grešku koju je napravio. Počeo je da se pravda, brbljao je kako su svi znali za to, iako je bilo sasvim jasno da nije tako. Graške znoja su mu se pojavile na čelu, a dobovao je prstima po butinama dovoljno glasno da uznemiri Oskara. Neočekivano, moj pas je ustao i polako krenuo prema Greju. Obično je prilično dobar u proceni karaktera i pomalo sam se iznenadio što je pokazivao zanimanje za tog neprijatnog čoveka, ali onda je uradio nešto vrlo neobično. Umesto da ga dodirne njuškom ili mu se protrlja o golu nogu, seo je, podigao šapu i počeo da grebe njegov šorts. Grej ju je nervozno odgurnuo, i shvatio sam sve tek kad je stavio ruku u džep na butini šortsa. Nešto je bilo tamo, i bio sam siguran da znam šta.

Skočio sam na noge i bacio se preko stočića da uhvatim Grejovu desnu šaku pre nego što ju je izvadio iz džepa. Dok sam radio to, povikao sam iznenađenom maršalu Veronezeu.

– Uhvatite ga za drugu ruku. Mislim da je naoružan.

Dok su nas Oskar i druga dvojica muškaraca iznenađeno gledali, Veroneze i ja smo se rvali s Grejom dok ga nismo obuzdali.

Kad su mu ruke bile vezane iza leđa, stavio sam ruku u bočni džep njegovog šortsa i uzeo predmet čiji smo obris Oskar i ja primetili.

Bio je to nož za meso.

Nekoliko sekundi je vladala zaprepašćena tišina, pre nego što je Gvido progovorio u ime svih nas. – Šta ste nameravali s tim, gospodine Grej? Da li ste hteli da pobijete sve nas? Napokon, već ste ubili dvojicu ljudi, pa zašto onda ne biste ubili još šestoricu? Mislili ste da se smislili savršen plan, zar ne? Odlučili ste da ubijete šefa, koji je rekao tako grozne stvari o vama, i odmah nakon toga ste smislili kako da prebacite krivicu na jedinu osobu u kompaniji za koju znate da je znatno iznad vas u pogledu profesionalizma, pameti i harizme.

Shvatajući konačno da je igri došao kraj, Grej je zaurlao bujicu psovki – tokom koje je, srećom, priznao oba ubistva – uglavnom usmerenih protiv Bomonta i Suzi, ali pomenuti smo i poručnik i ja, što nam nije zasmetalo. Uhvatili smo ubicu i sve psovke na svetu neće ga sprečiti da vrlo dugo ostane u zatvoru.

25.

Utorak popodne

Došlo je još policajaca, i Martin Grej je odveden sa *Kraljevske princeze* s lisicama na rukama, a Gvido je otišao u salon i rekao svim gostima i posadi da nemaju više razloga za strah. Kapetanica je insistirala da otvori nekoliko boca šampanjca, ali ograničio sam se na samo jednu čašu jer je trebalo da vozim natrag do Ane u Firenci. Bili Vebster me je uhvatio u medveđi zagrljaj i zamalo mi nije slomio rebra, a Tamzin i Luiz su me uzdržanije zagrlile i poljubile. Isti čamac koji je prevezao ubicu u luku vratio je Suzi Apton, koja je osećala veliko olakšanje i bila vrlo potresena, i iz nekog razloga je odlučila da me obaspe poljupcima kad me je videla.

Nema potrebe naglašavati, Oskar je učestvovao u toj radosti i izgledao je izuzetno srećno što je dobio zagrljaje i poljupce. I dalje nisam imao vremena da razmislim o njegovoj intervenciji u Bomontovoj kabini. Možda je samo pokušavao da mi kaže da je vreme ručku i da je gladan, kao obično. U tom smislu, mislio je da je usmeravanje moje pažnje na nož za meso najbolji neverbalni način komunikacije. S druge strane, može li biti da je moj pas stvarno svojom zaslugom postajao sposoban detektiv? Bilo kako bilo, znao sam da mu dugujem zahvalnost, a njegova nagrada će uskoro stići.

Nekoliko minuta kasnije njegova sreća je nabujala – kao i njegov stomak – kad je dobio veliku porciju nečeg što je izgledalo kao kvalitetan odrezak, uz čestitke šefa kuhinje i njegovog pomoćnika. Blaženi izraz na njegovom licu dok je usisavao hranu bio je divan prizor i ja mu, valjda prvi put, nisam zavideo ni na jednom zalogaju.

Kad smo karabinijeri i ja konačno napustili jahtu, čuli smo moćne motore koji se pale. Krstarenje *GrejretTV-a* vratilo se na svoj kurs, i nadao sam se da će biti znatno manje uzbudljivo nego prethodnih nekoliko dana. Pozvao sam Anu iz čamca i ostavio joj poruku na telefonskoj sekretarici, govoreći kako se nadam da ću stići u Firencu predveče.

Kad smo se vratili na kopno, krenuo sam pravo prema svom kombiju. Dok sam prolazio kraj male prodavnice torbi, zastao sam i pogledao u izlog. Maršal Veroneze mi je, primetivši moje zanimanje, dao neočekivanu informaciju.

– Ta prodavnica pripada mojoj snahi. Zarađuje pravo bogatstvo naplaćujući lude cene ludim ljudima.

Široko sam se osmehnuo. – U te ljude spada i moja devojka, mada nije nimalo luda, ali nema šanse da mogu da joj kupim nešto ovako.

On i poručnik su se pogledali i onda, bez oklevanja, uhvatili su me za ruke i odvukli u prodavnicu. Jedna vesela žena je prišla da pozdravi policajce poljupcima, i rukovala se sa mnom.

– *Ciao*, Đovana, moj prijatelj želi da kupi torbu za svoju devojku. – Veroneze ju je uhvatio za ruku i pokazao na mene. – On je velika detektivska faca iz Engleske koja zaslužuje, naj-najbolju cenu koju možeš da mu daš. Koju torbu želite, komesare?

Pokazao sam torbu, a njegova snaha je otišla do izloga da je uzme. Dodala mi ju je i, videvši da sam progutao knedlu kad sam video cenu, zaprepastila me je dajući mi cenu koja je bila više nego upola manja od onog što je pisalo na etiketi. Neubedljivo sam pokušao da se pobunim, ali vrlo brzo smo postigli dogovor, i ta dragocena torba je stavljena u podjednako otmenu mušku torbu za mene. Ali darežljivost se nije zaustavila tu. Nakon kratkog razgovora između troje Italijana, Đovana je otišla u skladište i pojavila se s predivnom kožnom psećom ogrlicom sa utisnutim *guči* logom. Gvido ju je pružio Oskaru da je onjuši i takođe nam se zahvalio.

– Ovo je najmanje što mogu da uradim za vas dvojicu. Bog zna kakav bi pokolj taj ludak počinio onim nožem u tako skučenom prostoru. Dobro ga čuvajte, Dene; on je pravo blago.

Oskar je bio zauzet češkanjem uveta i nije reagovao. Pored toga, već je znao da je dobar pas.

Gvido je ubacio ogrlicu u torbu, mahnuo rukom kad sam nastavio da se bunim, prateći me do kombija. Kad smo stigli tamo, rukovao sam se s maršalom i nameravao sam da pružim ruku Gvidu, kad me je uhvatio, zagrlio i široko se osmehnuo.

– Hvala, komesare. Ako ikad budem mogao nešto da uradim za vas, imate moj broj. Dođite da nas posetite.

Dok sam se vozio vijugavim obalskim putem prema Rapalu, razmišljao sam da ostavljam ne samo neka od najlepših sela koje sam ikad posetio nego i brojne dobre prijatelje. U retrovizoru sam video crnu njušku oslonjenu na naslon sedišta i obratio sam se svom psu.

– Dobri ljudi, Oskare, šteta što su bila potrebna dva ubistva da ih upoznamo.

Na trenutak, kunem se da je klimnuo glavom, pre nego što mi je nestao iz vidnog polja. Čuo se težak udar uz glasan uzdah, kad se spremio za trosatno spavanje, bez sumnje ispunjeno ne samo snovima o plivanju u moru i vevericama nego sad i kvalitetnim odrescima i skupim ogrlicama. Nadao sam se da ga kratak boravak na igralištu za milionere neće iskvariti, ali sve u svemu – zaslužio je.

Zahvalnice

Najsrdačnije se zahvaljujem Emili Raston, svojoj divnoj urednici u veličanstvenom *Boldvud buksu*, kao i svima tamo, posebno oštrookoj Su Smit i Emili Rider, koje se brinu da sve ovo ima smisla. Posebno sam zahvalan talentovanom Sajmonu Mataksu za audio-verziju knjige. Dok ga slušam, čini mi se da slušam Dena. Hvala i mojim dobrim prijateljima, Džonu Smitu, koji je išao sa mnom u Portofino, i Džonu Dirdenu, na strpljenju i korisnim primedbama.

Beleška o autoru

T. A. Vilijams je napisao preko dvadeset ljubavnih bestselera i sad se posvetio opuštenim krimićima, smeštenim u njegovu voljenu Italiju. Glavni junak te serije je bivši glavni inspektor Armstrong, sada privatni istražitelj, i njegov labrador Oskar. Trevor živi u Devonu, sa suprugom Italijankom.

Knjige T. A. Vilijamsa u izdanju Izdavačke kuće TEA BOOKS d.o.o. (digitalna i/ili štampana izdanja)

Serijal Armstrong i Oskar

1. Ubistvo u Toskani
2. Ubistvo u Kjantiju
3. Ubistvo u Firenci
4. Ubistvo u Sijeni
5. Ubistvo na Materhornu
6. Ubistvo kod Krivog tornja
7. Ubistvo na Italijanskoj rivijeri
8. Ubistvo u Portofinu